JN027501

清算

LIQUIDATION

伊岡瞬

Ioka Shun

角川書店

清算
LIQUIDATION

CONTENTS

装画――ケッソクヒデキ

装幀――坂野公一（welle design）

第一章

解散

００６

1

「あとどのぐらい？　いや、あわてなくていいよ。――で、どのぐらい？　バイク便来ちゃってるし」

畑井伸一（はたいしんいち）は、オペレーターをいらつかせないよう最大限の気を遣って、それでもやはり急かさずにいられなかった。

「あ、できた？　アウトラインいいね。エラーチェックＯＫね」

自分で訊いておきながら、返事も待たずに「よし、じゃあＭＯに入れて」と続ける。煙たがられているのは承知で、オペレーターの後方にへばりついてずっと作業を見ていたから、ミスがないのはわかっている。いつもの癖で訊いただけだ。いや、おまじないのようなものだ。

背後に立ったまま、二十四インチのモニターを見つめる。人目がなければ貧乏ゆすりをしたいぐらいだ。指先でもものあたりを叩きながら、ハードディスクからＭＯディスクにデータが移動していくメーターをじっと見つめる。あとひと息、になってからが長い。行け、ほら行け――。

「よし、入った。出して」

かしゃこんと音を立てて排出されたＭＯディスクに、あらかじめ必要事項を書いておいたラベルを貼り、プラケースに入れ、保護材つきの袋に入れる。

「ありがとう。お疲れさま」

礼を言いながらも、すでに出入口に向かって走り出している。ドアの外で待っていた、フルフェイスのヘルメットを手に提げたジャンプスーツ姿の配送員に渡す。

「お待たせしました。これをお願いします」

「お預かりします」

ライダーが引き換えに差し出す伝票にサインする。畑井のあわてた雰囲気を察して、エレベーターを待たずに階段を駆け下りてゆく背中に、あせらなくていいですよ、気をつけて、と声をかける。でも、ほどほどに急いで、と胸の内で付け加える。

姿が見えなくなったところで大きく息を吐き、走り出てきたときとはうってかわって、気の抜けた足取りで制作部の一角へと戻る。

『株式会社八千代（やちよ）アドバンス』――社員たちが略して『八千代アド』と呼ぶこの会社の、ここ多摩（たま）本部では、そうめずらしくない風景だ。

八千代アドの制作部には、小さいながらも二つの課がある。データの作成から進行管理までする制作課と、営業の補助として販促品や資料作成、電話応対などをする促進課だ。多摩本部の制作部には、現在畑井を含め九名が在籍している。畑井はこの両方の課を見る次長の職にある。

「お疲れさまでした。なんとか間に合った」

部員たちに声をかけ、軽く頭を下げる。

口々に「お疲れさまでした」という安堵の声と笑顔が返ってくる。

制作部員九名のうち、正社員は畑井を含めて三人だけで、あとはアルバイトだ。人件費を抑えたいという狙いももちろんあるが、曜日によって作業量の差がかなりあるので調整の意味も大きい。アルバイトのオペレーターは、すでに身支度を終え、挨拶をして帰っていく。

その背中に「ありがとう。助かりました」ともう一度声をかける。ビラや単ページのデータなら畑井でも対応できるが、編集専用ソフトを使ったページものなどは無理だ。雇用形態こそアルバイトだが、プロの技を持つ彼らに頼まないと不安だ。

畑井は自席に戻り、もう何時間前に入れたのかも忘れた、すっかり冷えてしまったインスタントコーヒーの残りをあおった。やけに苦くて咳き込みそうになった。

部下の社員二名は、余韻にひたる間もなく、この騒ぎで中断されていた作業に戻っている。制作課係長の市原尚己（いちはらなおき）と、促進課主任の田川果南（たがわかな）だ。市原は三十一歳、田川は二十八歳だが、どちらも頭が下がるほど真面目だ。モニターを見つめるのに飽きて、たまにぼうっと窓の外を眺めたりしている畑井に、白い眼を向けることもなく黙々と作業をする。

〈客が、物件の写真を間違えたから差し替えられないかって〉

営業から、そんなあせった声の電話が入ったのは、二時間ほど前だった。

「無理だよ。もう色校も終わって印刷にまわるところだから」

それにこの冊子には「中綴じ」という後工程があるから、中途半端にずらすことはできない。

「なんとかクライアントを説得できない？」

畑井はそう訊いたが、営業はなんとかしてくれの一点張りだ。

「それで、差し替えの写真は？」

つい口にしてしまってから、しまったと後悔したがもう遅い。

〈いま、先方に向かっているところです〉営業の声が元気づく。

「メールで送れないかな」

〈なんとかフィルムだから無理だって〉

ポジフィルムのことだろう。一般の企業が、印刷に耐えうるフィルムスキャナーを持っていることはまれだ。

頭の中で、さっと計算する。一時間ほど前に、印刷会社の営業に色校を戻したところだ。彼が社に車で戻るまで三十分ほど。進行によっては、すでに刷版が始まっているかもしれない。しかし、この状況ではなんとかするしかないのはわかっている。

「印刷会社に連絡してみる」

〈助かります〉

まだ約束はできないからな、と釘を刺す前に、電話は切れた。

話の流れからすると、「モデルハウス展示会で配るパンフレットの建物写真」を取り違えたらしい。

使う日時が決まっているということは、工程のお尻も決まっている。しかし、これまでの経験からすると、まだぎりぎり間に合う可能性が大きい。

このクライアントは地元の優良企業だから、ここで「もう間に合いません」と断っても、担当者が始末書を書かされるだけで、代金は支払ってくれるだろう。しかし、二度と仕事は来ない。

重い気持ちを振り払って印刷会社に電話を入れ、渋る担当者に頼み込み、印刷工程を組みなおしてもらった。汗をかきながら戻ってきた営業からポジフィルムを受け取り、データ差し替えを間に合わせることができた。一件落着はしたが、本来ならしなくて済んだ寄り道だ。おかげで今日もまた残業だ。午後八時ごろの終了を目指したい。

その前に——。

畑井は、空のマグカップを持って席を立とうとした。給湯室へ行って、インスタントコーヒーのお代わりを入れるためだ。そのあと、明日、客校正に出す新聞広告のデータの仕上げにとりかかる。アルバイトのＤＴＰオペレーターが帰ったあとは、よほど手の込んだものでなければ、畑井や部下の市原たち正社員が対応する。

椅子から立ち上がった瞬間、名を呼ばれた。

「畑井次長、ちょっといいか」

声の主を見る。吉永常務取締役だ。フロアの反対側にある、社長室へ入るよう身振りで示している。

いやな予感がする。楽しい話題だとは思えない。

ちょうど今の写真差し替え騒ぎが始まったころ、社長、常務、営業部長の三名が連れ立ってフロアに入って来たのには気づいていた。東京都三鷹市にあるこの『多摩本部』は、このあたりにしてはやや大きめのビルの、二階部分にすべて収まっている。したがって人の動きは、いやでも目に入ってくる。

お偉いさんたちの定席は東京本部にある。

横田社長は月の半分ほど顔を見せるが、吉永常務はめったに来ない。三鷹市あたりは田舎だと思っているらしく——事実そう漏らしたことが何度かあった——姿を現すのは月に一度あるかないかだ。その二名に営業部長の那須までがそろうのはめずらしいなと一瞬思ったが、忙しくて気にしている余裕はなかった。

　それが今、呼ばれた。つまり、畑井に用があって集まったものの、忙しそうにしているので、作業が終わるのを待っていたのだ。

　気が重くなる。このところの右肩下がりの売り上げ数字からして、明るい話題のはずがない。暗い雲を胸に抱えつつも、はいと答えて席を立つ。制作部員のほか、ちらほら戻っていた営業が数名、はっきりとこちらを見はしないが、関心を持ったことは雰囲気で感じた。

　この本部には、フロア全体の八割ほどを占める業務スペースのほかに、十畳ほどの社長室と、十数名が入れるミーティングルームがある。少人数を呼びつけての〝内緒話〟は、社長室で行われるのが通例だ。そして、下々のものが呼ばれるときは、あまりいい話ではないことが多い。特に、吉永常務が同席する場合には。


「どうだい？　忙しいかい」

　社長室に入り、指示されたソファに腰を下ろすなり、代表取締役社長の横田が訊いた。

「はい。ほどほどに」

　あいまいに答える。ほかに応じようがない。お決まりのやりとりだ。

『株式会社八千代アドバンス』は、東京都下——つまり多摩地区と、埼玉県の一部を中心に活動する、社歴二十二年の〝総合〟を謳う広告会社だ。社名にも冠されているとおり、全国紙を発行する『八千代新聞社』の系列会社である。

その名称から、大手の広告代理店を連想する人もたまにいるが、実態は資本金一千万円、年商二十億足らず、アルバイトも含め社員八十余名の典型的な中規模企業だ。

社長以下、専務、常務の社内取締役三名の椅子は、顔ぶれが変わろうと常に新聞社からの「天下り指定席」だ。あるとき突然やってきて二年から三年在任し、ほとんどの場合、改革という名目で社内秩序を掻きまわし、ほかの系列会社へ横滑りしてゆく。ほかにも四名、名ばかりの社外取締役がいるが、社員はその顔を見たこともなく、書類上の存在だ。

今、社長室にいるのは、横田社長と吉永常務、それに「生え抜き取締役第一号」と目されている、営業部長の那須だ。柳（やなぎ）専務は、多摩本部へはほとんど顔を見せない。そういう職務配分になっているのか、単に多摩本部が嫌いなのかはわからないし、あまり興味がない。

ちなみにこの部屋は、社長室と名前はついているが、そしてたしかに社長の机はあるが、常駐はしていない。むしろ、こんなふうに少し内密な会議に使われることが多い。

畑井が呼ばれたということは、外注料金を含めたコストダウンか、人員削減の話題だろう。

「畑井君の手が空くのを待っていた」

特に恩に着せるふうでもなく、かといって嫌味でもなく、ただ事実をそのまま述べるのは、横田社長のいつもの話術だ。

「ありがとうございます」

「うん」

横田社長は今年六十五歳、通常の社員であれば定年も過ぎ、延長再雇用も終わろうかという年齢だ。ただ、役所や大企業の例に漏れず、上級社員にはさらなる延長制度がある。具体的な

〝格〟でいうと、定年時に本社部長職より上の場合だ。

これに該当する横田社長は、一年半年前にこの社の社長として降臨した。一方、現在五十九歳で新聞社的にはまだ部次長どまりの吉永は〝次〟を模索してあせっているという噂を聞いたことがある。

畑井の印象では、横田は歴代の社長の中ではワンマンぶりが控えめなほうだ。社員の声にも耳を貸すことがある、というのが社員のおよその評価だが「単に貸すだけ」という辛辣な意見もある。

ただ、間違ってもセクハラ発言などしそうもないタイプだし、ちょっとした洋菓子などを手土産に買ってくることが多いので、内勤の、特に女子社員には受けがいい。

「さっそくなんだけどね」

手にした何かの書類に視線を落として、横田社長は本題に入った。

「はい」

小さく唾を飲む。メトロノームのように左右に揺れていた予感の針が、「よくないほう」に大きく振れた。

「じつは、こんどの異動で――」

横田社長がこうしてぶつ切りに話すときは、あまりいい話題ではない。ますますいやな予感が強くなる。

「畑井君には昇格してもらおうと思っている。部長だ」

「は、い」

途中でわずかに間が空いた。単純に昇格を告げる雰囲気ではない。素直に喜んではいけないと警鐘が鳴る。

「そして、今度は総務の仕事をやってもらおうと思っている」

「は？」

「総務部長だ」

「総務部長――」

おうむ返しに繰り返す。

「十月一日付で辞令を出す」

「昇格だな。おめでとう」

吉永常務が、あまりめでたくなさそうな口調で割り込んだ。

「はあ。ありがとうございます」

あまりに意外なことを、あまりにあっさりと言われ、ついありきたりの返答をしてしまった。割り込んだ吉永常務のほうが、むしろ拍子抜けしたという顔をしている。

しかし、畑井の頭の中は、混乱とすら呼べない混沌の状態だった。言葉としては理解できたが、何を言っているのかわからない。

もちろん、サラリーマンである以上、異動はつきものだ。現にこの会社でも、四月と十月には恒例となっている。しかしそのほとんどは、営業部員の担当エリアや勤務地の移動だ。ごくたまに、採用はしたものの営業職には向かないとわかった社員を、内勤職につけたりすることはある。その玉突きで、内勤社員が営業に回ることもある。

　しかし、そうした〝異部門〟間の異動は、せいぜい入社十年までの若手だ。この会社は、本音をいえば給与面での待遇はそれほど良いとはいえないが、ときどきニュースなどで取り上げられるような、嫌がらせ人事などは記憶にない。まして畑井のように創業当時からいる管理職が、いきなり畑違いの部署へ異動という例はおそらくこれまでにない。

　懲罰辞令が下されるような不始末を犯した覚えはない。現に、役職は上がるではないか。

　そこではっと思い当たる。リストラか。早期退職を促されるのか——。

「もし、無理そうだと感じたら、新天地を探すのもありだと思うよ」

　そんなふうに退職勧告を受けるのか。家族の顔が浮かんだ。妻になんと説明しよう。娘が自分に向ける目がまた冷ややかになるのではないか。ローンはどうする。母親もそろそろ面倒を見なければならないかもしれない。

　短い時間に、そんな妄想がつぎつぎと湧き上がり、すぐ目の前に座った社長が語る社の苦境は、ほとんど右から左へと流れてゆく。

「——とまあ、そんなこともあってだね、この会社は解散することになった」

「はい。——え？」

　もともと淡々としゃべる横田社長に、さきほど以上にさらりと言われた。

「解散するんだよ。今年度いっぱいで」

　呑み込みが遅いことに腹を立てたのか、吉永常務が不機嫌そうに言葉を足した。

「解散、ですか？」

　確認の意味ではなく「何を言ってるんですか？」と訊き返したつもりだったが、社長は「そうなんだ」とうなずいた。

「残念だけどね、〝本社〟の判断なんだ。もう覆らない」

誰の判断かなどというところまで、理解が進んでいない。

「解散といいますと、つまり会社をなくす？」

「そうだよ。ほかに意味はないだろう」

吉永常務が皮肉げに笑う。

退職勧告どころではなかった。会社そのものがなくなるというのだ。心構えもないところへ、息継ぎする間もなく波が押し寄せる。

〝本社〟とは、主に新聞社から下ってきた人たちが好んで使う言葉だ。八千代新聞社そのものを意味することもあるが、系列会社を管轄する部署やその〝意思〟を暗示することが多い。

「〝本社〟がうるさくてね」などと使う。

しかし〝本社〟の判断と言われても、やはり実感はない。小なりとはいえ、企業の消滅がそんなに簡単に決まるものなのか。

たしかに、太平の世とはいいがたい。

都市銀行も大手証券会社もあっけなくつぶれる世情だ。赤字基調で、新聞社におんぶにだっこでなんとか露命を繋いでいるといっても大げさではないこの会社が、まだ生き残っているほうが奇跡的といえばいえる。

しかしその一方で、やはり局所的な手術でなんとかなるのだろうとも思っていた。畑井だけではない。ほとんどの社員が同様だろう。八千代新聞の系列会社で、時限的に設立された特殊なケースを除き、つぶれた会社はないはずだ。生産効率の悪い社員を何人か切って生き残るか、ほかのグループ会社に吸収合併されるかして、命だけは長らえる。それが飲みの席でかならず主役になる話題のひとつだった。

しかし、まさかいきなり解散とは。リストラなどとは別次元の激震だ。

その思いが顔に出たらしい。社長が弁解のように補足する。

「畑井君には、ぜひともその作業の指揮をとってもらいたい」

理解できない。いや、したくない。それでも訊き返してしまう。

「あのう『その作業』というのは、つまり『解散の』という意味でしょうか」

「そうだ。大変だぞ」

吉永常務が、背中をどやしつけるようなことをさらりと言う。呼吸が荒くなりそうだ。

「損な役を押し付けて申し訳ないと思うんだけど、畑井君しか適任者はいないという結論でさ」

那須営業部長が、同情するような声で口を挟んだ。那須は、会社創立時からいる畑井と同期ではあるが、年が三歳上だ。中途採用どうしという立場もあり、彼との関係は悪くない。

営業と内勤という立場から仕事面でぶつかったことはあるが、人間的にはどちらかといえばうまが合うほうだろう。彼がプロパー出身の取締役第一号になるのは時間の問題だと見られていた。現に、単なる営業部長としての立場を超えて、こういう席にも顔を出す。しかし、それも実現しないで終わるのか。いや、そんな人の心配をしている場合ではない。

「余人をもって代えがたし、ということだ」

吉永常務の、馬鹿にしているのか世辞を言っているのかわからない発言を無視して、言葉を返す。

「すみません、整理のため確認させてください」

「ああ、どうぞ」

吉永常務が、ソファに背をあずけた。

社長室は治外法権だ。一般社員向けルールは適用されない。社内禁煙もそのひとつだ。それでもこれまで、もともと喫煙しない社長の前では、役員を含め誰も吸わなかった。

しかし今、吉永常務はポケットからシガレットホルダーを出し、マイルドセブンを差して火をつけ、深く吸って煙を吐きだした。いつの間にか携帯灰皿も手にしている。

それを見て、ようやく「ああ、ほんとにもう終わりなのだな」と実感した。

「それはつまりですね、当社は解散する、それまでの処理作業の任にわたしが当たる、という理解でよろしいですか」

「よろしいですよ」

ぷはあと煙が舞い上がる。このメンバーの中ではほかに那須も喫煙者だが、さすがに遠慮している。

「解散はいつですか？」

「今年度いっぱい。つまり来年の三月末に解散の予定だ」社長が答えた。

「あまり時間がありませんね」

「だからきみに期待している」常務の吐く煙がこちらに流れてむせそうになる。

「制作部の仕事はどうなりますか？」

「北見部長と入れ替わりだよ」と社長。

「ええっ」

つい、場違いな声をあげてしまった。今日この場に呼ばれて、一番の衝撃だった。

北見昌子は現総務部長だ。年齢は、還暦までにあと一つか二つだったと記憶している。事情はよく知らないが、「八千代グループ」の会社をいくつか渡り歩いてきた経歴を持ち、社長相手にも言いたいことは言う性格で、社内では「女帝」とあだ名するものもいる。

渡って来た会社のどこかの社長の愛人だった過去があり、だから放り出せない、という噂も知っている。その真偽は知らないし知りたくもないが、まんざらの流言ではないかもしれないと思わせる雰囲気がある。

だから「総務部長に」という説明を受けたとき、彼女がまたどこかへ移るので、その後任につくのかと勝手に解釈した。早とちりだったようだ。

いわゆる〝コンバート〟なのか。なぜ？　また新たな疑問と不安が湧く。

数年前なら、まだ現実味があっただろう。しかし、自社内でApple社製のパソコンと専用ソフトを使って印刷データを作成する、いわゆる「デスクトップパブリッシング（DTP）」というシステムを導入して以降、特に制作課の仕事には専門技術が必要になった。

現に実務をこなすオペレーターは、時間が不規則なこともあって経験者とアルバイト契約を結んでいる。彼らをマネジメントするには、自分でできなくとも知識は必要だ。

つまりこの異動は無茶だ。経理でいうなら、仕訳日記帳の入力もしたことのない人間に、貸借対照表を作れというようなものだ。いや、決算報告書を作れというようなものだ。

しかも一円の誤謬も許されないし、間違いに気づいたらときはすでに手遅れという、いわば一発勝負だ。いくら有能でも、文書作成ソフトと表計算ソフトぐらいしか触ったことがないであろう北見部長には、どう考えても無理だ。

異動のショックに重ねて、この仕事をそんなに甘く見ていたのかという落胆がのしかかる。

「北見君に、いきなり実務をやれと言うつもりはない」

人の心を見透かすのが得意の吉永常務がすかさず口を挟み、煙草を携帯灰皿に押し込んだ。

「――実務は市原と田川でなんとかなるだろう」

今もドアの向こうで働いている、畑井の部下二名の名を挙げた。

「さすがに、あの二人だけで締め切り日を乗り切るのは無理かと思います」

「どうして育てなかった」

早くも二本目の煙が、またこちらに向かって流れる。さすがにここは「はいそうですか」とは引き下がれない。

「育てるというか、手数（てかず）の問題です。今でもぎりぎりの人数しかいませんので、ピーク時には彼らも実作業で手一杯です。全体の進行管理をする人間がいませんと」

毎週の締め切り日には、夜の九時、十時まで晩飯を摂る暇さえなくフル稼働している。その自分の穴を誰が埋めるのか、というわずかな自負がついにじみ出た。

ぐずぐず言うな、という叱責も覚悟したが、この反論は織り込み済みだったらしく、吉永常務も怒ったようすは見せなかった。それでいまさらながら思い出した。名ばかりではあるが、プロパーの部長が不在の制作部は、この吉永が部長を兼任しているのだ。だから畑井にとっては、直属の上司ということにもなる。その上司が命令する。

「わかった。一か月猶予を与える。その間に北見君に引き継ぐか、残りの部員で態勢を整えてくれ。なんだったら、営業から何人か持ってきてもいいぞ。どのみち、彼らはこの先仕事がなくなる」

猶予を与えるじゃないでしょ、何人か持ってきてもいいぞじゃないでしょ、とさらに反論したいところだが、もちろん言えない。言えたにしても無駄だろう。代わりに口をついて出たのは礼の言葉だった。

「ありがとうございます」

「大変だと思うけど、頼むよ」

社長の言葉には、多少の感情がこもっていた。それに甘えてもう一度訊く。

「辞令に異を唱えるわけではありませんが、どうしても疑問です。解散という緊急事態に、どうして総務系の仕事にまったく素人のわたしなんでしょうか。北見部長がそのままというわけにはいかないのでしょうか」

余命半年となってからこんな大手術をする意図がつかめない。やけくそなのか。まさかと思うが、あえてぐちゃぐちゃにして〝本社〟に意趣返ししようと狙っているのか。

「それは言えない。人事は社長の専権事項だし、極秘だから」

急に建前論を押し出した吉永常務の返答に、この期に及んで極秘もないだろうと思ったが、それもまた口にはできない。

「わかりました」

その後、いくつか実務的な質問や不安を述べて、そのうちいくつかは具体的な回答をもらった。このやり取りをする間に、ようやく意識が実感として受け止め始めた。もう終わりが近いのだ、しかもその尻拭いをこのおれがやるのだ。もう決まったのだ。

覚悟などできなかったが「やはりわたしには、無理だと思います。考え直してください」や「そういうことでしたら辞めさせていただきます」という言葉は、口から出せないままにしぼんでいった。

そろそろ話も終わりかという雰囲気になったとき、吉永常務がだめ押しのように言った。

「念のために言うが、解散のことは、まだ誰にも話さないでくれ」

「ちなみに、誰と誰が知っているんでしょうか」

「誰も知らない。誰にも言ってない。社員では、この那須君ときみしか知らない」

自尊心をくすぐるつもりだったらしいが、畑井の気持ちとしては逆効果だった。荷物は少人数で背負うほど重く感じるものだ。

「社員にはいつ公表するんですか」

「まだしばらく極秘だ」

吉永の身も蓋もない答えに、横田社長が補足した。

「わかるだろうけど、言えば混乱を招くのは目に見えている。それなりの体制なり、回答なりを用意してからでないとな」

那須が実感のこもった口調でしめくくった。

「具体的には、たぶん、十一月ごろになると思うよ。早すぎても遅すぎてもだめだから、難しいよね」

2

これまで長く畑井の席があった八千代アドの多摩本部は、三鷹駅から南へ一キロほどの、八千代三鷹ビルの二階にある。

このビルも、その名でわかるとおり八千代新聞社が所有する物件だ。大手の新聞社は、量的な差はあれ、どこも日本各地に不動産物件を持っている。新聞業が行き詰まっても不動産業で食っていける、と揶揄（やゆ）される新聞社もあるほどだ。

駅からやや離れていることと、築三十年を超える古い建物ということもあって、ワンフロアあたりの面積は広い。営業部の外勤と内勤、それに制作部を含めた合計二十六名がここで働いている。

ちなみに、『本部』という名はついているが、組織図的にその下に『支部』も『支社』もない。最寄りの駅はＪＲ三鷹駅で、実測距離が二キロに満たないため、バス代は支給されない。バス通りに近いから自費で通う社員もいるが、ほとんどは徒歩だ。

今日は月曜日だ。週のうちもっとも早くあがれる可能性の高い日のはずだった。

社長室での内示のあと、なんとか気持ちを奮い立たせて残務を片付けた。途中なんども手を止めたせいか、午後八時過ぎまでかかってしまった。

何人か残っている社員に声をかけ、社を出る。力ない足取りで駅へ向かう。会社から東小金井にある自宅マンションまで、〝ドアツードア〟で四十分ほどだ。電車で二駅なのに意外に時間がかかるのは、最寄りのＪＲ東小金井駅からマンションまで、歩いて十五分ほどかかるからだ。「ＪＲの駅までぎりぎり歩いて通える距離」の条件で探した、築三十年近い３ＬＤＫだが、なんとか予算内でローンを組めた。この場所を選んだ理由としては、会社の状況を踏まえて、今の職場から移ることはないと読んだことが大きい。妻の勤務先へも通いやすい。それに、今後娘が高校大学と進学するときに、都心でも郊外でもどちらも選択肢に入れられる場所である点も考慮に入れた。

席が移ることになる総務部がある東京本部は、千代田区神田小川町のビジネスビルの中にある。通勤時間は一時間を超えるが、この際、それはささいな問題に思えた。

軽く一杯ひっかけたい気分だった。三鷹駅近辺には安くて美味い飲み屋が何軒もある。会社の連中は、ほとんどが途中の南口の店にひっかかるので、畑井は一人で飲みたいときは、あえて反対口へ抜ける。行きつけというほどではないが、たまに立ち寄る、安さが売りの焼きとん屋に入った。

カウンター席に座り、生の中ジョッキにハツとカシラとレバを塩で頼んだ。焼けるまで突き出しの春雨サラダでビールをあおる。

妻の瑞穂には《残業で遅くなるから、会社で軽く食べて帰る》とメッセージを送った。

深く詮索されることはない。そもそも、嘘をつく必要もないのだが、「飲まないといられないことがあったのか」などと気遣われるのが嫌だ。

残業していたのに酒臭いことへの言い訳として、「常務が気前のいい人で、よく缶ビールを差し入れてくれるから」と伏線を張ってある。常務と会ったことのない妻は、気前のいい上司なのだと信じている。いや、うすうす本当のことに感づいているかもしれないが、何も言わない。飲み代は、昼食費込みで月四万円の小遣いの中から捻出している。もちろん、八百円、千円の定食ばかり食べていては資金がショートするから、コンビニのサンドイッチで済ませたり、家からこっそり自作のおにぎりを持っていったりしている。

おおらかなところのある妻は、月末になって追加支給でも頼まないかぎり、小遣いの使途を追及したりしない。

へいおまち、と目の前に置かれた皿に一味を振りかけてから、ハツの串をつまんでかじって引き抜く。歯ごたえとともに肉の旨味が、口の中にじんわりと広がる。

畑井は、外では口が堅い自信はあるが、妻に対しては隠しごとができない。あれこれ詮索し疑うタイプだったら、むしろ隠したのかもしれないが、何を言っても「ああ、そうなの」と信じるので、帰りに一杯ひっかけたというような小さな嘘はつけても、将来設計にかかわる重大事を隠してはいられない。

会社が来年の三月でなくなると言ったら、どういう反応を示すだろう。おっとりした妻でも、さすがにあわてるだろう。

妻は今、契約職員として、国分寺（こくぶんじ）にある総合病院の医療事務職に就いている。勤務時間中は、ひと息入れる間もないほど忙しいそうだが、開始と終了の時刻がきっちりしているのと、よほどでなければ休日出勤はありえないので、その点は助かっている。給与支給額も、若手の正職員よりいいそうだ。先日四十二歳の誕生日を迎えた彼女に、今以上の条件の転職を望むのは厳しいだろう。

ひと息でジョッキを半分ほど空け、くはあ、と吐き出す声にため息を混ぜ込んだ。

二本目のカシラに、小瓶からすくった辛味噌をつけてかじりつく。

妻のことはとりあえずおいておこう。そう自分に向かってつぶやく。以前から社の苦境は話していたし、理解してもらえるだろう。仕事に関しても、現状を維持してもらえれば御の字だ。問題は娘の結衣(ゆい)だ。

今、中学三年生で、半年後には高校入試が控えている。しかも、第一志望も第二志望も私立高校で、そこそこ熱心に勉強しているようだ。

このことを、どう切り出せばよいのだろう。

「悪いけど、志望校を公立に替えてくれないか。公立もなかなかいいぞ」

畑井自身は反抗期に荒れたという自覚もないし、初めから公立高校志望だった。しかし、もしも今の結衣の立場にいてこんなことを言われたら、それでも「うん頑張る」とは思えないだろう。まして親の側から、今は高校に行けるだけでも幸せなんだよ、などとはとても言えない。

「すみません。酎ハイください。焼酎多めで」

早く安く酔える組み合わせを注文し、一味を多めにかけたレバをかじる。ねっとりとした甘みが口に広がる。

一年前に起きた、いわゆる「リーマンショック」の余震は、日本でもまだ続いている。世間では、大企業が倒産したり大きな工場が閉鎖されたり、人員整理が起きていると、連日のようにニュースで聞く。報道の中では、それぞれがひとつの事例でしかない。しかし、そこに属している従業員たちはどうしているのだろう。〈○○自動車の工場閉鎖に伴い、従業員が一千人解雇されました〉としてしまえば、たった一行の情報だが、しかしその中身は一千個の人生と、その数倍の家族たちに天変地異が起きたことを意味する。

今までは他人事だったが、まさか我が身にふりかかるとは——。

広告ももっとも影響を受けた業界のひとつだ。

社の右肩下がりの売り上げ数字のグラフが、一向に上方に向かう気配がないことは、会議でも朝礼でもそれこそ耳にたこができるほど聞かされているから、入社間もない社員でも知っている。ただ『八千代』を冠した船団があまりに大きいので、社員に親方日の丸的な思考があるのは事実だ。どこか「なんとかなる」という空気はある。

そんな雰囲気を変えようというショック療法だろう。今年の六月、この社として初めて早期退職者を募った。

収益のあがらない部門を縮小し、収益のあがるところに注力する。そのためには組織を再構築する必要があり、人員を整理したい、というのが建前だった。どんな口上をくっつけようと、要するに社員数を減らして人件費を削るのが狙いであることは、社員の全員が気づいていた。

当時の社員総数は八十七人。ピーク時には百人を超えていたから、年々自然減している。社としてこのときの早期退職募集は、最大で十数人、すくなくとも二桁の志望者を目論んだようだ。ターゲット層としては四十代以上で、彼らに旨味が出るように、割増退職金の条件を付けた。特に営業職に中途採用が多いので、彼らに退場してもらう狙いだったようだが、実際に手を挙げたのは、わずか五人だった。

　社名に八千代の看板を背負うことは、時に信用という面において有利に働くが、世間体を気にしなければならないという足枷もある。苦手な部署をたらいまわしにしたり、いわゆる〝窓際〟に置いていたたまれない雰囲気にして辞めさせる、というあからさまないじめ的手法はとりたくないようだ。

「この次は、公務員みたいに、退職間際に〝特進〟させて退職金算定の料率を上げて、穏便に辞めていただく作戦らしい。課長以上がターゲットだってさ。おれなら辞めるのにな」

　そんな会話が先月あたりから聞こえるようになっていた。そして実際、十月の異動期に実行されるのではないかとも言われていた。まんざらなくもない、とも思うが、やはり単なる噂程度だと受け止めていた。

　さっき、社長室から自席に戻る畑井の姿を見ても、営業部員たちは気に留めるでもなく、雑談したり持ち帰った原稿の材料をまとめたりしていた。最初に畑井が想像したのと同じように、どうせコストダウンだとか起死回生の新企画はないかといった話題だと思ったに違いない。

「おいみんな。来年の春には、この会社なくなるよ」

　そう言ってしまいたい衝動にかられた。もしも方向転換の可能性があるなら、余計なことを言って無用の混乱を招くべきではない。しかし、もうぶれることのない結論ならば、一日も早く皆に教えるべきではないのか。

しかし、言えない。口止めされたから、というのはもちろんある。だがそんなことよりも、真実を知った彼らの反応を受け止める自信がない。人は、誰を恨んでいいのかわからないとき、悲報をもたらした人間を恨む。

ただ大きな懸念がある。言ってしまいたい欲求は我慢できたとしても、隠しようがないのは、前もって発令される部長職の入れ替え人事だ。人事異動について、会社側が説明をすることなどありえない。

これが会社解散の宣告と同時ならばまだいい。混乱がおきたとしても、矢面に立つのは執行部だ。社員たちの関心も、解散という現実へ向かうだろう。畑井などは犠牲人事第一号として、むしろ同情的にみられるかもしれない。

しかし、一か月、あるいはそれ以上も前に異動人事だけが発表されたら、相当な憶測を呼ぶのは間違いない。この会社で、天下り以外に、部長クラスの入れ替えなど前例がない。

「どっちかが辞めるのか？」「大リストラが断行されるんじゃないか？」

社員が二人以上集まればその話題になるだろう。当然、その疑問の矢は皆と同じフロアにいて毎日顔を合わせる畑井に向かう。

「どういうことですか？」の嵐になるのは目に見えている。

せめて部下だけにでも言ってしまおうか、もちろん口止めした上で。

いや、それも無理だ。彼らが黙っていられるわけがない。口が軽いという話ではない。転職先の保証があるのかと、まずは訊くだろう。さっきの執行部のようすでは「まだこれから」という雰囲気だった。ならば、自力で転職先を探したくなるのは当然だ。

その気配はほかの社員に伝わるに違いない。だから、誰にも漏らすわけにはいかない。結局のところ、事務処理能力よりも「あいつなら秘密を守りそうだ」という基準で人選されたのだという気がしてきた。「あいつなら公言する度胸なんてないぞ」と。

千五百円で十数円のお釣りをもらって店を出た。この先、減額必至の小遣いをはたいたが、あまり気持ちよく酔えなかった。いや、酒が入ってよけいに滅入ってきた。

時計を見る。もう午後十時だ。さらなる寄り道の金もあてもなく、下り電車に乗った。中央線下りは二年前から高架になったので、窓から見える景色がずいぶん変わった。特に夜は、暗い空を背景に亡霊のように半透明な自分の顔が映る。

その顔に問いかけた。

「だいじょうぶか？　おまえ」

3

「お疲れさま」

帰宅すると、妻の瑞穂がダイニングテーブルから声をかけてきた。すでに入浴も済ませたらしく、さっぱりとした雰囲気で部屋着がわりのスウェット姿だ。手元にあるマグカップの中身は、最近凝っている健康茶だろう。

テーブルの上に広げたテキストとノートから顔を上げて、ちらりと畑井を見たが、すぐに視線を戻した。不機嫌なわけではない。集中しているのだ。今の病院に勤務するようになってから興味が湧いたらしく、医療事務に関する資格を取るそうだ。

資格にはたしか四種類ほどあって、難易度もいろいろあるのだと、以前説明されたのだが、詳細は忘れてしまった。だからいつも「がんばるね」とだけ声をかける。

「がんばるね」

「まあね。趣味みたいなものだから」

趣味みたいなものだからと、スクールはもちろん通信教育も受けていない。二、三冊参考書を買って独学している。もちろん、自分では言わないが金を浮かすためだ。

駅からマンションまでの徒歩約十五分間、なま暖かい夜風に吹かれながら考えて、解散と異動についての切り出しかたを、四通りまでに絞った。しかし、いま妻が無心に知識を吸収している姿を見て、どの口上も色褪せて思えてきた。

「何か食べる？　今日は焼き鳥で済ませちゃった。それと、あなたの好きなマカロニサラダ」

腹いっぱいに詰めたわけではないので、それを聞いたらもう少し食べたくなった。

「あとでもらうよ。自分でやるから。――それより、先に風呂入ってくる」

「うん。少しぬるめだと思うから、追い焚きして。最後だから」

「了解」

最後に入る特権で、頭も体も適当に洗って湯船に浸かった。

「はあ」

もう何度目かわからない声が漏れる。天井から雫が落ちて、仰向いた額に当たった。

「つめて」

湯を掬って顔をぶるぶると洗う。

「くはあ」

よし、決めた――。

風呂から上がったら、すぐに切り出そう。しかし、その前に軽く飲んで景気づけだ。

「何かあったの？」

キッチンに立ったまま、冷蔵庫から出した発泡酒に口をつけると、瑞穂がまた顔を上げずに訊いた。

「え、どうして？」

四十五年も生きていると、とっさに動揺を隠す手管ぐらいは身につく。ただし、毎日顔を合わせる妻にはあまり効かない。

「だって、なんとなくね。それに、こんな時間にお酒飲むのもめずらしいし」

たしかに、ぬるい風呂で長湯をしたから、すでに十一時を回っている。瑞穂も筆記具をペンケースにしまい、片づけを始めた。

「いや、何ってことはないんだけど、今日さ、土壇場で印刷止めちゃって、けっこうてんやわんやだったから。なんとなく」

「たいへんだったね」

信じたのか何かを感じ取ったのか、瑞穂はそれ以上は訊かず、立ち上がって学習道具一式をサイドボードの所定の場所にしまった。

やはり、言うのは明日にしよう——。

逃げるわけじゃない。何か善後策を思いつくかもしれない。もしかしたら、明日また社長室に呼ばれて「畑井君、きのうのあれ、撤回するから」という話にならないとも限らない。

それに今日は動揺しているし、酒も飲んでしまった。そろそろ寝る時間だ。こんなときに深刻な話は切り出すべきではない。

明日、もう一日様子を見てからにしよう。


「はあ」

今日もまた、すでに何度目かわからない声が漏れた。湯船に浸かって天井を見上げるが、雫は落ちそうで落ちない。

一日の経つのがやけに速い。嫌な時間はだらだらと長く感じるはずではなかったのか。

いや、そんなことはどうでもいい。さすがに二日も続けて飲んで帰るのは、夫婦関係的にも予算的にも不適切だと思われて、駅の売店で買った発泡酒をホームの隅で一気飲みして景気をつけた。

つけたつもりだったが、むしろ普段より早めの八時半に帰宅し、畑井が好きなじゃがいもが多めに入ったクリームシチューを口に運ぶうちに萎えてしまった。

食べている途中に、娘の結衣が帰宅した。「ごはんは?」と母親に訊かれたが、「あとで」と答えてさっさと自分の部屋に籠もってしまった。

わかっている。父親と顔を合わせたくないのだ。ひがむつもりもないし、腹を立てる気にもならない。あの年代はそんなものだ。むしろ、顔を合わせずに済んでほっとしたのは畑井のほうだ。結衣はもう中学三年生で、十五歳だ。自分が同じ歳だったときと比べて、はるかにいろいろなことを理解している。

もしも会社が消滅すると宣言した上で「学校のことは心配いらないから」などという気休めを言っても、真に受けはしないだろう。だからといって、世間にはもっと厳しい生活の人もいるんだからなどとは、自分にはとても言えない。

会社の連中だって同じだ。突き詰めればたしかに他人だが、顔を合わせている時間は家族より長い。「決まったことはしかたがない。気持ちを切り替えて、前向きに考えよう」などと、無責任に言えるわけがない。しかも、もっとも会社批判の発言をしにくい役職に就くことになった。

神様はどうしてこんな試練を与えたのだろう。いや、この際神も仏も関係ない。執行部だ。重役連中はどうして自分なんかに白羽の矢を立てたのだろう。

さすがに無能とまで謙遜するつもりはないし、自分の職域ではそれなりに役立ってもきたという自負はある。しかし、総務の仕事などまったく未知の世界だ。しかも総務部は、部に昇格させるほどの規模ではない経理課も所轄している。

今日、仕事中に《解散》《清算》について、インターネットで少し検索してみた。《申告》だの《提出》だの《登記》だのという用語と、書類のサンプル画像がずらずら並んで、めまいがしそうになってすぐにやめた。

頑張ろうとは思えない。やりたくないという思いしか湧いてこない。

制作部の仕事については、いつも「カイゼン」を意識していた。小さなところでは進行管理にかかわる実務全般から、大きなところではデータ制作の外注から自社制作への転換まで実現してきた。

手作り風社内報の持ち回りコラムには《新しいことに挑戦することが意欲につながる》という趣旨のことを書いた。会社に胡麻をするつもりはなく、本気でそう思っていた。

仕事の壁や目標を、めんどくさい、と考えたことはなかった。それだけは胸を張れると思っているが、さすがにこれは――。

「ちょっといい？」

風呂から上がり、まだ少し濡れた髪を拭きながら、勉強を始めるべくテーブルに準備をしだした瑞穂に声をかける。

なに？　という顔でこちらを見返した。

「ええと、結衣は？」

「さっき食べた。あなたがお風呂に入っているあいだに」

「そうか」

視線が落ち着かないのは自分でわかっている。

「何か話？」

早く勉強を始めたいが、気にはなるし、という顔だ。

「ええと、実はこんど昇格することに決まった」

「え、そうなんだ。じゃあ、いよいよ部長さん？　わたし、部長夫人ね」

妻はとりあえず笑顔を見せたが、でもその続きがあるんでしょ、と目は問いかけている。

「そんな大層なものじゃないよ。それよりね、同時に異動もあるんだ」

「異動？　じゃあ、まさか大宮（おおみや）に？」

埼玉本部にも数名の制作部員はいるが、進行管理と預かったデータの処理といった作業内容だ。全体の総まとめは三鷹で行っている。

「違うんだ。――じつは、総務に移ることになった」

「ソウム？　ソウムってあの総務？」

「うん。あの総務」

おそらくは、それが何を意味するのかすぐに理解できずに、瑞穂はわずかに眉根を寄せて、小さく首をかしげた。

「制作部はどうなるの？」

「北見さんがみるらしい」

「ええっ、だいじょうぶなの？」

畑井が総務に異動すると話したときよりも驚いた。

畑井は、家ではあまり具体的に仕事の中身の話はしないが、瑞穂はそれでもおよそのことは理解している。一週間や二週間引継ぎをしてできるものではないと知っている。

「無理だと思うよ。――それより、もっと大事なことがあるんだ」

普段と違う、畑井の重い口調に、瑞穂の表情はこわばっていく。

「やだ、なんだか、聞きたくない」

「あのさ、会社、なくなるんだって」

「は？」

「解散するらしい」

「えっ」

さすがの瑞穂も言葉を失った。社長室でこの話を告げられたときの自分の反応がこうだっただろうかと、場違いな感想を抱いた。

「解散って、なくなること？」

やはり、話が急すぎて消化不良を起こしている。

「うん。消滅するそうだ。前から、三年連続して赤字だったらつぶす、って脅されてたけど、本当だったみたいだ」

「だって、まだ二年でしょ」

やはり「八千代グループ」という看板の手前、赤字を出して銀行から借り入れるわけにはいかない。いろいろな手を使って、新聞社に尻拭いをしてもらっている。実態は赤字だが、決算的にはぎりぎりの黒字、しかも税務上も違法ではない、というやりくりがあるらしい。そんな実質的には赤字の状態が、ここ二年続いた。

妻には以前から大まかにそう説明していたし、畑井自身の理解も大差ない。

「今年も、上半期だけで去年以上の赤字になる見込みなんだって。しかも、下半期の見込みはもっと暗い。それで、傷口があまり広がらないうちに、という判断らしい」

「それで、どうなるの？」

漠然とした質問に、瑞穂の動揺を感じる。日頃は、細かいことをくよくよ考えない性格の瑞穂でも、さすがにこの事態には深刻にならざるを得ないだろう。その硬い顔つきを見て、申し訳ない気持ちが増幅する。

「事業は、次第に縮小していく予定らしい。ただ、人事の発表は十月一日付、解散の告知は十一月になるらしい」

「それまでは誰にも話せないってこと？　次の仕事とかどうなるの」

「希望者は関連会社に転職できるようにするらしい」

「そうなんだ」

ようやく質問の連発が止まった。これ以上訊いても、具体的な回答はなさそうだと気づいたのだろう。畑井としても、想定質問は終わりだ。それに、昨日あの場で執行部は「関連会社に転職できるようにする」などとは明言していない。「そうしてもらえるよう交渉中」とは言われたが。

この先、こんなふうに小さな嘘を重ねていくことになるのだろうかと、ますます気持ちが沈んだ。

4

今日もまた、通勤ラッシュのピーク時間をやや過ぎたＪＲ中央線の車内で、いつもと同じ揺れに身を委ね、いつもと同じ景色をぼうっと眺めている。

変化があるといえば、名も知らぬ人の家にリフォームの足場が組まれたり、いつの間にかそれが取り外されていたりというぐらいだ。

この繰り返しが、いったい何千回続いたのか何万回目なのか、本当ならあと何回見る予定だったのか。そんなことを考え始めたとたんに、下車する三鷹駅についてしまった。もう少しぼんやりする時間が欲しい。もっと通勤時間が長かったらよかったのに、いやいやもうすぐお望みどおりになるぞ、などととりとめもないことを考える。

出勤や登校をする人たちの流れに乗って改札へと向かう。周囲に会社の人間や家族がいないと、ため息の連発になる。ため息をつくこと自体はもとからある癖で、妻の瑞穂にも「運が逃げる」とよく指摘された。自分でもやめようと思っていたが、この数日は急激に増えている。早いもので、衝撃の内示を受けてからすでに十日近くが経つ。執行部の面々はあれ以来多摩本部には顔を見せない。

社員にはまだ告知していないが、やはり顔を合わせるのが気まずいのかもしれない。いや、そんなさもしい理由ではなく、善後策のために〝本社〟や関連会社の間を奔走しているのだと考えたい。

昨日耳に入った「最近、うちのお偉いさんたちが、新聞社の喫茶コーナーでなんだか暇そうにしているのを、よく見かけるらしい」という声は、あくまで根拠のない噂だと信じたい。

改札を抜け、会社の連中とは顔を合わせずに済みそうな、人通りのない裏道を選んで歩く。そして家族のことに思いが行く。

通勤の風景と同じように、畑井家の雰囲気もあまり変わらない。

のんびりしたところがある妻も、この話を聞いた直後はさすがに驚いたようだった。しかしあまりに急だったためか、遠い親戚の訃報を聞いたような反応に思えた。今もその雰囲気を引きずっていて、夫婦間の会話ではなんとなく避けている。

畑井としては「どうするの？　どうするつもり？」と責められないことはありがたいが、気軽に話題にできない雰囲気になってしまっていることは心苦しい。

一度だけ瑞穂が、部長に昇進することについて「なんだか、閉店間際の出血大サービスみたいね」と、冗談交じりに言った。畑井も当初はそんなふうにも思ったが、今は少し違ってとらえている。

矢面に立つ人間には、それなりの肩書が必要になる。つまりはそういうことではないのか——。

いや、自分の面子(メンツ)や感情はこの際後回しでいい。もっとも気が重いのは、娘の結衣のことだ。まだ何も話していない。しかし、言い訳ではなく、避けているわけでも無意味に先延ばしにしているわけでもない。「その後」の目処が立ってからにしようと考えているからだ。

瑞穂にも「話すときは自分から」と言ってある。


「おはようございます」

九時始業だが、八時四十分ごろには社員の半数ほどが出社している。タイムカードを押すと、何人かから挨拶の声をかけられ、こちらからも返す。すでに、忙しそうにコピーをとったり、カバンを手に出かけていく営業もいる。ずっと続いてきたごく普通の光景だ。

そして今日、木曜日は、週刊発行物の締め切り日だ。この気分で締め切りを乗り切れるか、という思いと、雑念が吹き飛んでむしろすっきりするかもしれない、という思いが同時に湧く。

『八千代アドバンス』のメインとなる事業は、大きく二つに分かれる。

第一は、そもそもの会社設立のきっかけとなった広告代理店としての業務だ。巨体すぎる親会社や大手の一次代理店に代わり、都心から少し離れた場所に発生する細かな仕事を拾い集める実戦部隊だ。

この会社が設立されたのは、いわゆるバブル期が絶頂を迎えつつあった一九八七年だ。とにかく景気は右肩上がりに上昇すると、日本中が信じていた。

地方都市にも企業はたくさんある。したがって広告の需要がある。当時はまだ、インターネットは市民生活に浸透しておらず、広告といえばテレビ、ラジオや新聞、雑誌、それに折り込み紙だった。

原稿も、営業が出向いて紙で打ち合わせをし、企画書や校正紙をその都度持参する、という作業が行われていた。〝飛び道具〟はせいぜいファクシミリだ。

だから、今では信じられないが広告の需要が多すぎて代理店側の人手が足りず、大口の客以外は後回しにされ「広告を出したいのに、頼んでも来てくれない」という事態が発生した。

八千代新聞の社長が、ある日何かの天啓を受けてこのことに気づいた。

「金は都会にばかり落ちていない」

八千代アドはその一言で生まれた会社だと聞いている。

ただ、いくら好景気とはいえ、地方都市における取引相手の大部分は中小企業なので、広告一件当たりの予算は十数万円から数十万円が主流となる。一案件で百万を超える売り上げになるのはむしろまれだ。

しかしながらとも、だからこそともいえるが、扱う商品は多岐にわたる。

〝本社〟へのストレートな応援となる新聞広告のほか、パンフレット、折り込みチラシ、ビラなどの企画からデザイン、データ作成までこなす。代理店機能もある。さすがに印刷は外注へ出すが、その場合も当然マージンを取る。ほかにも、わずかながらラジオやローカル局のテレビCM、年に数回のイベントなども提携先とこなす。

しかし、単発ものだけでは不安定だ。数十人規模の会社を——もっとも創立時は二十人にも満たなかったが——維持する定期収入が欲しい。

そこでもう一本の柱となる業務が、自社発行の新聞折り込み媒体、「連合広告紙」だ。

これは、複数の会社の広告を集めて一枚の大きなチラシないしフリーペーパーを作って配布する商品だ。配布地区も曜日も自由度は下がるが、費用は大幅に抑えられる。タクシーと乗り合いバスの違いと考えればわかりやすい。

八千代アドバンス名義で発行している連合広告紙は二種。合計八エリアで隔週火曜日に発行するタウン紙『うぇるほうむ』と、同じく十二エリアで毎週日曜に発行している求人募集広告紙『八千代アド』だ。

一週間に対処するクライアントの数は、数百件に上る。そのひとつひとつにつき、原稿を作成し、校正に出し、修正し、校了までもっていく。もちろん、ほかの曜日にも作業はあるが、対外的締め切りの木曜日と、入稿処理をする金曜日に総作業量の六割ほどが集中する。デジタル化が進み、自社でデータ作成するようになって、この傾向はますます強まった。ピーク時はさばききれないほどの広告が集まり、電車のある時間内に終わらず、毎週、徹夜に近い作業だった。作業の合間に机でうたた寝したり、うまくすればビジネスホテルで二、三時間仮眠できたりした。もちろん、昼食以後の食事はまともになど摂れない。

最近では、売り上げ低迷にともなって原稿量も減り、気がつけば終電には乗れるようになった。しかし、売り上げが半分になっても、原稿本数が半分になるわけではない。「投げ売り」が定着してしまったからだ。

原価を割るような金額で売ってくる営業にも、それをバックアップする内勤にも、ほとんど変わらない給与を払っている。これでは、飲食店などでいう「売れるほど赤字」というやつではないか。こんな状態がいつまで続くのだろう――。

このところ、そんなふうに思うことがたびたびあったが、あっけなく終末が訪れた。

今日の締め切りも、以前ほどではないが、暴風雨が吹き荒れるような忙しさの時間帯があった。そのピークを過ぎて、夕方ふっと空白が生じたのを機に、畑井はこのところずっと続けていた作業に取りかかった。北見昌子現総務部長に引き継ぐためのマニュアル作成だ。

内示を受けたその日からこつこつと続けている。いままでほとんど考えずに実行していた作業を、ひとつひとつ思い起こし、文字や図式にしてゆく。これが想像以上に手間のかかる作業だった。

細かいところまで記述しようと思えば際限がない。書いても書いても終わらないような気がして、この前の週末もほとんどつぶして自宅でこの作業に没頭した。いつもは夫婦で出かける買い出しも、瑞穂一人で済ませてもらった。

　チャート風にしたり、図解にしたり、工夫しながら作ってきたマニュアルは、すでに十数枚になっている。ちょっとした冊子だ。

　引継ぎで渡す相手はたった一人で、使用するのもおそらく一度きり。しかも、どのみち実務で詳しく説明することになる。だからワープロ文書で箇条書きにした程度で充分とも思ったが、もともとパンフレットや説明書を作るのは本業だ。やっているうちについ熱が入ってしまい、我ながら力作になった。

「何か手伝うことはありますか？」

　その声で我に返った。制作部員の中では最後まで残っていた市原が、自分の仕事を終え訊いてきたのだ。

「あ、もうそんな時間か」

　時計の針は、あと数分で午後十一時になろうとしている。同じ制作部員の田川果南主任の姿はすでにない。

　このところ、畑井がひとりでこそこそ何かやっていることにはもちろん気づいているだろう。しかし「何をやってるのですか」とは訊かない性格だ。

「いや、大丈夫だよ。ちょっと上の連中に頼まれた仕事があってね」

　秘匿性があるから誰にも頼めないんだ、ということを遠回しに悟らせる。

　市原は「お先に失礼します」と挨拶し、帰っていく。

「お疲れさま。明日もよろしく」

かすかに後ろめたい気分を隠して、その背に声をかける。フロアを見回せば、営業が数名居残っているだけだ。

さて、と自分の前のモニターに視線も意識も戻す。あと三十分ほどで終わりそうだ。なんとか、日付が変わる前には帰りたい。

締め切りの忙しい日にもこんなことをやっているのは、北見から、明日この多摩本部に来ると連絡があったからだ。

今日の午後二時過ぎに、遅めの昼食を終えて戻ると、まるでそれを見透かしたかのように、北見から電話がかかってきた。

〈明日、そちらへ行く用事ができたので、ついでだから少しお話しできますか〉

「明日ですか」

〈できれば、午後早めの時間に〉

言葉は丁寧だが、有無を言わせぬ口調だ。そしてずいぶん急な話だ。

本当は日を変えてくれと言いたいところだが、特殊な状況下だ。こちらとしても会って訊きたいことや話しておきたいことがある。せめて夕方にしてもらえないかと交渉する。

〈あ、そう。――わかりました。なんとかして、合わせます〉

露骨に恩に着せた物言いのあと、午後四時と決まった。北見はもう少し早くしたいようだったが、それがぎりぎりだ。北見が時刻を早めたいのは、それだけ早く「直帰」できるという理由ではないかと思った。

翌日、北見は午後三時ごろに来て、自分の用件はさっさと済ませたようだった。

その後は営業部の空いた席に座り、持って来た雑誌を読んでいる。畑井のところからよく見える位置だ。

「そろそろいいですか？」

約束の午後四時、おそらく秒針までぴったりに北見はそう声をかけてきた。

「はい」

すぐにパソコンをスリープにし、席を立つ。一分でも借りをつくりたくない。

北見は「ちょっと外に出ましょ」と誘った。会社から歩いて三分ほどの喫茶店で出す、フレンチトーストがお気に入りなのは知っている。わざわざ北見がそんな店に誘うのは、今日のこの打ち合わせに関しては経費で落とせるのかもしれない。

しかし畑井が「まだ完全に締め切り作業が終わっていないので」と、社内の会議室利用を主張すると、しぶしぶ了解した。

「入稿作業が終わっていないのに申し訳ない。北見部長と急ぎの打ち合わせがあるのでちょっと外す」

あえてやや大きめの声をかけると、作業中の市原と田川がちらりとこちらを見て「はい」とうなずき、またモニターに視線を戻した。もちろん、前もって彼らに説明はしてある。北見に「こちらも多少は忙しい身なんです」とアピールするためのちょっとした仕返しだ。

会議室は、社員の休憩室代わりになっていることもあって、社長がいないときは社長室をミーティング用に使っていいことになっている。今日は不在だから、そちらを使うことにした。

十日前に内示を受けたソファセットで、北見と向き合う。

「さてと」

北見のその口調が、いかにもさっさと終わらせたがっているように聞こえたので、畑井は単刀直入に切り出した。

「引継ぎの件ですが、けっこう、覚えていただくことがありそうです」

持ってきたクリアフォルダーを手にする。もちろん、中に挟んであるのは、苦心作の特製マニュアルだ。昨夜は結局、終電近くまでかかった。

具体的な中身は、作業全体の進行管理についてだ。画像ソフトや編集ソフトなどの使いかたについてはほとんど触れていない。

会社消滅までの期間はほぼ半年、この間に、編集ソフトなどを使いこなせるようになるのは無理だろう。だから、そこは市原たちに踏ん張ってもらって、その代わり全体の進行管理については間違いなくこなしてもらいたい。

そんな思いを込めて作った。

「実はきのう……」

「適当でいいわよ。半年だし」

いきなり北見に遮られ、クリアフォルダーを持つ手の動きが止まる。

「えっ」

「あと半年しかないのに、無理でしょ」

「無理、とは？」

それ、とマニュアルを顎で指した。

「即戦力になるほどすぐ覚えられるわけないでしょ。それとも、畑井さんはそんな簡単な仕事してたの？」

「たしかにそれはありますが、しかし半年とはいえ、会社として業務を続ける以上、お客さんに対していいかげんなことは――」

「いいかげんなことをするとは言ってない。やっつけ仕事をするほうがいいかげんでしょ」

各論どころか、総論、いや前文の一行目で拒絶されてしまった。

発言は尻すぼみになり、クリアフォルダーは表紙が見えないように裏返した。代わりに会議のときのメモに使っている、小ぶりのノートを開いた。北見が続ける。

「それにね、どんどん縮小するわよ。うちの事業は」

「はあ」

ボールペンを手にしたまま動きを止めた畑井を見て、にやにやしながら北見がソファに背をあずける。あの日の吉永常務の姿が重なる。北見は煙草を吸わないのがせめてもの救いだ。

ただ、そのかわり閉じた空間にいると、化粧品の臭いが漂ってくる。

「十一月に解散を発表すると同時に、撤退に向けた業務縮小の指示も出るはずだから。現状受けてしまっている単発ものと定期物以外は、新規で受けない方針になる。もっとも、定期物も大幅にエリアの統廃合だろうけど。利幅の少ないタウン紙なんかももちろん出さない。むしろ未収金の回収のほうがメインになるんじゃないの。うちの会社は今まで緩すぎたよ。もちろん借金は返す。最後ぐらい身綺麗にしないとね。何しろ『解散』で終わりじゃない、そのあとの『清算』もあるんだから」

　情報をひけらかすという風でもなく、当たり前のように一気にしゃべった。

　畑井は、半分ぐらい聞き流していた。自分に与えられた任務は「解散」までだ。その手順すらほとんど理解できていないのに、その後の「清算」のことなど、考える気にもなれない。考えたくもない。

　ともかく、北見の言うとおりなら、よけいに早く発表するべきだと思う。いや、そんなことよりも、これまで北見は管理部門の責任者だったのに、この他人事のような口調はどうなのか。腹立ちも覚えて返す言葉を探していると、北見が続けた。

「だから悪いけど、わたしは真剣に覚える気はないし、市原君たちだけで対応できるようにしておいてよ」

「えっ」

「畑井さんのことだから、生真面目にマニュアルでも作ろうとか考えているかもしれないけど、無駄なことはしなくていいから」

「はあ」

　間の抜けたような返事しかできない畑井に向かって、北見が声をひそめた。

「というかさ、あなたもよく受けたわよね」

「何をですか？」

「何をって、もちろんこの異動を。一言も反論しなかったらしいじゃない」

今度は何が言いたいのだろう。異動に不満がないのか、という意味ならもちろんいくらでもある。しかし、人事のことは会社人間の宿命だろう。「わたしは嫌です」と断るならば、会社を辞めるか裁判にでも訴えるしかない。現に、北見だって受けたではないか。

それをそのまま口にした。

「北見部長も受けましたよね？」

北見は畑井を指さして楽しそうに笑った。

「だからお人好しだって言うのよ。そりゃわたしは受けるでしょ。だって、ご親切にも社命によって戦線離脱できるんだから。ラッキーじゃない」

さすがにそれは言い過ぎだろうと思い反論しかけたが、うまい言葉がみつからない。

「でも、うちは『清算』ですよね」

まだほとんど知識はないが、それでも「清算」ならば、手続きは計画的に粛々と進むのだろうと言いたかった。しかし、北見ははなから畑井の言葉に聞く耳を持つ気などないらしい。

「従業員たちは、清算だろうが倒産だろうが、そんなことはどうでもいいのよ。給料と退職金は払ってもらえるのか。転職先を世話してもらえるのか。関心があるのはその二点だけ。いままでは『馘（くび）になる』という抑止力があったけど、今後はそれがなくなる。みんな、自分のことしか考えなくなる。あなたもパニック映画ぐらい観たことがあるでしょう？　わたしは、沈みゆく船のブリッジから退避する。あなたは、乗客にもみくちゃにされながら、最後まで操舵し続ける役」

こんな事態になったことを楽しんでいるのではないかと錯覚しそうだ。

「しかし……」

北見はやや前かがみになって、右手を軽く上げ、畑井の発言を遮った。またふわりと化粧品の臭いがする。

「それとね、畑井さんは耳を貸さないかもしれないけど、〝本社〟の連中は、あまり信用しないほうがいいわよ」

「どういう意味ですか」

「まあ言葉どおりの意味だけど、要するに彼ら、社員のことなんてこれっぽっちも考えていないから」

右手の親指と人差し指で五ミリほどの隙間を作った。

「何か具体的な事情でもご存じなんですか」

北見はふんと鼻先で笑った。

「言えないわよ。べつにもったいぶってるわけでもケチなわけでもない。ただね、彼らも特別に人でなしというわけでもない。普通の人間だから、それぞれに悩みを抱えている」

「それが、うちの解散とどうかかわるんですか」

「さあね。一般論的にいえば、つぶれる会社はやりようで金鉱に化ける。八千代アドはどうかしらね。憶測で物を言うと痛い目を見るから、これ以上はやめとく。口は禍の元」

さんざん思わせぶりなことを言ってこちらの心をかき乱し、その切り上げ方はないだろう。語調がやや荒くなる。

「しかし、横田社長などは解散後にうちの社員を受け入れて欲しいと、関連会社に頭を下げてまわっていますよ」

「だから、そんなことを言ってるんじゃないの。彼らにも私生活はあるし、ほかのなにより自分の人生が大事だということ。善人であるかどうかはまた別の次元の話なんだよ」

実のない問答に聞こえてきた。もう充分だ。

「わかりました」

畑井はそう素直にうなずいたのだが、北見はまだ言い足りないようだ。

「ひとつ、忠告してあげる。倒産した会社の総務担当者の自殺率を、こんどネットで調べてみてごらん」

目を細めて笑う。楽しそうだ。

「しかし……」

「わかった。どうしても性善説を信じたいあなたに教えてあげる。これは、その日まで極秘なんだけど、畑井さんにだけ打ち明ける。もし漏れたらあなたの口から、ということになる」

脅すようなことを言いだした。ならばそんな話は聞きたくないと思う。

「実はね。みんなは知らないけど、わたしはこの社の株主でもある『八千代宣広』から頼まれて、一時的に籍を移したのよ。赤字をばらまいているので、少しテコ入れしてやってくれってね。だから、いざとなれば向こうに戻れる約束になっている。もう少しなんとかしたかったけど、こういう事態じゃしょうがない。解散を待たずに、向こうへ戻してもらうつもりよ。あそこの専務は縁戚筋なんだ。あ、秘密ね」

「解散を待たずにって、三月より前にですか？」

「そうだよ。いたってしょうがないでしょ。さっきの話じゃないけど、あとは沈むのを待つばかりの船なんだから。だから、細かい引き継ぎなんて無意味だって言ったの」

　そんな身勝手が許されるのか。

「でも、それってあんまりじゃ……」

「会社がなくなるのに、なりふりかまってられないでしょ。会社に斡旋なんかまかせて、希望が叶うとは思えない。とにかく、あとは汚点を残さないこと。会社がつぶれるのはわたしの不始末じゃないけど、仕事でミスをしたら記録が残るからね」

　とっさには返す言葉もない。一方の北見は、勢いを増す。

「それと、あなたどう思ってるかしらないけど、まさか自分に事務処理能力があるから抜擢されたとか勘違いしてないわよね」

「思ってはいませんが」

　本当は心のどこかで考えてはみた。

「余剰人員だからよ」

「余剰人員？」

「そ。どのみち制作部なんてやることがなくなるんだから、人を余らせてもしかたないでしょ。それも、そこそこの給料もらってる管理職を。で、わたしの席が空くからそこに畑井さんを突っ込め、ってこと。早い話がね。まさか『余人をもって代えがたし』とか言われて、その気になってたんじゃないでしょうね。――ねえ。隣の部屋、声が抜けるの？」

　北見が急に声をひそめて、パーティションの薄い壁一枚隣の「会議室」をあごでしゃくった。

「聞こえるかもしれませんけど」

そう答えた瞬間、ばたんと隣室のドアが開いて、誰かがすばやく出てゆく気配がした。北見が舌打ちしてあわてて立ち上がり、出入り口に向かおうとしたとき、ドアがいきなり内側に開いて、北見の額を打った。ごん、と鈍い音がした。

「痛っ」

「あっ失礼しました」

入ってきたのは、営業部の二名だ。気配からして、隣室にいた人間とは無関係で、何かの打ち合わせだろう。もちろん、空いていればこの部屋を使っていいのは、彼らも同じだ。

「ノックぐらいしなさいよ。非常識ね。ああ、痛い」

北見に怒鳴られて、二名は恐縮してぺこぺこと頭を何度も下げ、戻っていった。

半開きのドアから見えるフロアには、人の姿がさっきよりも増えている。今日は金曜日だ。一週間も終わりの夕刻を迎え、少し早めに戻った営業たちだ。飲みにいく連中もいるだろう。多少、心浮き立つ黄昏(たそがれ)だ。半年後の事態など夢にも思わずに。

この鉢合わせ騒ぎで、隣室にいたのが誰だかわからずじまいになった。


北見昌子は、言いたいことを言い終えると、それ以上畑井の発言には耳も貸さず、額をさすりながら帰ってしまった。

まだ定時前だが、やはりこのまま直帰するのだろう。だからどうとも感じない。北見とじっくり話したことはなかったが、世の中にはいろいろな人間がいるのだと思った。

いや、感心している場合ではない。自分はそのわがままの尻拭いをしなければならなくなりそうだ。

自席に戻ると、市原と田川がちらちらと畑井に視線を向けるのを感じた。

十日前の役員揃い踏みといい、今日の総務部長の出現といい、さすがに、何かあると気づいたのだろう。それに、ここ数日畑井がなんとなく落ち着かなかったり、話しかけられても上の空でいることにも、気づいていただろう。

畑井は、家でも外でも隠しごとが下手な性格だ。しかし二人は「何かあったんですか」とは訊きづらいようすで、それぞれの仕事に集中しようとしている。

ふと、さっき隣で聞き耳を立てていたのは市原ではなかったかという気がした。しかし、すぐに否定する。自分にうしろめたいことがあるから、そんな疑いを持つのだ。

裏切っているという感覚がある。申し訳ないと思う。しかし口にする勇気はない。いまさら懲戒処分が怖いのではない。矢面に立つのが怖いのだ。会社の指示を無視すれば、孤立無援になりそうで、それが怖いのだ。

内示を受けてから、鬱々（うつうつ）とした時間を過ごしてきた。寝ても熟睡できない。だがそれは、自分の家族を憂えてのことだった。あらためて考えるまでもなく、社員全員に生活があり、家族もいるのだ。独身ならなおさら逼迫（ひっぱく）した環境に置かれるかもしれない。

彼らが事実を知ったときに起きる恐慌が怖い。

そして、北見部長が口にした言葉もずっと引っ掛かっている。

――余剰人員だからよ。

5

十月最初の出勤日。朝から多摩本部に横田社長が来ている。

その存在に気づいた社員たちも「そういえば辞令の時期か」程度にしか受け止めていないようだ。たしかに、この会社では辞令の一週間ほど前に、本人を呼んで内示するのが通例になっている。課長に昇格させたとたん「実は辞めようと思っていました」と打ち明けられては面目がつぶれるからだ。

内示を受ければ「まだ内緒だけどな」と誰かに言わずにはいられないのが人情だ。そうすれば、あっという間に話は伝播する。したがって、この社では「驚きの人事」というものは、ほとんど存在しない。

今朝も、辞令の対象である営業の何人かが、ふだんのくたびれたスーツより、少しましなものを着ているのでそれとわかるが、当事者以外はほとんど興味がなさそうだ。

安心する反面不気味なのは、北見との密談の内容が漏れていないことだ。あのとき、隣室で誰かが聞いていたことはおそらく確かだ。なぜ騒ぎにならないのか。自分ひとりの胸にしまった理由は何か。

あれこれ考えてみてもしかたない。単に人の気配がしただけで、聞かれてはいなかったのだと思うことにした。

八千代アドでは、辞令は異動先で受け取るのが慣例だが、畑井も北見も引継ぎを控えて手放せない仕事があり、わがままを聞いてもらった。自宅が南千住にある北見が「朝から三鷹になんか行きたくない」とごねたのかもしれない。

北見の都合はともかく、畑井も自分の中に「どうせあと半年なのに、今さら慣例も規則もないだろう」という感情が湧いたことに驚いた。解散までの旗振り役を命じられた自分でこれなのだ。ほかの社員たち、とくに管理職でもない社員たちに、モラルが期待できるだろうか。無法地帯にならないのか。

何はともあれ、自分の異動の理由は深く考えないことに決めた。北見が皮肉気味に言ったことも含めて。目の前の仕事に集中するだけだ。

「それでは朝礼を始めます。最初に、辞令の交付があります」

社員の中では古株である、営業一課の室田課長が声を上げた。こんなときは進行役を務める。それに応えて、椅子を鳴らして全員が立ち上がる。未練がましく、中腰になってまだモニターをのぞきながらマウスをいじっている者もいる。

アルバイトなどの非正規雇用社員は、三十分遅れで出社するので朝礼にはいない。

「呼ばれた社員は、すみやかに前に出てください。それでは、社長、お願いいたします」

室田の紹介を受けて横田社長が立ち、中空を見つめて声を発する。

「ええ、今日は社全体で辞令が出ています。東京本部は吉永常務に、埼玉本部は営業部長の那須君にお願いして、同時に交付する予定です。――それでは最初に、ええ、畑井伸一君」

「はい」

かすれることなく声を出せて、内心ほっとしながら立った。皆、まったく興味がないか、昇格だと思っているだろう。そんなことを考え、スーツの上着の前ボタンをはめながら社長の前まで進んだ。

「制作部次長、畑井伸一。総務部部長とする」

社長が辞令を読み上げたとたん、それまで静かだったフロアに、ささやき声か独り言か、ざわざわとした空気が流れる。

畑井は一歩前進し、社長が差し出した辞令を両手で受け取った。

「おめでとう。期待しています」

「ありがとうございます」

おそらくは意味が呑み込めないまま、条件反射のように起きた拍手の中、畑井は視線を伏せて自席に戻った。

そのほかは、急な退職に伴う欠員の調整などのための異動が三件あったが、ざわめきは起きなかった。


「ごめん。きつく口止めされててさ」

朝礼が終わるなり、部下の市原尚己と田川果南に頭を下げた。二人の顔に浮かんでいるのは、怒りでも失望でもなく、困惑だ。二人とも「ええ」とか「はあ」と言ったきり、続く言葉が出てこないようだ。

「制作部はどうなるんですか」

ようやく、市原が訊いた。田川もじっとこちらを見ている。

「掲示されると思うけど、代わりに北見さんが制作部長で来る」

二人の顔にえっという表情が浮かぶ。

「北見部長ですか」

「ほんとですか」

社員の中で口数の少なさは屈指の田川も、さすがに驚きの声を上げた。たまたま原稿を持ってきた営業も、それを聞いて割り込んできた。

「まじですか」

その大きめの声に触発されて、さらに数人の営業が集まってきた。入れ替わりに北見さんが来るらしい、という話があっという間に広がり、盛り上がっている。

さすがに「しかも解散前に転職していくらしい」とは言えなくなった。

「畑井さんがいなくなって、制作どうなるんですか」

「おれ、北見さんだと無理が頼めないな」

それでなくても、総務や経理といった管理系の部署は煙たがられている。いや、煙たいぐらいならいいが、敵視する者もいる。「あいつら、おれたちが稼いだ金で給料もらってるくせに、ちまちま小さいことにケチつけやがって」というのが、営業部員が持つ不満の典型だ。

これからそこへ異動になると思うと気が重い。まして、今から一か月後には「会社消滅」という衝撃が走る。自分がその最前線に立つ。大坂城でいうなら真田丸だ。うんざりだ。

「まさか、大幅に業務縮小とかじゃないですよね」

こんなとき、いつも妙に鋭い指摘をする社員が、皆の心情を代弁するようなことを言った。またしてもざわめきが広がる。

「つまりリストラの嵐？」

「うそだろ。まだうちの子、幼稚園だぞ」

「違うよ。ｗｅｂに主力をシフトだろ」

「それだって、やっぱりリストラありだろ」

「畑井さん、ほんとは役員になるんでしょ。上の人に受けがいいから」

「そしたら、給料上げてくださいよ」

にわかに制作部の島がある一角が、畑井を囲んでサロンと化し、皆が好き勝手なことを言いだした。それにしても辞令が出ただけでこの騒ぎだ。先が思いやられるが「会社がなくなる」とまで予測したものはいない。あるいは、うすうす感づいたかもしれないが、さすがに口にできなかっただけかもしれない。

畑井が苦笑するばかりで具体的なことを何も答えないのと、タイミングよくかかってきた外線電話に出たため、盛り上がりは尻すぼみになった。営業たちは、リストラならお前が一号だぜ、などと軽口をたたきながら、いつしか散っていった。

畑井は、急ぎの用件でもない電話に、わざと長めに応対しながら、社員たちを観察した。フロアの配置としては〝上座〟にあたる、社長室近くの壁に掲示された辞令一覧を指さして、何人かが話し込んでいる姿が見える。おれもめずらしく、しばらくは渦中の人だなと思った。

6

辞令の翌日は、東京本部へ出社した。北見部長との引継ぎのためだ。

北見とは、それぞれの仕事の都合に合わせて引継ぎの日程を決める、という取り決めをした。具体的には、定期刊行物の締め切り作業がある日は多摩本部で、ほかの曜日は東京本部で行う。

東京本部は、新聞社が所有する『八千代神田第二ビル』の四階、五階にあり、総務部の席があるのは五階だ。

千代田区神田小川町にあるそのビルの最寄り駅は、JRでいえば御茶ノ水、地下鉄なら淡路町か小川町だ。通勤ルートの選択肢が増えるのはいいが、いずれにせよ遠くなる。家を出る時刻も早まるし、都心へ向かう電車だから混雑するだろう。あれこれシミュレーションし、結局、これまでより一時間ほど早く起きることにした。

一般の社員たちが働くスペースのほかに、社長室、役員席、応接室などもある。ワンフロアあたりの面積がそれほど広くないので、営業関係の席があるのはひとつ下の四階だ。

朝の挨拶とは別に、総務部員に向かって頭を下げる。

「ほんとに右も左もわからないので、よろしくお願いしますね」

総務部の部下は全部で六名だ。総務が二名と経理が四名、畑井を入れて総勢七名の所帯となる。部員たちは普段はここへ出勤し、必要に応じて大宮や三鷹へ行く。

畑井が挨拶すると、北見も一緒に「よろしく頼みます」と頭を下げた。部員たちはあわてて立ち上がり、お辞儀を返す。しかし、その反応に冷ややかさを感じるのは気のせいばかりではないだろう。多摩本部の社員たちが「制作部はどうなるんですか」と畑井に詰め寄ったのと同じ感情を、この総務のメンバーは抱いているに違いない。素人が来てどうするんだよ、と。

北見から最初のレクチャーを受けるため用意された椅子に座り、説明を受け始めたとたん、名を呼ばれた。

「畑井部長、ちょっといいか」

吉永常務だ。はいと答えて立ち上がる。社長室へ入るよう、身振りで示している。北見は呼ばれない。北見を見れば、手のひらを上向けて「どうぞ」という身振りだ。

楽しい話ではないに決まっている。気乗りがしないまま、重い足を引きずるようにして社長室に入ると、そこにはすでに五名がいた。

横田社長、吉永常務、那須営業部長の三名は先日の顔ぶれと同じだ。加えて、めずらしく柳専務もいる。もう一人は知らない顔だ。畑井より若い。まだ三十代半ばあたりに見える。

「まあ、座って」

いつもの飄々（ひょうひょう）とした口調で、横田社長に勧められた椅子に腰を下ろす。取り調べ室に呼び出された、下っ端スパイのような気分だ。訊かれる前から、なんでもしゃべってしまいそうになる。

「たぶん、初めてだと思うので紹介する」と社長が切り出すと、見知らぬ人物がやや背筋を伸ばした。

「『グループ関連統轄室』のキビ君だ」

胃が重くなった。八千代新聞本社にある『グループ関連統轄室』の名は、ほとんど政治的な交流の外にいた畑井でも聞いたことがある。

「よろしくお願いします」

畑井は、着席のまま、上半身を傾けた。

「よろしくお願いします」

向こうもまったく同じ挨拶を口にして、名刺を差し出した。

「あ、すみません。今持ってきます」

畑井があわてて腰を浮かせたとたん、ああいいよ、いいよ、という声がいくつも同時に上がったので、また着席した。下っ端の名刺など意味がないということだろう。

礼儀と念のために、もらった名刺に目を通す。吉備匡人（きびまさと）、古文に出てきそうな名だと思った。所属は《八千代新聞東京本社　総務局　グループ関連統轄室》と長い。役職は《チーフ》だ。日本語にしたら何に相当するのだろうと考えたとき、横田社長が続きを口にした。

「今後は、吉備君と畑井君とで連絡を取り合ってもらって、解散までの作業を進めてもらうことになると思う」

やはり、『統轄室』が出てきたかと少し気が重くなる。どこの会社にも「泣く子も黙る」と呼ばれる部署があるという話を聞くが、八千代新聞のグループ会社、つまり子会社にとっては、この『統轄室』がそれにあたるらしい。

横田社長は社歴が長いから「君付け」で呼んだが、吉永常務あたりは表情が硬い。普段はくつろいだ雰囲気の那須部長の表情も強張っている。あまり感情を表に出さない柳専務は、今回も無表情だ。

「連絡を密にしてうまくやってください。――ほかに何かあるかな？」

社長が一同を見回す。畑井を呼んだのは、具体的な指示があったわけではなく、単なる顔合わせのためだったようだ。用がないならと、席に戻ろうとしたとき柳専務が口を開いた。

「まあ、畑井君も畑違いな部署へ異動して、しかも重要な任務を負って大変だと思うけど、頑張ってよ」

意外な人物から意外な言葉をかけられたので、あわててしまった。

「あ、ありがとうございます。必死に勉強します」

柳はうなずいて続けた。

「わたしなんて、半分リタイアしたようなものでね。この会社でも名ばかりの、半分幽霊役員みたいなものだったからね。恩返しといってはなんだけど、立つ鳥跡を濁さずの気持ちで協力させてもらうよ」

こんなときにそつのない那須部長が、畑井より先に「よろしくお願いします」と頭を下げた。

柳が続ける。

「大切なのは債務の処理と、それと同じぐらいに従業員の身の振りかただろうね。具体的には、グループ企業への紹介という形になると思うけど、このご時世だから無条件でというわけにもいかないだろう。しかし、それぞれ家庭もある、生活もかかっている。『一人も路頭に迷わせない』を目指して、薄くなった白髪頭を下げて回るつもりだ」

その場にいた全員が頭を下げた。本人が口にしたとおり「半分幽霊役員」だったのかもしれないが、報酬は八千代アドがもっていたはずだ。恩返しというのも大げさではない。ただ、柳専務もさすがに単なるお飾りではなく、〝本社〟とのパイプ役として、いろいろ便宜を図ってもらっていたのかもしれない。

　グループ会社には、現場の社員にはわからない、金の流れがあるらしい。

　柳専務の話は、なんとなく政治家のスピーチのように感じたが、せっかく社員の転職を斡旋してくれると言っているのだから、好意的に受けとめることにした。

　顔合わせが済み席に戻ると、北見は自分の仕事をやっていた。服装はこれといって特徴のない、グレーのパンツスーツだ。

　畑井も、さすがに多少は情報収集をした。北見がどこかの社長の愛人だったという噂の真偽はともかく、仕事において有能であるのは間違いないようだ。部長というポジションは実力で築いたに違いない。

　ただ、なんとなく鼻歌でも歌いだしそうな、軽やかな雰囲気だ。もう気分は「古巣」へ飛んでいるのだろうか。

「『統轄室』が来てたね」

　さきほどの椅子に座るなり、そう話しかけてきた。

「ええ。チーフの吉備さんというかたです」

「知ってるわよ。何度も月次報告に行ったから」

「厳しい人ですか？」

「人っていうより、そういう部署だからね」

手にしたボールペンを指先でもてあそんでいる。

「彼らの目には、わたしたちの給料も『損益』としてしか映っていないのよ」

ちょうど北見のパソコンのモニターに表示されていた、この会社のシンプルな組織図に目がいった。

大手新聞社ほどの規模になると、「系列会社」の管轄も「局単位」になる。たとえば編集局は出版系の会社を持ち、販売局は配送会社や折り込みの会社、事業局はカルチャー教室やイベント会社といった具合だ。そして広告局の管轄は、当然ながら広告代理業が多い。

「管轄」というのは、営業方針や、ときに幹部の人事にまで口を出す代わりに「八千代」の冠を使わせて商業的なアドバンテージを与える相互関係だ。もちろん、取締役クラスのポストは新聞社からの天下り指定席だ。

ただ、局ごとに好き勝手をやっては、癒着が起きたり「八千代」の名を汚す不祥事を起こしたりするかもしれない。それを監視するのが、『グループ関連統轄室』だ。その名のとおり、八千代グループ全社の経営全般を監督し、「局」の垣根をまたいで指示する権限を有する。総務局長経由で、直接社長に具申したり、逆に諮問されたりするという。

これまでは、遠い異世界か殿上のことだと思って無関心だったが、いきなり身近な存在になった。できることなら近づきたくはなかったが。

北見がやりかけの作業を終えて、椅子から立った。

「さあ、じゃあここに座って。まずはファイルの保管場所から教えるから」

覚えることはいくらでもあった。正直なところでは、北見が「自分は覚える気がない」と宣言してくれたおかげで、説明する作業がなくなり肩の荷が下りた気分だ。

一方、畑井に課せられたのは、解散に向けての準備だけではない。残り半年とはいえ、約八十名が働く会社なのだ。そして、八十というのはひと塊ではない。一個の人間が八十集まった集合体なのだ。それぞれに給与も支払う、社会保険の手続きも必要になる。このタイミングで、保育園に子をあずけたいから印をくれと申告する者もいた。

小さい子がいるのか――。

一人一人に感情移入しては身が持たないと思いつつも、ほんとうのことを話したくなる。あとで恨まないでくれよという言い訳のために。

そんなことで忙殺され、あっというまに日々は過ぎて行った。

7

この社の将来を、どういう形でほかの社員たちに発表するのか。

全社員集会のような場を設けて、執行部の口からきちんと説明すべきではないか。

畑井は山積する仕事に追われつつも、その点がずっと気になっていた。そしてもし集会を開くなら、それなりの準備も必要になる。「会場の予約やセッティングの準備が必要になりますから」と何度も探りを入れて、ようやく教えてもらえた。

吉永常務に社長室に呼ばれ、説明を受けた。

説明会を開くことは開くが、広い会場を借りて、社員総会のような形をとるわけではないという。

「いたずらに混乱を招くから」というのがその理由だ。中間管理職——具体的には課長クラス以上を集め、趣旨を説明して、現場の部下たちへの細かい説得は「きみらでやってくれ」という方針のようだ。

同時に、詳細を記した文書を配布して済ませるという。

期待した返答と違ってやや拍子抜けしたが、畑井の仕事はしっかりとあった。

「そうだ、ちょうどよかった。この文書を我が社向けの内容に打ち直してくれないか」

そう言って、吉永常務が横書きに印字された紙を渡した。

《社員のみなさんへ》とタイトルがついたその文面には、来たる〇月〇日をもって解散すること、それに向けての会社の姿勢、などが書いてあった。さらに、従業員は全員解雇されること、アルバイトを除く正規雇用社員に対しては、それをケアする対策はとるつもりであること、などがA４サイズ二枚に綴られている。

肝心の日付や社名部分が空欄になっているところをみると、おそらくは新聞社の法務部か統轄室あたりから入手してきたものだろう。八千代グループで事実上初の解散だと聞いているから、さらに元をたどれば、市販の解説書か顧問弁護士あたりかもしれない。

とにかくそれを、畑井が八千代アド向けに書き直せということだ。推測だが、横田社長に頼まれたものを、そのまま右から左へ流したのではないかと思った。

しかし、命令なら否も応もない。わかりましたと答えると、吉永常務は続けた。

「きみも、集団心理とか群集心理とかいう言葉を知ってるだろう。一対一、あるいは幹部社員複数名対一般社員一名、という構図であれば平和裏に進む話も、大人数を一か所に集めれば雰囲気が変わる。声は荒くなるし、つるし上げが始まるかもしれない。もしも不穏な空気になれば、不測の事態を招くこともある。企業というのは、予測できるリスクは回避するべきだからな」

ただ、はい、はい、とうなずいて自席に戻ると、北見がパソコンに向かって何か書類のようなものを作っているところだった。北見は今までの部長席を畑井に譲り、ひとつ下座にあたる机に移った。畑井が戻ってきたことに気づくとあわててファイルを切り替えたが、《計画案》という文字が、ちらりと見えた。

最近では、総務の実務をほとんど畑井に振るから、北見は元来の仕事に関しても手が空き気味だ。本人の弁を信じるなら、すでに転職の話も決まっているようだから、パニックどころかどこか涼しい顔だ。今の書類も、もしかすると、移った先の仕事かもしれない。

一方で、畑井が背に負う荷物はどんどん積み重ねられてゆく。

解散の予定があろうとなかろうと、通常の総務的な処理は待ったなしだ。これは従業員だけでなく、役員も含めてだ。給与計算も社会保険類の手続きも猶予はならない。組織図的には、経理課も畑井の指揮下になる。総務にしろ経理にしろ、こんなに細かく膨大な日常業務をこなしていたのかと今さらながら驚いた。

そういった社内的な業務だけではない。事実上の〝親〟ともいえる新聞社広告局、それに

『統轄室』への報告書作成も重要な任務のひとつだ。月次ごとに、収益に関する経理的な書類はもちろん、総括や今後の見通し、対策、方針などを報告書としてまとめなければならない。どれもこれも、生まれて初めて書く。しかも〝本社〟へ提出し、お偉いさんが回し読みするのだ。

十月の末に、引継ぎの挨拶もかねて北見と同行して〝本社〟で挨拶回りした日のことが印象的だ。

広告局の海野総務部長は、むしろ同情的だった。

「畑井さんもこれから大変だと思うけど、なんとかお願いします」

軽く頭を下げさえした。畑井は、営業成績の低迷はほかの誰でもない自分たちの責任だと思っているが、もしかすると〝親〟の立場として「〝子〟を切り捨てることになった」という忸怩たる思いがあるのかもしれない。

ややこしいのだが、グループまで含めた新聞社全体を管理する「総務局」とは別に、たとえば広告局などそれぞれの局ごとに、局内を管理する「総務部」が存在する。大きい会社はスケールが違う。

一方の統轄室には、冷たい風が吹いていた。向こうの顔ぶれは、先日顔合わせをした吉備チーフと、その上司に当たる上野原課長と津村室長だ。

言葉遣いは丁寧だが、それはこちらを気遣っているからでないのは、目を見ればわかる。感情的な発言をしてあとで問題にされないよう、慎重に選んでいるのだ。

「自分たちが招いた結果なのだから、最後まで気を抜かずに綺麗に始末をつけてください」

遠回しだが、そういう意味のことを言われた。

「それはもちろん、そのつもりで鋭意努力しております」

北見がそつのない返答をする。

「来月の見通しもあまりよくないですね」

数字を指先で追っていた上野原課長が事務的に重ねた。

「まったく困ったものです」

北見がうなずく。すでに他人事のようだ。

つぶれるのがわかってる会社なのに、見通しもくそもないのでは——。

内心ではそう思うが、がんばります、と頭を下げた。何をがんばればよいのかわからなかったが。


またあるとき、北見が事務的に言い放った。

「畑井さんは部長になって固定の手当が増えたから、標準報酬月額の変更届を出さないとね」

思わず「えっ？」と言葉に詰まる。なんだ、なんだ。それはなんだったろう？　部長になりましたと、役所に届け出るのだろうか。

「それさ、説明したと思うけど」

「そういえば」

思い出してきた。収入によって納付する年金の額が変わってくる。それを、年金事務所へ届け出なければならないのだ。

「総務の基本中の基本だって言ったよね。標準報酬月額が二等級以上動いたら、すみやかに届けが必要だって。総務部長自身の届けを忘れたら洒落にならないよ」

あわてて〝引継ぎノート〟をぱらぱらとめくり返す。北見が吐き捨てるように言う。

「いいよ、今は。そんなの見なくて。だいたいそういうことは、引継ぎとか関係なく常識だよ。書店に行けばいくらでも解説書は売ってるしね。わたしらのころはいちいち本を読んで参考にしたけど、今はネットとかでも簡単に解説してくれてるし。いい時代だね」

これらの業務だけでも処理能力を超えていると思うのに、さらに加えて会社が畑井に期待するもっとも重要な案件と思われる「解散」への準備が待っている。

吐きそうだ――。

そもそも「解散」の準備なんて、いったい何をすればよいのだ。もちろん、参考のための書籍は三冊ほど購入した。しかし、精読はできていない。無理だ。取締役会、株主総会、決議、届出、財産目録、公告・催告――並んだ用語を見ただけで拒絶反応が起きる。今まで、興味も知識もほとんどゼロだったのだ。

そしてなにより、もっとも精神的にきつかったのは、十一月二日までそれらの愚痴を誰にもこぼせなかったことだ。

「なんだか忙しそうですね」と声をかけられて、うっかり「そうなんだよ。あと半年もないからね」と答えそうになったことが、何度もあった。

「まいったよなあ」

トイレに入って、ほかに誰もいないことを確認してから、ぼやき、ため息をつく。内示を受けてからの約六週間、とくに異動の辞令が交付されてからの一か月、畑井伸一はこれまでの会社員人生でも覚えがないほど、「まいったなあ」を口にした。数日前にも、妻の瑞穂に「五分に一回ため息をついている」とあきれられた。

「悪いとは思うんだけどさあ、こんな秘密は誰にも話せないだろ。ひとりで抱えているって、けっこうしんどいんだよ」

畑井がそうこぼすと、さすがに、瑞穂もそれ以上揶揄するようなことは言わない。かえって「体は大丈夫？」などと気遣われると、危うく気持ちがくじけそうになる。

そんな日々をなんとか乗り越えて、ようやくその日が来た。

8

十一月二日月曜日、十一月最初の出勤日だ。

畑井だけではない。ほとんどの社員にとって、忘れがたい日になるはずだ。

ここまで、従業員側で解散の事実を知っているのは、たった三名しかいなかった。営業部長の那須、元総務部長の北見、そして畑井だ。

畑井は自分でおしゃべり好きだとは思っていないが、それでも重大な秘密を抱えて口を閉ざしていることの苦さを味わった。

この日が早く来て欲しいという願いと、いっそ永遠に来ないほうがいいという自棄な気分が、混じり合わない絵の具のように奇妙な模様を描いていた。

会場となる会議室は、八千代アド東京本部が入ったビルの五階にある。始業時刻には、それほど広いとはいえないこの会議室が、普段この事務所内であまり顔を見ない社員で膨れ上がっていた。といっても二十人足らずだが、予備のパイプ椅子まで持ち出して満員電車なみの混みようだ。

呼び出されたメンバーは、全社、すべての部署の課長職以上に就く者だ。

上座にあたる壁側に長テーブルがひとつ置かれ、中央に横田社長、左右に柳専務と吉永常務、そして吉永常務の隣にプロパー社員筆頭格ともいえる那須営業部長がやや硬い顔をして座っている。久しぶりに顔を合わせ談笑しながら入ってきた社員たちも、室内に漂う空気に口を閉じてしまう。

それを見て、畑井は逃げ出したいような気分になった。

「本日は、みなさんに残念な報告をしなければなりません」

従業員総数が八十余名なのに、課長以上の職にある人間が二十名ほどもいる。基本給の設定が低く抑えられているので、苦肉の策としてポストを乱発したのだと、社員はみな知っている。その顔ぶれを前に、横田社長がそんなふうに切り出した。

ふだんは飄々と話す横田社長の、めずらしくやや硬い言い回しに、場の空気も重くなる。

「これまでもたびたび会議その他でお話ししてきましたが――」

会社が置かれた末期的な窮状、これまで新聞社に頼り切ってなんとかしのいできたが、それも限界に来たこと――。

よほど勘が鈍くなければ、このあたりで「この会社、終わるのか」と気づいたはずだ。横田社長の説明は淡々と続く。多少の負債はあるが、いまならまだ「倒産」ではなく「解散」という形で終わりにできること。

しかし、この場にいるほとんどの人間は、そんな言葉の選択に興味などないはずだ。

「それまでの給与は保証するつもりです」

ようやく、皆の関心を引いた。ただし「よかった」というよりは「当然だろ」という雰囲気だ。

「退職金についても、これから〝本社〟と詰めてできる限りのことはするつもりです。——そして最大の問題は、社員のみなさんのその後の身の振り方だと思います」

しんとなった短い間に、唾を飲んだり軽く咳払いする音が響いた。

まるで打ち合わせでもしたかのように、吉永常務がそのあとを引き取る。

「アルバイトのかたには申し訳ない。ここまでのご縁、ということになります。しかし、正社員は一人たりとも路頭に迷わせない、それを目標に頑張るつもりです。どうかご理解、ご協力いただきたい。——これ、回して」

手にしていた数枚綴りのA４サイズの紙を順に回させた。なるべく目立たないようにと、隅のほうに座っていた畑井の手元にもそれは来る。中身はわかっている。畑井が作った書類だからだ。どうやら、吉永常務は社長に自分が作ったと話したらしい。どうでもいい。会社の消滅に比べれば、小さな問題だ。

《お知らせ：会社解散に伴う再就職先斡旋および再就職支援金について》

そこに書いてあるのは、解散の趣旨、それまでのざっとしたタイムテーブル、主にグループ会社への再就職斡旋の条件や候補社のリスト、そして再就職支援金という名の退職割増金についての説明だ。

普段の会議では配られた資料などほとんど目を通さない連中も、真剣な眼差しで文字を追っている。いきなり知らされた衝撃をなんとか消化しようとしている。

再就職斡旋先として名があがっているのは、二十社ほどあるが、ほぼすべて「八千代グループ」だ。もちろん、八千代新聞本社はない。

説明は続く。定期刊行物は今月末をもって廃刊にする。その後は売掛金――いわゆる未回収金の回収に全力を注ぐ。

実務的な説明をしたあとで、最後に吉永常務がしめくくるように言った。

「『八千代』の名を汚すことのないよう、軽挙妄動は慎んでほしい。いちいち具体的に言わなくとも、管理職にある諸君ならわかってもらえると信じる。これからの行動は再就職斡旋にもかかわってくると思う」

なるほど、と思った。これまで、昇給、昇格や賞与の査定というツールで保ってきた社内秩序を、これからは「再就職」で持ちこたえるのだ。

「畑井部長は残ってくれ」

会議という名目の「解散説明会」が散会になり、がやがやと私語を交わしながら管理職たちが退出するとき、吉永常務にそう声をかけられた。

「はい」

正直なところほっとした。役員たちは、しばらくこの場に残るかさっさと事務所を出ていくに違いないからだ。そして北見はあの調子だし、今の総務責任者は畑井だ。そしてなにより、社員たちにとって畑井は物を言いやすい相手だ。それは自分で痛いほどよくわかっている。

遠慮のない質問の矢が、畑井一人に降り注ぐのは目に見えている。まさに、夢に見るほど怖れた「矢面に立つ」瞬間になるはずだったからだ。

ここで少し時間を稼げば、興奮もやや冷めるだろうし、不満の大きい社員たちは、さっさと連れ立って喫茶店にでも流れるだろう。

「わたしは、これで」

案の定、柳専務はそう言うなりすっと立ち上がり、煙が流れ出るように部屋から消えた。責任感の大小といった問題ではなく、自他ともに認めるそういう霞のような立場らしい。大きな会社にはいろいろな人がいる。

会議室に残ったのは、横田社長と吉永常務、那須営業部長、それに畑井だ。

「畑井君には別途お願いがあるんだ」

横田社長が、書類のコピーでも頼むような口調で切り出した。

まだ何か、と答えそうになる。軽い口調だからと油断してはならない。地球に隕石が衝突するときも、横田社長はきっとこんな調子だ。あまり接点がなかったころは、何ごとにも無感動な性格なのかと思ったが、接する機会が増えてから見方が変わった。

おそらくは、この人なりに修羅場をくぐってきたからなのだ。

八千代新聞社の社員にも、世間でいう「総合職」と「一般職」にあたる棲み分けはある。公務員の「キャリア」と「ノンキャリア」ほどの明瞭な差はないが、いずれ部長やその上をめざすメンバーと、現場一筋で定年を迎える社員だ。

そして前者も、出世畑をまっすぐ歩む人間と、早ければ四十歳そこそこからグループ会社へ出向してゆく組とに分かれる。

横田社長は、もともとは編集局の記者スタートだったそうだが、四十代前半に広告局へ異動になり、これまでも苦境に立つグループ会社を渡り歩いてきたらしい。いちいち感情的になっていては仕事にならないと割り切るうちに、この飄々とした、一種木彫りの人形のような風貌が染みついたのではないかと思うようになった。

「解散後も残ってもらいたい」

横田社長はほとんど説明もなく、いきなりそう言った。

思わず、「は?」と訊き返す。

「きみは、その『は?』というのが多いな」

吉永常務が、脇からからかうように言う。「は?」と訊き返したくなることばかり言うからだろうと、さすがに反論したくなったが、聞こえなかったふりをする。

「残る、といいますと――」

畑井の問いに、吉永常務が答える。

「解散したあとも、清算業務にあたってもらいたい」

またしても「は?」と口にしそうになって、あわてて呑み込む。

「清算、知ってるだろ?　会社が解散したあとに、一年かけて残務処理をするんだ。その後の清算登記が終わって、初めて会社は無事に消失する」

その程度は、今なら表層的な総論として知っている。解説書を読めば『解散』と『清算』はワンセットの扱いになっている。

訊きたいのはそんなことではない。

「それはつまり、再就職したあとも残務にあたれ、ということでしょうか？」

ほかの従業員と同様、まだあてすらない話だが、畑井も我が身の先ゆきを考えねばならない。訊きたいのは、どうにか再就職をしたあとまで、たとえば夜間だとか週末だとかに、清算にかかわる作業をやれということなのか、という点だ。

吉永常務は、違う違う、と手を振って笑った。

「再就職はしばらく見送ってもらって、清算活動に専念してもらいたい、という意味だよ」

またしても「は？」と口に出してしまったが、今度は指摘されなかった。

再就職は見送って——？

人の生活設計を左右するようなことを、そんなに軽々しく口にしないでもらいたい。

横田社長も頼りないことを言う。

「わたしもね、解散とか清算とか、初めて経験するのでなかなか勝手がわからなかったんだけど、顧問の先生がたの話を聞いたら、片手間でできるような質でも量でもなさそうなんだ」

「それを、わたしがやるのでしょうか？」

さっきぶつぶつ言いながら出て行った連中の中には、もし今の畑井の立場だったら「いいかげんにしてくださいよ。誰かほかの人に頼んでください」と開き直る者もいるだろう。「はいはい聞いてれば調子に乗って」と怒りだす者もいるかもしれない。かなうことなら、そんなふうに言ってみたいと思った。

しかし、しょせん自分にはそんなことはできないと、胸の内で唇を噛む。喧嘩別れしたなら、グループ会社への再就職の斡旋はまず無理だろう。

だからといって、どこか新天地にそこそこの待遇の転職先がみつかる保証はない。娘の結衣の進学問題が、心に大きくのしかかる。ここで彼らの要望に応えれば、そこそこいい条件で次を紹介してもらえるのではないか。そんな打算も働く。

「ぜひ、そうしてもらいたいと思っている」

横田社長が「これで決まりだ」という雰囲気で言うと、常務が那須部長に目配せした。打ち合わせてあったらしく、那須がうなずいてすっと立ち、出入口のドアを半分ほど開けて声をかけた。

「串本(くしもと)君、ちょっといいかな」

誰も口を開かない重苦しい時間が十秒ほど流れ、入口から一人の社員が入ってきた。総務部経理課長の串本守彦(もりひこ)だ。これまであまり接点はなかったが、異動後は畑井の直属の部下である。

畑井は先週あたりから、再就職斡旋先へ提出する書類——あけすけな物言いをする北見は「内申書」と呼ぶが——を作っているので、従業員の情報には詳しくなった。

この串本は、三十五歳、経理の知識のある人間が必要だったため、やはりグループ会社から引き抜かれる形で、三年前に入社した。入社半年後には課長に昇進したから、初めからその約束だったのかもしれない。

杉並(すぎなみ)区荻窪(おぎくぼ)に二歳年下の妻と暮らし、子供はいない。この美玖(みく)という名の妻が、噂によればかなりの美貌らしいが、畑井はまだ会ったことはもちろん、写真を見たこともない。

「失礼します」

串本は、文武両道で有名な私立高校で野球をやっていたという長身を、しなやかな動きで折り曲げて、指示された椅子に腰を下ろした。

甘いマスク、という表現が似合いそうな整った顔をしているが、いつも感情を外に出さず、笑ったところすらほとんど見たことがない。これはほかの社員から聞いた噂だが、スポーツは野球以外も万能で、歌も上手いそうだ。〝内申書〟作成の参考にした、入社時提出書類の趣味欄に《楽器演奏（アルトサックス）》とある。

「串本君にも、清算業務で残ってもらうことになっている。本人の了解を得た」

横田社長がそう言うと、串本がすっとお辞儀をした。そんなしぐさまで絵になっている。

「そしてわたしですか？」

思わず自分の胸のあたりを指さしてしまってから、なんとなく串本のスマートさと差がついたような気がして、少し落ち込む気分がした。

「そういうことになる」と吉永常務がうなずく。「税務的なことを串本君に、法務的なことを畑井君に受け持ってもらいたい。しかし、なにぶんグループ全体を見渡しても初めてのことだから、注目されている。失敗のないよう、現在の顧問である弁護士と税理士の両先生とも引き続き契約はする」

ちょっと待ってください。まだ受けるとは言っていません。それに、グループ全体から注目されているなら、なおさらほかの人に白羽の矢を立ててくださいよ。

角が立たないようにそれをどう言おうか頭の中で変換する前に、吉永常務が衝撃的なことを言った。

「それと、清算人として社長が就き、わたしがその補佐をする。この四人で清算業務にあたる予定だ」

9

「それで、引き受けたの？」

午後九時を三十分ほど過ぎた自宅のダイニングテーブルで、畑井は遅めの夕食を摂り始めたところだった。身支度を解きながら、今日あったことをざっと話すのは、もうずっと続く夫婦の習慣だ。

今日はもちろん、来年三月の「解散」以後も、さらに数か月から場合によって一年、今度は「清算」のために居残って欲しいと言われたと簡単に説明した。

「流れ的に断れなくて」

口の中のものを飲み下しながらうなずく。

「でしょうね」と瑞穂は笑って、温め直した皿をテーブルに載せた。

今日のメインのおかずは、畑井の好きなタマネギ入りの生姜焼きだ。ほんのりニンニクを利かせたタレまで含めて、妻の瑞穂の手作りだ。

畑井はこの問題が持ち上がって以来、休日はほとんど一日中、持ち帰った仕事の処理や勉強をしているため、家の中のことは瑞穂にまかせきりだ。「買った惣菜で済ませればいいのに」と言うのだが、「このほうが同じ金額でも量が増えるし、塩分糖分抑えられるし、そもそも美味しいでしょ」と笑う。

この性格にはだいぶ助けられていると感謝している。早々と、問題を一人で抱えることに耐えられなくなり、会社で何か進展があるたびに、その日のうちに瑞穂に打ち明けるようになった。

「なんでもいいけど、あなたは妙に生真面目なところがあって、滅私奉公の気質があるから、体調には気をつけて」

ほとんどの場合、そんなふうに言って、具体的に批判をしたりはしない。しかし、今夜はさすがに、眉間が強張った。

「それって、会社が無くなったあとも残って後始末するってことでしょ。営業部長の那須さんはどうなるの？」

「たぶん『八千代宣広』に引き取られるんじゃないかな。あそこには、まとまった人数が行くことになると思う。吉永常務の言葉を借りるなら、斡旋し転職して行く連中を『野放しにはできない』そうだ。今より好待遇になるとは思えないから、不満分子が出る可能性がある。那須さんは、それを抑える役目を果たすそうだ」

「それって、聞こえはいいけど『お先に』っていうことよね。あなたは、すでに存在しない会社に残る――」

「正確には、『清算登記』が終わって、そのとき初めて会社が無くなるといえる」

「そういうことを言ってるんじゃなくて……」

「わかってる。言いたいことはわかってる」

断れない性格だから、きっと貧乏くじを引かされると思った、そう言いたいのだ。しかし、ただそれだけが選ばれた理由だとは思えない。いや、思いたくない。

曲がりなりにも、大手新聞社『八千代』の名を冠した会社の後始末役に、「こいつは断らないだろう」というだけの理由で人選はしないと思うのだ。不始末を起こせば、極端な話、ライバル社のいい攻撃材料になる。週刊誌あたりも喜んで食いつきそうだ。

北見が言った「余剰人員だから」というのも、もちろんあるかもしれない。しかし、やはり「そこそこに信頼できる事務処理能力」と「面従腹背ができるほど器用な悪党ではない」点が買われたのだと自分では思っている。

そう瑞穂に語ると、同意しながらも「でもやっぱりなんだか、喜んでいいのか複雑ね」と苦笑した。

なんとなくそれで会話が途切れ、瑞穂は向かいの席でいつもの参考書を読み始め、畑井は畑井で八千代新聞の朝刊夕刊をまとめて読み返していた。

突然、瑞穂が声をかけてきた。

「ねえ」

「なんだい」新聞から顔を上げずに応じる。

「もしお願いしたら、あなたわたしに腎臓くれる?」

いきなりむせた。何か飲んでいるときでなくてよかった。口にしていたら、噴き出していたところだ。咳き込みながら、読んでいた新聞をテーブルに乱暴に置いた。

「なんだよ、いきなり。びっくりするだろ」

「ごめんごめん。さっきほら、あなたは頼まれたら断れない性格だ、みたいな話題になったから」

「それにしたって、その話題はないだろ。会社がなくなるよりよっぽど荒唐無稽っていうか」

少しだけ責めるように言うと、瑞穂は笑って終わりにするわけでもなく、やや真面目な表情になってその先を語った。

「今日ね、このあいだの健康診断の結果が戻ってきたんだけど、《要観察》がひとつあって」

今度はむせることなく、唾を飲み込んだ。一般的に定期健康診断を春先に行う企業が多いが、その枠を開けるために瑞穂の勤め先の病院では、自分のところの従業員に関しては秋に実施するらしい。そういえば先日、今日は朝食抜きなんだと言っていた記憶がある。

その結果が思わしくなかったのだろうか。

「まさか、急性腎不全とか――」

自分で思った以上に真剣な声になった。それを聞いて、ようやく瑞穂が笑った。

「そんなに深刻にならないでよ。普段のほほんとしてるのに、妙な時に繊細になるのもあなたの特技よね」

「特技とかじゃなく驚くだろ」

「ごめん、ごめん。ほんとはたいしたことじゃなくて、腎臓に『ジンノウホウ』らしき影があるので、一年後の検診時にはちょっと注意してくださいね、っていう話。驚かせてごめんね」

「ジンノウホウ？」

瑞穂は、もともと説明しようと思っていたらしく、テーブルに折りたたんで置いてあった健診の結果報告書を開き、一部分を指さして見せた。

そこには《腎嚢胞》の文字があった。

「なるほど、こういう字を書くのか」

「正直言うと、わたしも今回初めて知って、ちょっと調べた。腎嚢胞っていうのは、腎臓にできる、なんていうか小さな袋みたいなもので、ほとんどは症状もないし無害なんだって」

「よかった」

「だからたぶん良性だろうけどって言われた。でもさ、あなたがそんな記事読んでたから、ちょっと思いついて訊いてみた」

瑞穂が指さした先には《臓器移植を海外で斡旋》という見出しの記事が載っていた。そういえば少し前に、吉永常務が「八千代新聞がずっと追ってるテーマだ。協会賞ものの企画だな」と、わがことのように自慢していたが、この記事のことだったのか。

「まあ、それはそれとして、家族間の移植は難しい問題だよね。もし仮に結衣に難病がみつかって、移植しか手がないとしたら、ぼくは法的に可能であれば迷わず提供するけどね」

「もし仮にわたしだったら？」

「それは――。次回までに考えておきます」

「あなたの愛情はよくわかりました」

「さて、そろそろ風呂にでも入ろう」

10

解散発表後、初の自社刊行物締切日を迎えた。軽く百本を超える原稿の作成、入稿作業が待っている。

取り決めでは、畑井と北見の両名が多摩本部へ出社し、引継ぎをすることになっていた。しかし、北見のことだから「廃刊が決まったのに、引継ぎなんて意味がないでしょ」とでも言い出しかねない。

いや、北見のことはもういい。そんなことより、〝発表〟後、初の顔合わせになる、元部下たちへの仁義を切らなければならない。

畑井が始業三十分前に出社すると、市原尚己と田川果南の両名は、すでに自分の席にいた。

「黙っていて申し訳ない」

おはようございますの挨拶も抜きで、まず二人に向かって頭を下げた。口数の少ない二人が、あわてて立ち上がりお辞儀を返した。

「ことがことだけに、きつく口止めされていて、きみらにも言えなかった。ショックだよな」

「たしかに、ショックはショックでした」

市原が、困ったという表情で答えた。怒りの雰囲気はない。

「ちょっといいかな」

制作部の一角はもともとフロアの隅にあるが、さらに窓と壁が作るコーナーへ二人を招いた。なんでしょうか、という表情でついてきた田川と市原に、声を抑えて伝える。

「掲示された書面を見たと思うけど、関連企業に再就職の斡旋をする予定になっている。立場的にきみたちだけ特別扱いするわけにはいかないけど、可能な限り応援するから」

それを聞いた二人が顔を見合わせた。その目配せは、どうする？　話す？　とでも相談しているように感じられた。不安の雲が湧く。

「どうかした？」

「あの」と先に声を上げたのは、市原に輪をかけて口数の少ない田川だ。

「うん？」

「そのこと、言おうと思っていたんですけど、わたしは、斡旋は辞退します」

「えっ、どうして？　田川君なら絶対どこへ行っても通用すると思うよ。——あ、そうか、グループ外のもっと条件のいいところを探すか。それもありかな。だとすれば……」

「違うんです」田川が首を左右に振った。「クリエイティブ関係の仕事でなくてもいいので、もう少し近い場所で探そうと思っています」

「まあ、それもありかな。いまだに前近代的な残業があったりするからね」

「そうじゃないんです」今度は市原だ。

「なんだか、意味がよくわからないな」

市原が、ようやく決心がついたという表情になり、畑井の耳の近くに口をよせてささやいた。

「自分たち、結婚する予定なんです」

「えっ、それは――」

思わず大きな声を出しそうになって、あわてて口をつぐんだ。小声で話すということは、まだほかの社員には知られたくないということだろう。二人の顔を交互に見ると、照れたような表情で首を小さく縦に振る。

こちらも可能な限り声を抑えて続ける。

「おめでとう」

二人ともはにかんだような笑みを浮かべ、うなずいた。

「そんなときに大変なことになって――」

そこまで言って、言葉が続かなくなった。何を言っても上っ面の言葉に思えたからだ。

その短い空白に、市原が打ち明けた。

「じつは、前から知っていました。会社が解散すること」

思わず「えっ」と市原の顔を見る。

「社長室で、北見部長とお話されていたのを聞いちゃったんです。ぼくら二人でちょっとだけ打ち合わせをしていたときに」

「そうだったのか」

あのとき、誰かに聞かれたのではないかとずっと気になっていたが、この二人だったのか。

「今まで、漏らさずにいてくれてありがとう」

「こちらこそ、考える時間ができて、腹をくくることができました。お礼を言うのも変ですが」

田川が真面目な顔でうなずいているのを見て、つい小さく吹きだしてしまった。一瞬不思議そうな顔をした二人だったが、すぐにつられて笑いだした。

二人が席に戻り、さて、と別のため息をつく。あと一時間も経たずに、アルバイトのオペレーターたちが出社してくる。もちろん、彼ら彼女らも寝耳に水だ。収入が途絶えることに違いはない。あの掲示物を見れば、あきらかに正社員とは扱いが違うとすぐにわかる。

「やっていられないから帰ります」

そんなふうにボイコットされたらどうするのか。今日と明日、激務が続くのに、乗り切れるだろうか——。

そう考えると胃に穴が開きそうだ。

始業五分前になって、北見はやってきた。

「はい、おはようさん」

自分にあてがわれている席に座り、電車の中で読んできたらしい新聞を広げた。八千代新聞だった。


あんな発表があったというのに、広告本数はほとんど前週と変わらなかった。もちろん、それ以前からの約束があったということもあるだろう。しかし畑井には、営業部員たちのいってみればやけくそのような、頑張りの雰囲気を感じた。

ほとんど仕事もしないのに形ばかり隣の席に座った北見が、しょっちゅう「ああ、〝本社〟の広告局から連絡が来た」とか「ちょっとごめん。税理士の富永先生に折り返さないと」などと断りを入れてくるので、「いちいち断らなくていいですよ。お好きにどうぞ」と答えたが、嫌味とは受け取らなかったようだ。

何もすることがなく、手持ち無沙汰なときは、客からの訂正を持って来る営業に向かって「どうせまともな料金は取ってないんだから、あまり手間かけさせないでよ」などと声をかけて、図らずも嫌われ役を買って出てくれた。

救いだったのは、アルバイトのオペレーターたちが、当面の事実関係を説明しても、冷静に受け止めてくれたことだ。ボイコットすることもなく、すくなくとも能率的な面では普段と変わらない作業を続けてくれて、頭の下がる思いがした。

解散の発表と併せ、緊張の山をいくつも経験したせいか、とても長く疲れた一週間で、週末はとうとう熱を出してめずらしく寝込んでしまった。

11

月曜日、東京本部へ出社すると、経理課長の串本がさっそく「今後のことについて少し打ち合わせしたい」と申し出てきた。もちろん、快諾する。

今日は役員が誰もいないので、社長室を使うことにした。このあたりのルールは多摩本部も東京本部も変わらない。

畑井より十センチ近く背が高そうな串本は、しなやかな動きでソファに腰を下ろした。

「社長から、ざっとした金の流れを畑井部長に説明するよう指示されました」

傲慢ではないが、必要以上にへりくだってもいない。自信に裏打ちされているのかもしれない。

「あ、なるほど」

うなずく畑井の目前に、串本がすっと一枚の紙を出した。

「ビーエスの見方はわかりますか」

一瞬、まさかテレビの話じゃないよなと思ったが、それは「B／S」つまり「貸借対照表」だった。

「だいたいのことはわかると思うけど――」

つい見栄を張ってしまった。本当のことをいえば、右側に並んだ数字と左側に並んだ数字の合計を、ぴったり同額にしなければいけない、という程度の知識しかない。どうして「純資産」が「負債」の仲間なのか、説明されても感覚的にはしっくり来ない。三角関数と出会ったころから、数学は苦手だ。

「これは先月の速報版です。おそらく確定になると思いますが、これで説明します」

「よろしくお願いします」

畑井が冗談を言ったと思ったらしく、串本は端整な顔に薄く笑みを浮かべた。

「刊行物の廃止やグループ会社からの回し原稿など、今後、収入が激減することを考慮しますと、新聞社からの借入金を含めた負債の総額は、最終的に四億円弱になる見込みです」

いきなり衝撃の結論を口にした。

「四億！」

先日、北見との会話を誰かに――結果的に市原と田川だったが――聞かれて以来、あまり大きな声は立てないように注意している。しかし、それでもつい声が漏れてしまった。

「――うちの規模で、そんなに負債をかかえてるのか」

串本は涼しい顔でうなずく。

「赤字転落三年目ですし、今年の落ち幅は半端じゃないですから。それに、三年といってもあくまで帳簿上の数字であって、実質的にはもう五年も前から赤字基調です」

「つまり、本当ならもっと額が多いと？」

串本はうなずく。要するに、親である新聞社としても、これ以上脛をかじらせておくわけにはいかなくなった、ということか。

「たしか、常務が『今なら借金を帳消しにして解散できる』みたいなことを言ってなかったっけ」

「その方向へもっていく予定のようです」

「四億もの借金、どうするんだろう。国じゃないんだから、自分で刷るわけにもいかないし」

今度は冗談を言ったつもりだが、串本はくすりとも笑わなかった。

「八千代グループ外の取引業者にはきちんと支払います。その上で、グループ会社に散らばっている未払金や借入金を、すべて〝本社〟へ集めます。そして最後に〝本社〟が債権放棄する形になると思います」

東京本部へ異動になって気づいたが、ここに勤務するプロパーの八千代アド社員も、役員たちと同じように、新聞社を〝本社〟と呼ぶ。役員たちの口ぶりがうつったのか、地理的に近いからそんな気分になるのか。正確には『親会社』なのだが。

いや、そんなことはどうでもいい――。

「新聞社も、四億放棄とは気前がいいな」

新聞業界も経営難だと聞くが、さすがに基礎体力が違う。ついそんな感想を漏らすと、串本がこんどは小さく笑い、B/Sの一部を指さした。

「四億丸々じゃありませんよ。我が社にも資産はあります。現金や回収見込みのある売掛金に若干はグループ会社の持ち株もあります。それらを合わせると、確実な見込みで二億円ちょっと……」

「二億！」とうとう大きな声を出した。「うちにまだ二億もあるのか」

いちいち驚いてばかりだ。たしかに、左欄の一か所にそのぐらいの桁の数字が並んでいる。これはつまり、個人にたとえると、四百万円借金があるが貯金も二百万円ある、という理屈だろうか。

「いまは、複数の口座に散らばっている現金を、解散までに一か所に集めます。清算用の口座は基本的に一本化することになると思います」

「そうなのか。――しかし串本君は詳しいね。何度も経験してるみたいだ」

「いえ、今回が初めてです。本を少し読み始めています」

これも冗談のつもりだったのだが、串本はくすりともせず、真面目な口調で答えた。どうやら、笑いに関する波長が違うということに気づいた。

さらにいくつか細かい打ち合わせをして、最後に頭を下げた。

「総務のことをいま猛勉強中だけど、経理まではとても手が回らないと思う。串本君が頼りだよ。よろしくお願いします」

やはり串本は必要以上の謙遜はせず、横田社長とはまた違った冷静さで答えた。

「最善は尽くします。ただ、自分もそんなにスペシャリストではありませんので、税理士の先生などにもアドバイスをいただくことになると思います。それと〝本社〟の経理局にも相談しますし」

「へえ、あちこち顔が利くんだね。だったら、統轄室の吉備さんのお相手を頼もうかな。少し苦手なタイプだから」

畑井としては軽い冗談のつもりで言ったのだが、出会って以来初めて、このとき串本の顔に不快感がかすかに浮いたのを見た。

12

社員に衝撃を与えた解散発表から、早くも一か月が過ぎた。つまりもう師走(しわす)である。年末年始はどこかに出掛けようか。それともやはり、家でのんびりと少し贅沢なおせちでも食べようか。いずれにしても、そろそろ予約をしないと。そんなことを考えていた去年までを遠く感じる。

この一、二か月、これまで経験したことがないほど、忙しく動きまわった気がする。しかし、客観的に眺めてみると、まだほとんど終了した案件はない。ただ右往左往していただけ、ともいえそうだ。粛々と処理せねばならないことは、この先いくらでもある。

書店にも、何度も足を運んだ。関係資料を探すためだ。基本的な総務関係の仕事については、幸いインターネットでも一定の情報収集はできる。しかし、「解散・清算」に向けた実務について、あまり詳しく書かれたものがない。ネット上にあるのは、いってみれば総論、概論だ。もっと具体的に指導してくれるような資料が欲しかった。

通勤途中にある書店では用が足りず、休日に妻の瑞穂を誘い、レクリエーションを兼ねて、品ぞろえが百万冊を超えるといわれるような大型書店に足を運んだりもした。

「会社経営」関係のコーナーには、無数といってもいいほどの専門書がそろっている。「破産」「倒産」に関する書籍はその一角を担う。しかし、いざ「清算」に関する解説本を探すとこれが意外に少ない。

倒産に比べて清算が少ないことに何か意味があるのだろうか？　選択肢の少ない中から、図表が多くて平易な文章のものを数冊購入した。

最初は付箋(ふせん)を貼ったり、要点をパソコンに打ち込んだりしながら「なるほど」などと感心しつつ読んでいたが、何かが欠けていることに気づいた。自分の毎日の作業と比較してなんとなく別な世界の話のようだ。

あえて表現するなら、事務的であり、きれいごとな印象だ。幾多の書類を作成し、役所へ届け出れば——それだけでも気が遠くなりそうだが——「解散」の手続きが終わるように書いてある。

もちろん、それはそれで正しいのだろう。しかし今自分が直面しているのは、たとえば、コピー複合機のリース解約に伴う違約金の値引き交渉であり、レンタルサーバー内に溜まったデータの保管先の模索であり、保管を義務付けられた書類と破棄してよい書類の一点ずつの選別であり、事務所の賃貸契約解除や原状回復に向けた雑務であり、そして何よりグループ内企業の経営陣に向けた、『八千代アド』社員の雇用のお願い活動なのだ。

道を示してくれる人など、どこにもいない。

「畑井君、ちょっといいか」

第三四半期の収支予想の書類を作っていると、吉永常務から声がかかった。

このところこれが常態化している。少ない日でも最低一回、多い日になれば三回、四回と呼びたてられる。用件はもちろん「解散」に向けた打ち合わせだ。

「はい」

多少うんざりしながらも立ち上がる。急ぎ仕事があろうと、たった今自分で入れたばかりのインスタントコーヒーが湯気を立てていようと、役員に呼ばれればそちらを優先せねばならない。会社人間の悲しい宿命だ。

場所はほとんどの場合、空いている社長室かその隣の会議室だ。煙が満ちてゆく部屋で、くどい話を聞かされるのは、苦痛でしかない。

少し前までは、常務自身の携帯用灰皿を持ち込んでいたが、いつしか《八千代新聞》のロゴが入った、樹脂製の大きな灰皿が、テーブルに置きっぱなしになった。

これは、もとはといえば新聞購読拡張用の販促品だ。しかし、最近の室内禁煙の潮流のため、拡材としての需要が下がってしまい〝本社〟の地下倉庫に、大量のストックとして積んであるらしい。それをもらってきたのだろう。

こんなものが堂々と置いてあるから、最近では喫煙習慣のあるヒラの社員まで、少なくとも会議室では大っぴらに煙草をふかすようになった。子供が親の真似をするのと一緒だ。

何しろ営業部の連中には、売掛金回収以外はこれといった仕事がなくなってしまった。有給休暇を消化するか、たまに出社して支払いの遅れている客に催促するか、この部屋で煙草をふかしながら同僚と愚痴まじりの情報交換をするかぐらいしかやることがない。総務、経理の煩雑さとは対照的だ。

急に煙草臭くなった気がするソファに腰を下ろすなり、吉永常務が訊いてきた。

「どうだ、調子は」

毎回、判で押したようにそう訊かれる。最初のころは何か報告したほうがいいのかと思い、具体的に進捗を説明したこともあった。しかし、関心があって訊いているのではなさそうだと気づいた。挨拶代わりなのだ。

「まあまあです」

こちらもお決まりのせりふを返す。すると、自分が言いたかったことを話し始める。

「少しまずいことになったぞ」

不機嫌そうにそれだけ言って、煙草をくわえ深々と吸った煙を吹き上げる。

「どんなことでしょう」と畑井が訊き返すのを待っている。

「訴訟とかいう話があるらしい」

「訴訟、ですか？」

吉永常務は、眉根を寄せたまま深くうなずく。

「最初は、今から組合を作るとか、東京ユニオンに加入するとか、そんなことを検討していたらしいんだが、手っ取り早く会社を相手取って、訴訟を起こそうという動きがあるらしい」

その説明だけで問題の全体像が見えた。八千代アドには組合がない。理由はいくつかあるだろうが、「作ってみたところで待遇改善など見込めない。面倒くさいだけ」というのが本音ではないか。ただ、会社が無くなるとなれば、団交のようなものが発生するのではないかと、内心怖れてはいた。ところが、組合結成や団交を飛び越えて訴訟に行くという。

「何人ぐらいの動きでしょう？」

「十人近くになるかもしれない。中心になって動いているのは、三鷹の草野だ」

「草野さんですか」

濃い眉とやや目尻の下がった脂っこい顔に、マトリョーシカを連想させる体形の、草野要一の姿が浮かんだ。

草野は多摩本部の営業課長で、今年五十一歳になる転職組だ。前職は、多摩地区の駅からやや遠隔なエリアを開発販売する、不動産会社の営業だった。その会社へ広告の営業に行った我が社の社員と意気投合し、中途採用して欲しいと自分から逆に売り込んできたやり手だ。

前職時代に安く買ったマンションの家賃収入がそこそこの金額になるらしく、若手を連れてよく飲みに行くらしい。その場で必ず垂れるという説教を、畑井も一度か二度、聞いた覚えがある。

「宣伝部なんかがある大企業の出稿担当は、自腹を切るわけじゃない。ぐいぐい押してくる営業は毛嫌いされる。むしろ、小洒落たスーツなんぞ着て『今度新しくできたカフェバーに行きましょう』とかなんとか言えば、それで営業になる。

しかしな、地方の商店や町工場はそういうわけにはいかないぞ。経営者が五万、十万の広告にも口を出す。一万円の重みを肌身で感じている。納得しなければ、びた一文払わない。とことん腹を割って、しつこく泥臭く攻めないと、話も聞いてもらえない。最後に相手が根負けして『わかった、わかった。広告を出すからもう来ないでくれ』と言わせたら勝ちだ」

強引な手法を取る草野の売り上げ数字はぐんぐんと伸び、二年後には課長の職に就いた。ただ、それとほぼ同時に、顧客からクレームが入るようになった。「強引に出稿させられた」というのはまだいいほうで、「頼んでいないのに勝手に出された」「ただでいいと言われたのに請求書が来た」という詐欺まがいのものまであった。

畑井は、草野の登場以前から、この業界の悪いところだと思ってきたのだが、週刊刊行物の広告などでは、長期契約を除き「事前に金額を決め、契約書を交わして」という原則などあって無きがごとしだ。特にここ数年、締切日ぎりぎりになって電話一本で投げ売りするのが常態化している。

皮肉にも草野自身が公言したように、回ってきた請求書を事務的に処理する大企業とは異なり、社長がすべての経費の決済までやるような零細企業では、「こんなもの払えるか」と開き直ることがめずらしくない。

一度払う気を失くした客は、ほぼ払わないと思っていい。あれこれと理由をつけてごねだして、拒否ないし先延ばしにする。「未回収金」あるいは「未収金」と呼ぶ不良債権の発生だ。

十数年前のバブル崩壊後にこの「未収金」の額が急増した。それでも、総売り上げがそれほど落ち込んではおらず、なんとか乗り越えられた。

だが、一年前に起きたいわゆる「リーマンショック」の激震は、日本経済に大きな影を落とした。海外取引などまったく無関係なはずの地方の企業が経営に行き詰まり、ばたばたと倒産していく。

倒産した企業は限度ぎりぎりまで融資を受けている。広告代金などは、原材料費などに比べて額としては低いから、支払い順をあとまわしにされたりすることもある。しかし、はいそうですかとも言っていられない。ちりも積もれば山となる。売り上げたものは回収されるという前提で、社員に給与を支払っているのだ。

だから、今回の解散にもしも戦犯がいるとすれば、回収が難しいような売り方をした草野は、その主要な一人ともいえる。

社員には極秘だが、転職希望者の『ブラックリスト』が存在する。当然ながら草野は「注意案件」だ。八千代アドは、社として「社員の転職斡旋、百パーセント」という目標を掲げているが、数名の例外は存在している。もちろん、公表はしていない。

その「注意案件」筆頭格である草野の反乱だ。本人も斡旋を受けるのは無理そうだと腹を括ったのだろう。

「どうも、条件のいい転職が望めそうもない連中を集めて、捨て身の戦法に出たらしい」

苦々しげな表情でぼやく吉永常務に問う。

「裁判ですか。――何を要求するんでしょう」

「建前としては経営陣の責任追及だろうが、結局のところ、再就職先の確保、退職金のさらなる上乗せ、あたりじゃないのか」

なるほど、としか返答できない。

「〝本社〟に聞こえたら、再就職斡旋の話なんて、まるごと吹っ飛ぶぞ。グループとしちゃ親切で引き取ろうとしてるのに、転職後に『前職の給料を保証しろ』なんて騒ぎを起こされたらたまらんからな」

頭の芯が重くなって、額から汗が出てきた。

「しかし我が社の場合、不正や乱脈経営というほどでもないと思いますが、そんな訴訟は過去に例があるのでしょうか」

「ちょっと調べてみてくれ」

「はっ？」またやってしまった。

「そんな裁判例がないか、調べてみてくれないか」

「裁判例を、ですか？」

「ああ」

吉永常務は腕組みをし、眉間の皺を深くした。ああ、じゃないでしょと腹が立つ。

「面倒なことにならないといいがな」

吉永常務にとっての「面倒」とは、裁判沙汰になって〝本社〟に対してマイナスポイントになるのではないかという心配だろう。畑井の実務を気づかってくれてのことではない。

「わかりました」

そう答えるしかない。それにしても吉永常務は、いつも実務的に三日かかる作業を五秒で命じる。そんな判例、どうやってみつけろというのだ。

解散の発表以来「就職斡旋」という手札をちらつかせて、社員の不満を抑え込んできた。それは事実だし、企業倫理としてそれほど悪質とも思えない。しかし、そのストッパーの効力がなければ、従業員側があれこれと要求をするのも、またしごく当然のことだ。

反乱を押さえるなら、せめて希望や不満を聞いてやる機会ぐらい設けたらどうかと思うが、〝本社〟から、深くかかわることを禁じられているのかもしれない。

その後も、吉永常務は愚痴なのか指示なのかよくわからない案件をいくつか並べて「それじゃ、よろしく」とどこかへ消えた。


ようやく自席に戻り、冷え切ったコーヒーをひとくちすすったところへ、声がかかった。

「畑井部長、お電話が入ってます」

総務課の女子社員だ。さっきから、電話口に向かってしきりに謝っているのは視界の隅に入っていた。

「だれから？」

「寺田（てらだ）さんとおっしゃるかたです。七年前に、うちで働いていたとか――」

困ったような表情を見て、内容が想像できた。もちろん、寺田宗次（そうじ）のことは知っている。居留守を使う手もあるが、あの男なら畑井が出るまで何度でもかけてくるだろう。それではほかの社員に迷惑がかかる。しぶしぶ替わった。

「はい。お電話替わりました」

〈あ、畑井さん。お久しぶりです。総務部長になられたんですね。わたし、寺田です。覚えてますか？　七年前までそちらでお世話になってた――〉

「はい。存じております」

〈ならば、話が早い。わたしね、給与が未払いなんですよ。最後の、やめる直前の丸々一か月分〉

いまだに、年に一、二度かかってくる、寺田のこの趣旨の電話については、以前に聞いたことがある。北見前部長からの、あまり多いとはいえない引継ぎ事項にも名が載っている。《支払い済み。交渉無用》と記されている。

何かでふと思い出すと、こんな電話をかけてくるらしい。今回は「解散」の噂をどこかで聞きつけたに違いない。

「寺田さん、その件は前任者が何度もご説明したと思いますが、適正に支払っています」

もちろん支払いの記録も残っている。

〈畑井さんまでそんなことを言うんですか〉寺田の声がいきなり怒りに満ちた。〈まるでわたしが難癖つけてるみたいに。払ってもらってないから払ってもらってないと言ってるんです。なんだったら裁判起こしますよ。こっちには証拠の――〉

一日に二度も裁判の話か――。

もううんざりだった。正直なところ、裁判だろうとデモだろうと勝手にやってくれという気分だ。

八千代アドの給与の支払い形態は、当月二十日締めの月末払いだ。具体的にいえば、その月の二十日までの勤務実態があれば、一か月働いたとみなして基本給や固定の手当は月末に支払う。これはかなり良心的な制度だ。

しかし、残業手当や営業手当などは、個々の計算があるのでそういうわけにはいかない。翌月の給与と一緒に支払われる。たとえば十月の営業手当は十一月に支払われることになる。つまり、中途で退職すれば、最後に手当の分しか振り込まれない月がかならず来る。

寺田はこの最終月を指して「基本給が未払いだ」と主張しているのだ。本人に理解しようという気がないから、何十回説明しても無駄なのだ。

しかし、まさか「話にならない」とも言えず、丁寧に説明する。もちろん納得はしない。逆に「あんたじゃ話にならないから上の人間を出せ」と言う。どこで情報を仕入れるのか、この社の役員だけではなく、〝本社〟筋にあたる、広告局のお偉方の名前まで知っている。

〈なんだったら、あっちに直接電話してもいいんだけど〉

「まあ、そこまでしなくても。――では、調べておきますよ」

〈来週、また電話しますから〉

なんとかその場をとりつくろって電話を切った。

一人だけでこんな思いをするのだ。路頭に迷う人間が何人も出て、半年後、一年後に、こんなクレームが大量発生したらどうすればいい？

――倒産した会社の総務担当者の自殺率を、こんどネットで調べてみてごらん。

どこからか聞こえてきそうな北見の声を振り払おうと、冷たいコーヒーに口をつけたとたん、また声がかかった。

「畑井部長。お電話が入ってます」

「こんどは誰？」

聞かされた名は、多摩本部の内勤の販促課の女性社員だった。気は乗らないが出る。

「——はい、畑井です」

〈あ、次長〉

多摩本部の社員は、いまだに「次長」と呼ぶ者が多い。あの地を去ったとき、畑井は制作部次長だった。

もちろん、そんなことはどうでもいいが、気になったのは、声の雰囲気が切迫していること だ。それに、背後が妙にしんとしているので、どこからかけているのかもわかる。会議室の電話だ。ほかの社員に聞かれたくないからだろう。

〈いま、大変なんです〉

そう聞いただけで、めまいがした。

「どうかした？」

〈——市原さんと草野さんが取っ組み合いの喧嘩をしていて〉

半分泣いているような声だ。

「市原が？」

そう言って、しばし絶句する。

自分たち、結婚する予定なんです、そう言って照れていた市原尚己と田川果南の顔が浮かぶ。

どうしてそんなことに、と訊きかけたが、細かい事情はあとでもいいだろう。

「今も殴り合ったりしてるの？」

〈わかりません。怒鳴り合っていると思ったら、そのうち取っ組み合いになったので、わたし怖くて――〉

「たぶん今、会議室にいるよね。――そっとドアをあけて、ほんのちょっとでいいから、どんな感じか見てくれないかな」

〈今ですか？〉

「うん、今」

　わかりましたと言って、受話器をテーブルに置く「ごろん」という音が聞こえた。数秒で戻ってきた。

〈あの、次長〉

「はい」

〈もう、殴り合ってないみたいです〉

「とりあえず、落ち着いた？」

〈よくわかりませんけど、草野課長はフロアにいないみたいです〉

「わかった。ありがとう。ちょっと様子を見ててもらえるかな。また何かあったら連絡ください」

〈はい〉

　本当は二度とこんな電話は来てほしくないが、そう言うしかない。

　ふと、直接市原に電話をかけて事情を訊こうかと考えた。しかし、思いとどまった。あの物静かな市原が、取っ組み合いをするだとか、殴り合いをするだとか、よほどのことがあったのだろう。業務に関することなら、いずれ伝わってくるだろうし、個人的なことなら中途半端に首を突っ込んでもしかたがない——。

市原には申し訳ないが、エベレストよりも高い山が目の前にそびえている。

「畑井くん。ちょっといいか」

遅めの昼食を終えて席に戻るなり、待ち構えていたように、吉永常務に呼ばれた。

「はい」

この短い返答の中に、ごくわずかに「またですか」と「いいかげんうんざりしています」という感情を込めたのだが、おそらく感じ取ってはもらえなかっただろう。

せめてもの抵抗として、机の上の郵便物をチェックしてから少し遅れて社長室に入ると、すでに吉永常務は煙草をふかしていた。身振りで、座れと指示されたので、ソファに腰を下ろす。

「聞いたか？」

「何をでしょう？」心当たりがありすぎて、どの件だかわからない。

「市原と草野の件だよ」

暇にしている人間は耳が早い。

「少しだけ聞きました」

「殴り合いまではいかなかったそうだ」

「そうなんですね」

「惜しかった。暴力沙汰になれば、草野のやつ懲戒解雇にできたのに。市原にはもう少し頑張ってもらいたかった」

　はじめて、この人物に対して憎しみの感情が湧いた。

「理由は聞いたか？」

　煙が顔にかかったので、あえてそれとわかるように手のひらであおぎ返した。こちらも、堪忍袋の緒が切れる寸前だ。

「聞いてません」

「総務部長なら、そういうことも知っておかないとな」

「はい」拳を握りしめる。

　吉永常務は「おれが聞いたところだと」と言って、内緒話でもするように、やや前かがみになった。

「草野が、女子社員にセクハラしたらしい」

「セクハラ？　どんなセクハラでしょうか」

「詳しいことはわからんが、自分が交渉して退職金を二倍にしてもらってやるとか言って、だから今度飲みに行こうとしつこく誘ったらしい」

「誰をですか？」

　訊きはしたが、想像はついた。

「そこまではわからない。きみ、それも調べておいてくれ。というか、それがきみの仕事だろう」

「わかりました」

　最近では、こつがわかってきた。何を言われても「わかりました」と答えて、のらりくらりと先延ばしにすればいいのだ。そのうち、重要でないことはすぐに忘れる。何度も催促されたことだけに対応すればいい。

実をいえば、自分で考えたのではなく、妻の瑞穂にそう指導されたのだ。

「あれこれなんでも言ってくる人は、言ったそばからほとんど忘れてるから。二回、三回って言われたことだけ聞く耳を持てばいいのよ」

どこでそんな知恵を教わったのかと尋ねたら、教わらなくても考えたらわかるわよと笑われた。

「それと――」吉永常務が話を継ぐ。

まだあるのか。

「このところ、北見のお局はどうしてる？」

「さあ。引継ぎもほぼ終わりましたし、いちいち行動を監視もしていませんので」

「たしかにそうだよな」

もうひとつわかってきたことは、この人物は自分からかなり無神経な発言をするだけでなく、こちらが多少不敬な物言いをしてもほとんど気にしない性格のようだ。言葉遣いに無頓着なのかもしれない。

「三鷹のほうにもあまり出社はしていないらしい」

「そうなんですか」

「で、柳専務と一緒に行動しているらしい」

「専務と――」

それが何か問題なのだろうか。まさか、今さら「勤務態度を注意せよ」などと言い出さないでくれ。

「二人で『八千代宣広』へ頻繁に出入りしているらしい」

「『宣広』へ、ですか」

あのことだろうかとふと思ったが、口には出さずにおく。

『八千代宣広』通称『宣広』は、八千代グループ内トップクラスの売り上げ額を誇る広告代理店だ。電波や新聞雑誌、都心の巨大看板などを扱っている。独り立ちしても充分にやっていける、立派な業績を挙げている。

その規模からしても仕事の中身からしても、「再就職先」として、社員たちの関心は高い。一番人気といってもいい。畑井自身、最後の最後に自分も潜り込む席が残っていないだろうか、などと考える夜もある。

「柳さんは、うちに来る前は『宣広』に長くいたし、いまの『宣広』の社長は大学の後輩だ。北見も大っぴらにはしていないが、もとは『宣広』にいて、部下となにか揉めごとをおこして、この会社に流れてきた。そろそろ禊が済んだと思っているのかもしれない。そして、類は友を呼ぶというが、あの二人は仲がいい」

「三月末の解散を待たずに、古巣の『宣広』へ戻してもらうつもりだ」という意味のことは、彼女自身が語っていたのであまり驚きはない。しかし、裏の事情は多少違っていたようだ。頼まれて来たなどと自慢げに言っていたが、居づらくなって流れてきたらしい。それで、すんなり戻れるようにと柳にくっついた、というのはありそうな話だ。

吉永常務が、国家機密を打ち明けるような顔で続ける。

「『宣広』に戻るための、水面下の根回しだろう。それだけじゃない。うちの社員の一部に、個別に『連れてってやる』みたいなことを言ってるらしい」

このところ、吉永常務との会話で感情が昂る機会が増えた。

「それはつまり、引き抜きってことですか？　しかし、関連会社への再就職はフェアであることが大原則で、幹部の好き嫌いなどでは介入できないはずです。そもそも、その件の窓口はわたしの専任のはずですし……」

「わかってる。――これは、きみには言うまでもないことだが、『フェア』というのは、くじ引きのようにという意味ではない。向こうも企業だし、しかもグループ内屈指の優等生だ。このご時世に、ぎりぎりとはいえ黒字を出している。受け入れるならA評価の社員を、と考えるのはしごく当然の判断だ」

「それはわかりますが……」

「柳さんなら『内申書』は自由に閲覧できる。本人の希望と照合して、誰が行きそうか、およそはわかるだろう」

「つまり、放っておいても採用されそうな社員に声をかけて、恩を売っているということでしょうか？」

「おれの口からはっきりとは言えないが、古巣とはいえ足元は弱い。子飼いの兵隊がいたほうが心強いだろうからな」

「そんなことで――」

怒りの反動で、年甲斐もなく涙ぐみそうになった。

実務的な忙しさは、愚痴をこぼしても仕方がない。いってみれば、自分の能力と処理量の問題だ。

しかし、社員たちの再就職に関しては話が別だ。かれらの人生がかかっている。結婚を目前に控えている者もいる。赤ん坊が生まれたばかりであったり、マンションのローンを組んだばかりの若手もいる。ちょっと無理をして子供を私立高校に行かせることにしましたと嬉しそうに話していた中堅社員や、ひとり暮らしの母親が病気をして引き取ることになったとため息をついていた女性営業の顔が浮かぶ。

かれらの生活がかかった一喜一憂を、自分の身の保全に利用しようとしているのか――。

吉永常務は、その感情をさらに煽るような話をつづけた。

「実は、証拠がないからさっきは言わなかったが、草野と市原がもめた原因も聞いている」

ここまでの話の流れで、聞かずともわかった。しかし、つい訊いてしまった。

「どんな原因でしょう？」

「草野が、転職や割増金を餌に、セクハラまがいのことをした相手は、どうも田川らしい。きみの部下だった田川くんだ。最近聞いたんだが、市原と田川はつきあってるらしいな。きみ、知っていたか？」

結婚を報告したときの、田川果南のはにかんだ笑みが浮かんだ。世間を舐め切ったにやにや顔で、田川に言い寄る草野の顔が想像できた。目の前が暗くなるほどの怒りというものを、久しぶりに味わった。自分がその場にいたら、市原より先につかみかかっていたかもしれない。

「およそのところは聞いていました。――ひどいですね。コンプライアンスもくそもないですね。そんなことがまかり通っていいんでしょうか」

「それをサーベイランスするのがきみの役目だよ。畑井部長」

しばらく言葉がみつからなかった。

「わかりました」

結局、そう答えた。そう答えるしかない自分が情けなかった。

せめて、この人とこれ以上話していたくない。一方的に頭を下げて立ち上がろうとしたとき、

「あ、それとな」と話が続いた。

もううんざりなんだよ、と声を荒らげたかったが、さすがにそれを口にできるほどには開き直っていなかった。妻の顔が浮かぶ。我慢、我慢、聞き流すのよ、と笑っている。

「なんでしょう」浮かしかけた腰を下ろす。

「串本と一緒に統轄室へ行ったか？」

挨拶に行ったときの、吉備チーフやその上司たちの顔が浮かんだ。あまり行きたい場所ではない。

「いえ、串本君とはまだ」

経理課長の串本とは、来週一緒に四半期報告に行く予定になっている。アポイントの相手は吉備だ。それを聞いた吉永常務が「そうか」と嬉しそうにうなずいた。なんだか、くすくすと笑い出しそうな雰囲気だ。何か言いたくてしかたがない顔だ。

「なんでしょう？」

「まあ、よろしくとりなしてやってくれよ。畑井君ならできるだろう」

「どういう意味ですか？」

「串本と吉備は、同じ高校出身なんだよ。つまり同級生だ」

「えっ、そうだったんですか」

「同じ大学を受けて、吉備は受かって、串本は落ちた。そして第一希望でなかった大学へ進んだ。もともと、仲のいい友人でもなかったらしくて、お互いその後の消息は知らなかったようだ。そして気がついてみたら、吉備は八千代新聞本社の総務局というエリートコースにいる。かたや串本はその子会社に身を置いている。しかも解散の予定だ。きみならどんな気がする？」

「皮肉なめぐりあわせですね」

そうだったのか、と今ごろ納得した。

吉備のお相手を頼もうかなと冗談めかして言ったとき、串本の顔に浮かんだかすかな不快感は、それが原因だったのだ。

「それだけじゃないんだ」

吉永常務がほんとうにくすくす笑い出した。

「まだ何か」

「どうも、聞いたところだと、串本の奥さんはその高校の二年後輩で、学校でも評判の美人だったらしい。吉備も憧れていた一人だそうだ。もっとも、吉備のやつは根が暗いから告白なんてできなかっただろうけどな」

事実関係にも驚いたが、吉永常務の情報掌握能力にも舌を巻く思いだ。

「どうしてそんなことをご存じなんですか」

「それがわれわれの仕事だよ」

立ち上がりながら嬉しそうに言って、畑井の肩をぽんぽんと二度、軽く叩いた。

13

吉永常務から、串本本人も語っていない過去の話を聞いてしまって、会話をするときには気まずい思いも多少湧いた。

しかし、冷徹と表現してもいい串本の仕事ぶりを見て、そんな気遣いなどすぐに消えた。噂話はあくまで噂話だ。これまでどおりに課せられた仕事をこなすだけだ。

いよいよ新聞社ビル内の統轄室へ報告に行く日になると、さすがに胃のあたりが重くなった。

八千代新聞社ビルまで串本と歩きながら、当たり障りのなさそうな話題を探す。

「そういえば、串本君は清算のあとの仕事先は決まってるの?」

串本が「清算チーム」の一員になった経緯については聞いていない。まず間違いなく要請は会社側からあったのだろうが、あまりしぶしぶという雰囲気はない。もともと、クールというのかポーカーフェイスというのか、何を考えているのか推し量れない空気をまとっている。

畑井も串本も、予定どおりにいけば、三月末の解散のあと、長くて一年間の清算業務に就くことになる。この間、報酬はもらえることになっているが、これは臨時雇いですらない。委託を受けた下請け業者、という立場になる。

そして当然のことながら、晴れて清算登記が終われば、路頭に迷うことは決まっている。終末が決まっている道のりだ。

それどころか、期の途中でも作業がほぼ終了してしまえば、言葉は悪いがお払い箱になる可能性もありそうだ。従業員ではなくなるから、労働基準法は適用されなくなるのだ。

自分でも意外だったが、今、串本に質問するまで、畑井自身はそうなったときのことまで深く考えていなかった。解散までの作業のことで頭の中はいっぱいで、なんとかなればいいな、という願望のようなものだ。

「いえ。まだ決まっていません」

串本が簡潔に冷静に答えた。今朝の電車は遅れなかったかと訊いて、はい遅れませんでした、と答えるような口調だ。少し本音を聞いてみたくなった。

「正直言うとさ、貧乏くじを引いたなって、思うんだ」

串本が、どうしてそんなことを言いだすのだ、という顔で畑井を見た。

「串本君は優秀だから白羽の矢が立ったのだと思うけど、ぼくなんてあきらかにポストの調整と、社に従順だから、という理由だと思うんだよね」

「そんなことはないと思います。適任じゃないでしょうか」

串本の口から世辞らしき言葉が出たのがなんとなく嬉しかった。

「途中でさ『やっぱりこんな仕事やめた』とか言い出されたら困るだろ。だから、ぜったいにそんなことを言わなそうな、ぼくが選ばれたんだと思うよ」

串本は足元に視線を落として、小さく笑った。

「たしかに、畑井部長は生真面目ですからね」

もう少し親しい関係であれば「奥さんは働いてるの？」と訊いてみたいところだ。会社への届けでは、串本の妻は扶養家族になっていたはずだ。しかし、年末調整の実務は総務課の部下にまかせてしまったので、ほかの社員同様、串本の妻が扶養の範囲で働いているのか、完全に無職なのか知らない。

今度確認しておこう、などと思ううち、早くも八千代新聞社ビルの入り口についた。


定刻の五分前に、あらかじめ指定された小会議室に入った。そのまま立って待つと、ほぼ定刻にチーフの吉備が入室してきた。

ドアを開けるなり「ご苦労様です」と、先に挨拶してきた。

「よろしくお願いします」と畑井も頭を下げる。隣で串本も同じような挨拶をする。

「どうぞお座りください」

飲食店でいえば、ゆったりめの四人掛けほどのテーブルに、椅子が四脚ある。向こうは吉備一人のようだ。こちらは、畑井と串本が並んで座る。目の前には、必要な書類が積んである。

「それでは、さっそく第三四半期の収益予測からうかがえますか」

天気や景気の話を期待はしないが、まっさきに「再就職はどう？」と訊いてくれる広告局幹部との温度差は感じる。人間性の問題ではない、単に職務の違いだと自分に言い聞かせる。

畑井が総論を話し、串本が経理的な数字でその裏付けをするという流れになった。漠然と想像していたような、冷たい火花が飛び散る応酬はなかった。

「ところで、売掛金の回収見込みはどうでしょうか？」

　畑井が答える。

「社員に対してはハッパをかけていますが、正直なところモチベーションが下がり気味で、下方修正の可能性もあります」

「モチベーションといいますが、これ以上負債が増えれば退職金の算定にも響きます。当初の――」

　議論とすら呼べない、拍子抜けするほど淡々としたやりとりが続く。

　恥ずかしながら、畑井は今回のことがあって知ったのだが、社員への給与は会社の債務としての優先度は低い。

　つまり取引先やグループ会社への支払いが先で、退職金などは後回しということになる。いまの見込みでさえ、差し引き二億円近い負債が出そうなのだから、建前どおりにやっていては、退職金など一円も出ないことになる。

　書店で購入した本には、そのへんの建前は書いてあるが「そこをなんとかなりませんか」という交渉のしかたは書いてない。

　吉備に対して、社員たちがいかに真面目に働いてきたか、いまも紳士的にふるまっているかを説く。

　草野たちがすすめているという、訴訟の話は耳に入っていないようでほっとした。

「ちょうどいい機会ですから、清算事務を行っていただく予定の部屋をご案内します」

波も立たない会合が終わったあと、吉備がそう話を振って来た。

八千代アドは、解散後は「清算会社」として、いわば幽霊のようにぼんやりと存在することになる。なにしろ実体がないのだから、財産は持つことができない。建て前論でいえば、机ひとつ、パソコン一台、自前の資産として持つことはできない。

営業活動もできない。収入がないのだから、不動産賃貸もできない。どこかに間借りして、借り物の机と、減価償却が終わって簿価ゼロ円の中古のパソコンを使い、使いかけの文具で仕事をする。

その、いわば「清算部屋」として、八千代新聞社ビル内にある会議室を借りられるよう、横田社長が話をまとめた。

「こちらです」

吉備のあとを、畑井と串本がついていく。静かな時間が流れ、吉永常務から聞いた二人の関係をつい思い出してしまう。

ここまで、串本と吉備の間に、数字に関すること以外いっさいの会話はない。自分だったら、過去に多少のいきさつがある相手でも「あのころはこうだった」とか「あいつは何をしている」などと話さずにはいられないと思う。

「この先です」先を歩く吉備が、軽くふり返る。

思った通り「旧社屋」エリアに入った。

八千代新聞社ビルは、外見からはわかりづらいのだが、「旧社屋」と「新社屋」の混合建物になっている。築半世紀以上は経つ旧社屋に、新社屋を建てましたのが二十五年ほど前だ。外装は統一感を持たせたが、通路を歩いていると、なんとなく床や壁、天井の造りが違うのでそれと気づく。エレベーターの機能やトイレの造りも違っている。

畑井たちが案内されたのは、旧社屋の二階にある西向きの部屋だった。

《2—C会議室》と札がかかっている。吉備が「ここです」とドアを開けてくれた。

八畳ほどの広さだろうか。ストック場、という印象を持った。

何かのイベントに使った残りだろう。梱包が崩れて端が折れてしまっているビラだとか、勧誘用に使ったらしいロゴ入りのクリアホルダーなどが積まれている。保管しているというより、捨てるのが面倒でそのままになっているという感じだ。

窓はあるが、古いビルにありがちな、腰より高い位置にあり、しかもすりガラスで、外の景色は見えない。

はっきりとカビの臭いがした。

「実際に使用されるのは、三月後半に入ってからになると思います。それまでには、荷物はどけますので」

「よろしくお願いします」

頭を下げる畑井の脇で、串本も無言で会釈した。

「今お使いのＩＤカードで出入りできます」

ドアのセキュリティだけは、新しくしたようだ。ざっと室内を見てしまえば、それ以上はすることもない。

「それでは行きましょうか」
吉備が閉めたドアをもう一度見た。
《2―C会議室》
ここが新年度からの勤務先になるのだ。

14

「あなた、最近なんだか変わったわね」

初めての「統括室詣」をして疲れていたので、冷えた発泡酒が喉にしみた。ブリ大根をつつきながらちびちびやっていると、妻の瑞穂がそんなことを言った。

見れば、今夜はさっさと勉強を始めずに、ダイニングテーブルにほおづえをついてこちらを見ている。

「そうかな」

なんとなく照れ臭くなって、あわてて大根を箸で割ったら、汁が飛んだ。ブリ大根は畑井の好物だ。忙しく働いて帰る妻に申し訳ない気がして「手間のかかる料理はいいよ」と言うのだが、「手抜き、手抜き」と笑いながら、毎日何かしら畑井の好物を作って待っていてくれる。

もっとも七割ぐらいは、娘の結衣に手作りのものを食べさせたいという気持ちからかもしれない。本人は気を悪くするだろうが、結衣の食の好みは畑井に似ている。

そういえば、この一週間ほど娘の顔を見ていない。もともと、夜や週末は畑井の気配がすると、自分の部屋からほとんど出ない。それでも畑井が三鷹の事務所に通っていたころは、朝食時に顔を合わせることもあった。しかし、東京本部へ席が移り、多少時間の余裕を見て早めに家を出るようになってからは、接触する時間がほとんどなくなった。

今のこの騒動が終わったら、家族のこともう少し深く考えよう、ふとそんなことを思った。

ブリの身をほぐして口へ運ぶ。

「変わったって、どこが？　――これすごく美味しいよ」

「そうやって、お世辞が上手になった」と笑う。「っていうんじゃなくて、ため息と愚痴の数が減った」

思ってもいなかったことなので、は？　と間の抜けた返事をした。

「減ったかな」

「だって、異動だとか解散だとかの内示があった直後は、ほんとに五分に一回はため息ついて、十分に一回は『まいったなあ』とかぼやいてたでしょ。それが、最近ほとんどなくなった」

「ほんとに？」

自分ではそんな変化にはまったく気づいていなかった。もちろん、嘆息とぼやきを連発していたことは自覚していた。しかし、減ったとは考えたこともなかった。

「どうしてだろう」

「慣れたんじゃないかな。人間は慣れる動物だから」

そっけなく聞こえるが、言いたいことはよくわかった。

今さらだが、会社勤めの人間が現状に不満のある場合の対処法は、三つしかないと考えるようになった。一つ、辞める。二つ、黙って耐える。三つめは、改善するなり乗り越える方法を探す。自分は「二」のタイプだとずっと思っていたが、実は「三」の資質もあったのだと最近気づいた。

それが、ため息や愚痴の減少傾向となって、表れたのかもしれない。

「慣れは怖いね」

照れ隠しに笑って、発泡酒をあおったら、一気に流れ込んでむせてしまった。

「解散」とひとことで言っても、「我が社は来月いっぱいでやめます」と世間に向かって宣言するだけでは済まない。

今の任に就いたころに感じた、「倒産」に関する解説書は多いのに「解散・清算」の指南本がなぜか少ない、その理由がわかってきた気がする。

畑井自身は、勤め先が倒産したことも、まして倒産させた経験もない。しかし「夜逃げ同然」という言葉があるぐらいだから、少し乱暴にいえば「やれるだけやったけど、もうだめです。お手上げです。あとは煮るなり焼くなり好きにしてください」と放り出してしまうケースも少なくないだろう。それが、畑井も漠然と抱いてきた「倒産」「破産」のイメージだ。

もちろん、悪質な経営者もいるだろうが、結果的に責任がとれなくなっただけで「やれるところまでやりたい」と無謀な頑張りに挑む経営者も多いだろう。ざっくばらんないいかたをすれば「だめだったらごめん」という発想だ。

しかし「解散」は、この「だめなら放り出す」行為とは、本質的にまったく別ものといっていい。

特に『八千代アド』が目指しているのは「任意解散」だ。最初から期限つきだった企業は別として、まだ体力があるうちに会社存続に見切りをつけて、誠意をもって債権者に筋を通し、返済できるものは返済し、あるいは納得の上放棄してもらい、いわば「立つ鳥跡を濁さずに幕を引く」ことを目指す。

だからこそ、神経を遣う。「倒産」に必要なのは胆力、「解散」に必要なのは忍耐力、畑井が自分で発見した真理だ。

そして「貧乏くじを引いた」と嘆くのはやめた。仕事の量は増え、質も濃くなったが、めったにない体験ができると考えられるようになった。

しかし、具体例が指導書に書かれていない事柄では途方に暮れる。

たとえば、社員の再就職の斡旋は、もっとも重要な任務のひとつだ。多数の社員とその家族の人生を左右する。

一度ゼロ回答だった社や、採用予定人数が少ない社へ、再考を要請する。もちろん、メールで済ませるわけにいかないから、最低でも手紙を出し、あるいは訪問する。

また、その社の規則どおりに、説明会や入社試験を行うことを条件にするところもある。

「久しぶりに試験なんて言われて、社員も不安だろうから、きみ引率してやってくれ」

相変わらず吉永常務から思いつきのような指示を受ける。

しかし、この問題の難所はそこではない。社員からの反応だ。発表直後の混乱期を除けば、成り行きを見守っている感のある静けさだったが、年末が近づくにつれて、そして昨年よりだいぶ減らされた賞与の額を見て、ぼつぼつ不満がらみの質問が出るようになった。

「再就職試験の結果はいつ出るんですか？」

「そもそも、試験とか形式的なものですよね。採ってくれますよね」

「希望する会社へ行けるって言ってませんでしたっけ」

「どこも決まらなかったら、責任取ってもらえるんですよね」

「畑井さん自身は、ほんとはもう決まってるんでしょ」

最後の指摘は、いちばん心に刺さった。はっきりそう口に出さなくても、言葉尻やふとした表情から、そう思っている社員が多い——もしかしたら大多数である——ことを感じる。疲労感が増す。しかし、「ぜんぜんあてもないし、そんなこと考えている暇もない」と言って、信じてもらえるだろうか。まして、訊かれもしないのにそんなことを言えば逆効果だ。

吉永常務が何かのついでに「そういえば、再就職の決定率はどうなった？」と訊いたので「まだ六割に満たないです」と答えると「低いな。ちゃんと面倒見てやってくれよ」と煙草の煙を吹き上げた。そんなときは、エンプティに近かったエネルギーが湧いてくる。

人間の原動力は、励ましや同情よりも、怒りや反発の気持ちだということも知った。


三月半ば、つまり「解散」まであと二週間を残すところで、いままでいた事務所を完全に明け渡し、作業場を移った。

移った先は、昨年末に統轄室の吉備が案内してくれた《2—C会議室》だ。

清算業務に残るメンバーのあいだで、いつしかこの会議室を『清算部屋』と呼ぶようになった。あの串本もにこりともせずに「清算部屋にシュレッダーは持っていきますか」などと訊く。多少の自嘲を込めた名称ではあるが、完全に〝ホームレス〟になってもしかたのない状況で、とりあえず居場所が決まって少しほっとした気分が、みなの心にあったのだと思いたい。

吉備が言ったとおり、乱雑に積んであった販促品や印刷物のたぐいは、綺麗になくなっていた。掃除もされて、埃やカビの臭いもしない。ただ、やはり会議室というよりは倉庫という表現が似合いそうだ。

五席用意した机と椅子も、八千代アドから持参したものだ。

段ボール箱などをどけてみると、最初の印象より広そうだが、それでもせいぜい十畳ほどだろうか。畑井のマンションのリビングほどの広さだ。だから、社長室どころかパーティションも置けない。それは横田社長も納得していて、机はみんなとくっつけて並べてくれ、と言われている。

二台ずつ四台を向き合わせ、その〝島〟の上座に社長の机を置いて、計五台だ。社長以外の四台のうち、下座二台で畑井と串本が向かい合う。吉永常務の向かいの席は「ファイル閲覧用」と位置付けて空席にした。もちろん、畑井が吉永常務と正面から顔を突き合わせたくないからだ。

壁際にこれも八千代アドから持ってきた書庫がある。上半分はガラス張り、下はスチール製の引き戸で、鍵がかかる。どこの事務所でも見かけるスタンダードなタイプだ。

ここに今後の清算結了登記に向けて必要になる書類などを保管する。しかし、部外者には知られたくない収納物もあった。

手提げ金庫だ。この中に、最終的にひとつに集約した会社の口座の通帳と銀行印が入っている。つまり、全資産だ。

現在の貸借対照表の中身を、非常にざっくりといえば、借金が四億、預金が二億、差し引き二億円のマイナスだ。ただ「清算」までは差し引きしないので、預金の二億はそのまま手つかずである。

畑井は、直面するまでこの事実に気づかなかった。引っ越しの数少ない手荷物の中に通帳があることに気づき、何げなく開いて残高を確認した。

「イチ、ジュウ、ヒャク、セン、マン――」

それより先は、なんとなく声に出せなくなってしまった。

本当に二億円ある――。

「財産はすべて現金化するか廃棄する」の号令のもと、中古の机や書籍、切手類まで処分したのに――いや、その結果というべきか、この通帳には二億の残高が印字されている。

「こんなもの、ここに置いて大丈夫かな」

狭いのにがらんとした印象の清算部屋で、二人きりになった折に串本に訊いた。串本はあっさり「大丈夫じゃないですか」と答えた。

「でも、心配じゃない?」

「心配だとすれば、どうします?」訊き返された。

「どこかで預かってくれないかな」

「どこで?」

「たとえば、経理局の金庫とか――」

串本は軽く咳払いし、新人に説明するように語った。

「もう小口の口座は閉じました。今はこの一本しかありません。今後も毎日のように記帳しなければならないのに、その度に経理局へ行って『すみませんが、通帳を出してください』などと言ったら、迷惑がられます」

たしかにそれもそうだと納得しかけたところに、串本が付け加えた。

「と、吉永常務がおっしゃっていました」

またそのラインの指示か。ため息が出そうになるが、一理あるともいえる。

セキュリティ的にいえば、社屋内のこのエリアには、社員と許可された関係者以外は入れない。そして、この部屋に入るのにもＩＤカードが必要だ。その部屋の中にある、鍵のかかる書庫に入った鍵のかかる手提げ金庫の中だ。通りがかった誰かが、ふと目に留めて衝動的に持ち去る、ということは、現実的にありえない。

また、心理的にいえば、とてもこの部屋の中に金目のものがありそうには思えない。

ざっと見回して目に留まるものといえば、中古の机、その上に載った相当に使い古した――簿価的に存在しない――ノートパソコン、使いかけの文具類、あとは書類を綴じたバインダーといったところだ。壁に絵の一枚もかかっていない。

まさに「解散」した会社の清算処理室だ。まさかここに二億円も眠っているとは、誰も思わないだろう。

一瞬、気持ちが昂るが「でも、ただの通帳の数字だけどな」と胸の内で独り言ちる。

日常の生活とはかけはなれた作業に終日追われて、世間並みの感覚が麻痺したのかもしれない。深く考えないようにした。自分の責任ではないし、そもそも負える責任でもない。

「社長、最後に全員集まらなくていいでしょうか」

三月を目前にしたころ、横田社長にそう打診した。

いよいよ最後のときが迫っている。法人格の始末も大変だが、社員への対応はもっと気を遣う。いくつか手続きをするが、心苦しいのは『解雇通知書』の作成だ。「解雇」されたことが証明できると、職安での失業手当や一時金の申請がしやすくなる。これを三十日前までに、社員全員分作成し、原則は手渡し、無理な場合は書留で郵送する。これを卒業証書のように、全員に手渡ししたいと考えたのだ。

「そんな感傷的なことをしなくてもいいだろう。みんな、今後のことで頭がいっぱいなはずだ」

脇で聞いていた吉永常務にあっさり否定された。これは常務のほうが正論かもしれない。

最後に、自分宛ての解雇通知書も作った。

《畑井伸一殿

日ごろは業務に専心いただき、ありがとうございます。すでにお知らせのとおり、会社は今年度末をもって営業活動を終えることとなっております。そのため、会社は貴殿を下記の日付をもって解雇いたします。期日までは就業規則を順守し勤務してください。

記

1．解雇年月日
　平成22年3月31日
2．解雇理由
　就業規則第83条第3項の規定に基づく（会社解散による事業終了のため）

以上》

　自分の名が入った解雇通知書をプリントアウトし、社印を押したとき、忙しさにかまけて忘れていた寂しさがよみがえった。不意打ちのように涙が浮いてきたので、あわててトイレへ行って顔を洗った。

　多少残務の持ち越しはあったものの、三月三十一日付で会社は無事に解散できた。

　社員たちは入社年次や所属部署などによって、それぞれにお別れ会のようなものを企画し、開いたようだ。ほとんどの社員は就職先が決まり、全体としてはそれほど暗かったり不満噴出の雰囲気ではなかったと聞いた。

　畑井もいくつか誘われたが、すべて断った。まだ気を許せないというのもあったが、一部の人間とだけ親しくできない、という思いもあった。

そして何より、いよいよ〝そのとき〟が来たのだ。この半年間、このために準備してきた。実際には開かない書面の上だけの取締役会決議や株主総会の決議の書式を準備し、「解散および清算人選任登記申請書」を作成し、添付書類に漏れがないか何度も確認し、法務局へ手続きに出向いた。

こうして四月一日、ついに登記を終えた。

窓口で必要書類を確認して受領印をもらうまで、五分とかからなかった。不備があれば追って連絡が来るらしいが、それにしてもあまりにあっけなく終わった。

あとは税務署に「異動届出書」を提出して『解散』業務は晴れて終わる。

へとへとに燃え尽きて、腰が抜けるほどの脱力感に襲われたが、運転免許の書き換えをしたときほどの感慨しかなかった。ただ、ちゃんと朝食を摂ってきたにもかかわらず、猛烈に腹が減っていることに気づいた。

午前十時三十分を少しまわったところだったが、法務局のある合同庁舎内の軽食コーナーで、サンドイッチとコーヒーのセットを頼んだ。

第二章 トラブル

1

もはや、いわゆる会社員ではない。

三月末に無事解雇されたので従業員ではない。清算業務に就くにあたって、もちろん報酬はもらうが、あくまで委託を受けた「外注」扱いだ。年金や健康保険も、自己責任で自腹で全額を払うことになる。

串本も同様だが、元役員二名は違う。横田元社長は横田清算人として、あらたに任命されることになる。吉永元常務については、謎だ。ただ、解散時にあまり不機嫌そうでなかったので、何か約束されたのではないかという気がする。

八千代アドという会社は「晴れて」清算会社になったのだが、これもふわふわとした存在だ。法人としてはまだ消滅していないのに、原則として売掛金回収以外の営業活動は行ってはならない。

このあとは粛々と法務、税務の手続きを進めていけばいいのだが、いくつか気の重い問題が残っている。

ただし、今後は通常の総務の業務はないので、これまでより多少気は楽だ。

横田清算人と吉永元常務は、毎日のように出歩いている。

「一種のロビー活動ってやつだな」吉永元常務はそんなふうに言って苦笑したが、たしかに清算人はそれもあるかもしれないが、元常務の場合は単にふらついているだけだろうという気もする。

　彼はどういう立場で居残ったのか、畑井にもよくわからない。清算人を補佐する立場という位置付けだが、おそらく無報酬では受けないだろう。かといって、経費の中に吉永元常務に支払っている金銭はない。

「〝本社〟と交渉したんじゃないですか」

　畑井がぼそぼそ独り言ちているのが聞こえたらしく、串本がそんなことを言った。

　八千代アド現役時代にも、籍は〝本社〟に置いたまま、報酬を支払うのは八千代アド、という二重構造になっていた。その延長なのかもしれない。

　清算が無事に済めば、どこかのグループ会社に横滑りさせてもらえる約束でも交わしたのではないか――。

　その串本の考えに同意する。

「その可能性は高そうだね。〝本社〟側も、ここまで来て面倒ごとがおきるよりはまし、と考えたのかもしれない。一年だけ飼い殺しにして横滑りさせれば、報酬を支払うのは行った先の会社だから」

「ええ」とそっけない返事ながら、口元には笑みが浮いている。

「最近、顔色もいいみたいだし」

　なんの飾りもない、殺風景な清算部屋の机に向かい合って座り、畑井が口にした冗談に、串本は静かに、しかしはっきりと笑った。串本が冗談につき合ったのも、笑うところを見たのも初めてのような気がする。

これから一年近く、ともすれば息苦しさを覚えるこの部屋で、顔を突き合わせて過ごすのだ。もう少し、胸襟を開いてもらえればと思った。

「そういえば、前にもちょっと訊いたけど、串本君はこの仕事が終わったら、何か計画はあるの？　——あ、いや、無理には訊かない。ぼくもほら、まだなんにも決まってないからさ。どうするのか、ちょっと気になって」

「別に」というそっけない答えが返ってくるかと思ったが、串本がノートパソコンから視線を上げて、肘をついた右手の甲にあごを載せた。

「まだ決定したわけじゃないんですが、妻の実家の商売を手伝おうかと思ってます」

外の景色が見えない、半透明のガラスが嵌められた窓をみつめて静かに言う。反応してくれたことがなんとなく嬉しい。

「へえ、そうなんだ。どんな商売してるのかな？」

串本が、視線を今度は畑井に向けた。

「和菓子屋さんです。調布ではそこそこ有名な老舗らしいんですが、両親が還暦を過ぎてて、あと何年かで廃業することを考えてると聞いて」

「その廃業、ちょっと待った。ってわけだ」

冗談めかした畑井の言葉に、串本は苦笑した。

「わざわざ脱サラして、とまではさすがに考えていませんでしたけど、こうなったのも一種の天の配剤かなと思ったりしまして」

物事の判断基準は、合理的かどうかの一点にあるものと思っていた串本の口から「天の配剤」などという言葉が出てきたことに驚き、また少しなんとなくほっとした。

畑井も完全に手を止めて、椅子の背もたれによりかかった。古い椅子がギシギシッと音を立てた。

「どんなお菓子なんだろう」

串本は、さあ、と首を傾げる。

「わたしは、甘いものが苦手なので、あまり詳しくありません。なんだか、餡こを何かで包むとか挟むとか聞きました」

「食べたことは？」

「見たこともありません。というか、見たかもしれませんが、興味がなくて」

それを聞いて、畑井は笑ってしまった。反り返っていた身を起こし、机に肘をつく。

「やっぱり変わってるよね。あ、ごめん。でもさ、見たこともない和菓子のお店を継ぐの？それって、勇気あるなあ。それとさ、串本君が白衣着て和菓子作ってる場面は、あんまり想像できないな」

こんどは串本が噴き出した。

「作りませんよ。わたしは不器用ですから。菓子作りは義父母を手伝う人間を雇います。妻も店を手伝うといっていますし、見習い職人を一人雇えれば、やっていけそうです。わたしは、経営面の手伝いをします。帳簿がつけられますし、銀行と交渉するツボみたいなものも多少理解しています。節税の見落としもありそうです。経営計画を立てて、資金繰りをし、印刷会社に知り合いもできましたから、包装品などのコストを見直したりもするつもりです」

やはり合理的な男だった。

「話を聞いていると、成功間違いなしって感じだね。聞いた話だけど、串本くんたち夫妻はテレビ映えしそうだし、行列のできる店になるよう応援するよ」

「やめてください。まだ、決定はしてませんので、変な噂を広めないでください」

二人同時にまた軽く笑って、作業に戻った。

畑井の胸の中に、じんわりと温かいものが広がった。自分のことは、すでに腹をくくった。せめて結衣が学校を終えるまでは、選り好みなどせずどんな仕事でもする覚悟はできた。しかし、会社の人間たちが、本人の顔はもちろん、その後ろに家族の顔も見える社員たちが、苦悩している姿は見たくないし、想像もしたくない。

串本も内心心配していた一人だが、今の話を聞いてほっとした。商売も大変だろうが、串本ならうまく舵取りができそうな気がする。

心が少し軽くなった一方で、就職の話題から苦い思いも湧いた。

四月に入っても、本人がグループ内の再就職を希望しながら、まだ雇用先が決まっていない人間が三名いる。うち一人は、多摩本部の問題児、草野要一元営業課長だ。

あれは二月末のことだった。まだ東京本部のオフィスがあったころだ。

八千代宣広の試験結果が、畑井のところに届いた。

正規の入社試験ではないので、不採用の通知は出さない。採用内定した人間のリストだけが来た。その中に草野の名はなかった。取り急ぎと思い、電話でそれを伝えると、その二時間後には、直接総務部へ乗り込んできた。

「なんだよ、畑井さん」

いきなり喧嘩腰だ。フロア中に響く声だ。総務部のある一角に緊張が走る。腰を浮かせた社員もいる。たまたま用があってきていた営業部の社員も興味深そうに見ている。

「あっちへ行きましょう」

その日は役員は終日不在とわかっていたので、社長室へ招き入れた。

「不採用ってどういうこと？　理由は何？　なんか書面とかあるの？」

ソファに腰を下ろしはしたが、前のめりになってテーブルに両手をつき、嚙みつかんばかりの勢いだ。

「採用内定者のリストがあるだけです」

「見せてよ」

「ほかの人の名前もありますし、最終確定までは漏らせません」

「なんだよ。不正したんじゃないだろうな」

さすがにこれは聞きとがめた。

「何を根拠にそんなことを言うんですか。解散が決まったとはいえ、草野さんはまだこの社の従業員です。しかも課長じゃないですか。モラルは守っていただきたいですね」

正論の礫を投げたと思ったが、草野には丸めたコピー用紙ほどにも響かなかったようだ。

「何がモラルだ。会社はつぶす、社員は路頭に迷わせる、ボーナスは減らす、退職金の割り増しとか恩着せがましく言ってたけど、結局斡旋を受けない人間だけじゃないか」

「負債のほうが大きい会社が無くなる場合、本来であれば退職金どころか、給与さえ……」

「建前なんてどうでもいいんだよ。こっちは、現実の生活の話をしてるんだよ。この先、どうやって飯を食えってんだよ」

興奮しすぎているので、反論を止めた。この手の人間は、言いたいことを言えば熱も冷め、納得することがある。

都合三十分ほど、一方的に不平不満をまくしたてたが、この間、少し気になることがあった。いつからか、草野の視線がある一点に固まっていることに気づいたのだ。最初は畑井を睨んでいたが、まるで金目のものでも探すように社長室を眺めまわして、社長の机の脇に目が留まった。

そこに、金庫がある。

口座を一本化する前だったので、日常の小口現金や光熱費の引き落としなどの口座の通帳は、まだ総務部の一角にある金庫に入っていた。

しかし、会社の根幹をなす大部分の預金が入った口座の通帳と印鑑は、社長の机の脇の金庫にしまってあるのだ。六桁(けた)の暗証番号と鍵(かぎ)がなければ開けられない。この社で開けられるのは、実質的に畑井と串本だけだ。番号を変えたので、元総務部長の北見も開けられない。社長以下の役員も、権限的には可能だが、鍵を所持していないので、現実的には無理だ。

だから、営業部員たちが、この部屋を会議室代わりに使っても、安心はしていた。

草野も、開けられないことに関してはほかの社員と同じはずだが、なんとなくこの男が怪しげな視線を向けると、不穏な気配が漂う。

その後、これというトラブルもなく、会社は解散できた。

ただ、草野の就職先が決まっていないという事実は変わっていない。頭が痛い案件のひとつだ。

2

六月になった。

解散に向けた筋道を、取締役会で承認し、それに従って手続きを進める。

そろそろ、解散のために一時停止していた、未払金の支払いを済ませる時期に来た。

数百万円単位で移動させるので、誤振り込みが起きないよう、細心の注意を払わねばならない。

「明日から、振り込み作業に入ろう」

串本にそう告げた。

「わかりました」

いつもと変わりなく、串本がうなずく。

時刻は午後の五時を少しまわったところだ。もはや従業員ではないので、守るべき就業規則はない。勤務時間の拘束もない。委託を受けて清算に関する仕事をしているだけだから、極端にいえば一時間で帰っても問題はない。

それでも長年のあいだに身に沁(し)みついた習性で、まだ外が明るいうちに退出するのは、なんとなく気が引ける。

「今日は妻の誕生日なんで、ケーキでも買って帰ろうかと思って」

「それはいいですね。どうぞ、あがってください」

ノートパソコンのキーを叩(たた)きながら串本が言った。ごく普通の声に聞こえた。

翌日、まず畑井が一番に出勤した。午前九時だ。

普段はこのあと、十分か二十分ほど遅れて串本が出勤してくる。

本来は「出勤」という表現は変なのだが、ほかにしっくりくる呼びかたがない。

そして、横田清算人と吉永元常務が顔を出す時刻は、日によってまちまちだ。とうとう来ない日もある。もともと、実務面での手伝いは期待していないので、元常務あたりに「あれはどうなった？」などと、下手に訊かれないだけましだと考えている。

ところがこの日、十時近くになっても串本がやってこない。そのうち、清算人と元常務の二人がほぼ同時に顔を見せた。

「あれ、串本君は？」

のんびりしているようで意外にめざとい清算人が訊いた。

「まだ来ていません」

「今日から、振り込みを再開するはずだよね」

「はい。昨日もそんな話をしました」

「電話してみたら」

迷っていたのだが、その一言に背中を押してもらった。自分のスマートフォンから、串本個人のスマートフォンにかけてみる。会社として携帯電話の契約もできないので——抜け道があるのかもしれないが、かなり規律に厳しい税理士で——個人のものを使用し、あとで通話料を請求する形をとっている。

〈ただいま電話にでることができません。しばらく経ってから——〉

「電源が入ってないみたいです」

吉永元常務は新聞を広げて、買ってきた缶コーヒーを飲み始めた。新聞社の社屋内は、喫煙場所以外は禁煙というルールが厳しいので、さすがに我慢している。

「じゃあ、もう少し経っても来ないようだったら、悪いけど畑井君一人で銀行へ行ってくれるか」

「わかりました」

すでに何度かやっているので、面倒はない。むしろ、外の空気を吸いに出られるいい口実だ。

さっそく、通帳と印鑑を出しておこうと、書庫の鍵を開け、下段から手提げ金庫を出した。それを机に載せ、金庫の蓋もあける。通帳と印鑑を探す。

「あれ？」

もう一度、よく探す。

「あれ？　おかしいな」

ない。見当たらない——。

「お二人は、ここにある通帳や印鑑に触ったりされましたか？」

畑井の問いかけに、清算人も元常務もこちらを見た。

「いや。わたしは触ってない」

「おれも、そんなもの触ってないよ」

「どうかした？」

口に出すのがはばかられたが、答えないわけにはいかない。

「見当たらないんです」

「見当たらないって？」元常務がバサバサッと新聞を畳む。

「通帳も印鑑も見当たらないんです」

「見落としだろう。よく捜せよ」

「本当にありません」

簡単に持ちあげられる金庫を、傾けて中を見せた。

「ちゃんとしまったのか？」

「もちろんです」

「口座にいくら入ってるっていったっけ？」

関心がありそうでなさそうな元常務らしい発言だ。今さら訊くなよと思いながら答えた。

「ざっと、二億円です」

元常務の座っている椅子が、ギシッと音を立てた。

「ちょっと待って。それ、どういうこと？」

吉永元常務が机をぐるっと回ってこちらへやってくる。

「よく捜したか。だいたい――」

そう言いながら、金庫の中をのぞき込んだ元常務は、途中で言葉を失った。そもそも、よく捜すほど中身は入っていない。役所に届ける書類関係は、レターケースにしまってある。ここに残っているのは、ＡＴＭ操作したときの控えが何枚かだけだ。ほとんど空っぽといっていい。

「しまい忘れとか、別の場所ということは？」

そう言いながら、横田清算人もやってきた。三人で、空の手提げ金庫を見下ろす形で立っている。畑井はそうだったらよかったがと思いながら、首を左右に振る。

「考えられません。ここ以外にしまう習慣はありませんし、そもそも、昨日串本君が銀行から戻ってここへ入れるのを見ていました」

「きみ自身は動かしていないんだね」

「はい。ここ数日は、触ってもいません」

「じゃあ、どうしてないんだ」

元常務の声に怒りがまじる。また始まった、とうんざりする。機嫌のいいときはいいのだが、思い通りにならないことがあると、攻撃的になる。いわば「吉永節」だ。もう何度その矛先を向けられたことだろう。

「串本君の自宅に、電話をかけてみてくれないか」

清算人に指示され、パソコンから社員名簿を開く。考えてみれば、会社が稼働していたころは、こういった情報もサーバーの中にあって、アクセスには権限も、当然パスワードも必要だった。しかし今は、この部屋に入りさえすれば、あるいはこのノートパソコンを持ち去りさえすれば、簡単に閲覧できる。企業の機密管理の盲点かもしれない。

串本の社員票を呼び出した。入社時の履歴書に記載された内容をベースに作ってある。現住所、本籍地、学歴、前職、家族構成、資格、賞罰などが記載され、変動があれば更新する。

そこに載った自宅固定電話へかける。
七、八回呼び出し音が空回りしたあと、留守番電話に切り替わった。
「出ません」

「奥さんがいただろ？」と元常務が訊く。

「いますが、仕事に出ているかもしれません」

さすがに妻の職業までは社員票にも書いていない。それはわかっていたが、念のため目を通す。串本美玖、串本の二歳下で今年三十三歳だ。会社に雇用されていたころ、妻は扶養扱いだったので、働いているにしても、正社員の可能性は低い。もしかすると、以前話に出た、調布で営んでいるという実家の和菓子店を手伝っているのかもしれない。

住所は杉並区荻窪三――。たしか、駅まで歩きだと言っていた。マンション名からすると賃貸のようだが、『八千代アド』の課長職の給料で、妻を扶養して、荻窪駅前のマンションに住めるだろうか。ふと、そんな下世話な疑問が湧いた。

「どうしましょう。警察に届けますか」

どちらへともなく訊いた。串本が、たとえば「持ち逃げ」のようなことをするとは考えられない。しかし、何かのトラブルに巻き込まれた可能性はある。あるいは、もっと別の事情があるのかもしれない。

「いきなりそれはないだろう」

先に答えたのは元常務だ。

「では、どうしますか？」

「銀行へ連絡して、とりあえずは口座を凍結してもらえ」

「そんなこと、電話でできますか？」

「だからそれを訊いてみろと言ってる。カードだって紛失したら、電話一本で使用停止にしてくれるだろう」

「うちの父親が死んだとき、口座がいきなり凍結されて、戻すのにすごく手間がかかりました。仮に凍結できたとしても、今度はしばらく支払いできなくなる可能性があります。直近で言えば、今日の分も……」

「いいから、とにかく問い合わせてみろ」

元常務の声が怒気を帯びてきた。

「わかりました」

問い合わせただけで要注意の対象になるのではと思ったが、たしかに引き出されるよりはましだ。

どこへ連絡すればよいのだろう。通帳がないので支店の番号がわからず、しかたなくインターネットで検索した。

大手町（おおてまち）支店の番号にかけたが、〈ご希望のご用件に該当する項目の数字を――〉というアナウンスに何回か従い、結局のところサービスセンターに転送され、さらにまたガイダンスに従っていくつか数字を押して、ようやく生身のオペレーターに繫がった。

〈はい黎明銀行お客様係です〉

さわやかな女性の声が応じたが、とっさにすらすらと内容を説明できなかった。

ひとつ深呼吸してから、こちらは法人であること、理由があって口座からの出し入れをしばらく凍結して欲しいこと、などを伝えた。

会社名だとか自分の名前や所属を訊かれ、いちいち答えてゆく。

〈凍結というご要望でいらっしゃいますが、どういったご事情からでしょうか?〉

さすがに、通帳と印鑑を紛失したとは言えないので、ゆるく説明する。

「事務所の配置換えをしているんですが、通帳その他を入れたボックスがちょっと見当たらなくなりまして、万が一のことを考えてしばらく出し入れを止めていただけないかと思いまして」

〈お客様、大変申し訳ありませんが、そういったご依頼は電話ではお受けしかねます。一度、お取引口座のある当行の支店にお越しいただき、必要なお手続きを――〉

やたらと丁寧だが少しも譲歩するつもりはなさそうな説明を聞き終え、またかけると断って通話を切った。ほぼ予想どおりの結論を、ふだんと変わらない雰囲気の清算人と、あきらかにいら立っている元常務とに報告する。

「結論から言いますと、紛失が原因であれば、まず警察に盗難届か遺失届というものを出して、その控えを持っていかないとだめみたいです。それと、担当者の身分を証明できるものを。たしかに『口座の取引を止めてください』とか言ってきたのを、ほいほい聞いていたら、経済は混乱しますね」

　やはり吉永元常務の眉間に皺が寄った。

「そんなこと感心している場合じゃないだろう。どうするんだ」

　どうすると言われても妙案などない。

「ひとまず、警察に届けましょうか。何ごともなかったら取り下げればいいんですし」

　声には出さないが、横田清算人が同意するような表情を浮かべるのを見た。

「では、電話します」

「待て」

　止めたのは吉永元常務だ。

「それはちょっと待ってくれ。さすがに、いきなり警察沙汰はまずい。――そうだ。やはり、まず〝本社〟に訊いてみましょう」

　話を振られた清算人が「そうだな」と答えて自分のスマートフォンを出し、すぐにどこかへ電話をかけた。

「――あ、横田です。八千代アドの。どうもどうも。元気にやってる？　――そう。がんばってね。あのね、海野君、いるかな」

　海野は広告局の総務部長だ。広告局管轄の系列会社の全般的な管理をしている。総務局の『統轄室』が、最近急に耳にするようになった「コンプライアンス」面などで目を光らせるのに対して、総務部は多少身内意識があるように感じる。仕事を回してくれたりだとか、新しい事務所開設に適当な物件を世話してくれたりなど、面倒見役的な立場にある。

しばらく保留になって、海野本人に繋がったらしい。

「あ、どうも横田です。実はね――」

通帳と印鑑が見当たらないこと、経理担当の社員が出社せず、自宅に電話をかけたが連絡がとれないこと、などを簡潔に説明している。いくつかやりとりして、電話を切った。

清算人がこちらを見て説明する。

「折り返しかかってくるが、対策の会合を開くことになりそうだ。悪いけど、吉永君も畑井君も出席してもらいたい」

ほどなく、広告局の会議室に呼ばれた。十数人は座れそうな会議室に集まったのは、五人だった。

広告局総務部長の海野、早くもお出ましの『統轄室』課長の上野原、そして清算チームの三名だ。

「あとで吉備君も来る」

上野原課長が意味ありげに言ったのがひっかかった。

局は異なるが、社内役職ヒエラルキー的にトップの、海野総務部長が口火を切った。

「まず、状況を聞きましょうか」

「詳しくは畑井君から」

吉永元常務が、待ちかまえていたように指名した。

いやも応もないので説明を始めるが、たいして語ることはない。前日、多少の金銭の移動を済ませた串本が、午後の二時ごろ帰ってきて、手提げ金庫に入れて書庫へしまったのを見た。それ以来、さっき無くなっていることに気づくまで、見てもいないし触りもしていない。

そんなことを説明した。

「口座からの出金は止めたんでしょ」

統轄室の上野原課長がドライな口調で質問する。これもしかたなく畑井が、さきほどの銀行とのやりとりを説明する。

「ということは、その社員、いや〝元〟社員が持ち出したとすると、こうしているあいだにも、引き出されたり別口座に振り込まれたりしている可能性があるわけか」

海野部長が腕組みをして、天井を仰いだ。普段は鷹揚なところのある人物だが、さすがに二億という金額は重いようだ。

畑井などは、額が大きすぎてむしろ現実味がない。単に「会社の通帳と印鑑が見当たらなくなった」という発想で止まってしまっている。

「どうして、もっと厳重に管理しておかなかったのかな」

上野原課長が、畑井を見た。睨むというのではなく、憐み、いや軽蔑を込めた視線といったら言葉が過ぎるだろうか。

「申し訳ありません。このビル内の鍵のかかる部屋ということもあり、油断していました」

「油断っていっても、十万や二十万の金じゃないでしょ……」

清算人が「まあ、まあ」と割り込んだ。

「責任があるとすれば、ぼくに一番の責任がある。それに、今は善後策を講じるほうが優先じゃないですか」

「そうですね」と海野総務部長が、腕組みをほどきながらうなずいた。「それで、具体的に……」

そのとき、ドアをノックする音がした。上野原課長がすかさず「どうぞ」と答えた。

「失礼します」

一礼して入ってきたのは、吉備チーフだ。ちらりと畑井に視線を向けたように思ったが、気のせいかもしれない。今は誰と会っても睨まれているような気がする。

「それで？」

問いかける上野原のそばへ寄り、吉備が耳打ちした。上野原がうなずいて「それをみなさんに説明して」と答えた。

「では、失礼します」

着席した吉備が、視線をやや伏せ気味にして説明する。

「幸い、黎明銀行の大手町支店に、大学で同期だったものがおりまして、非公式に問い合わせました。部署や役職によって、顧客の残高をわりと簡単に閲覧できることを知っていましたので、八千代アドの口座の預金が引き出されていないか、確認してもらいました」

部屋の空気が張り詰めたように感じた。

「結果を申しますと、現時点で動きはないそうです」

部屋の中に、今度はあきらかにほっとした空気が流れた。畑井は吉備の顔を盗み見た。串本とはまた違った無表情で、何を考えているのか読み取れない。このメンバーの中でこれだけの重要事項を発表するのに、ほとんど緊張も気負いのようなものも感じられない。

発言の中身からしても、もう少し嬉しそうにできないものか。

そんなふうに思いながら吉備を見ていると、一瞬目が合った。何か問いたそうな目つきに思えたが、すぐに向こうから視線を外してしまった。

「ついでに、その知り合いにしばらく金の出入りを止めてもらうことはできないの？」

元常務がまだあきらめきれない様子で訊いた。しかし、吉備はあっさりと首を左右に振った。

「それは無理だそうです。動きがないことを伝えただけでも、ばれたら始末書ものだと、くどいぐらいに言われました。ですので、今のお話もここだけに留めてください」

「さて、どうするかだ」

海野総務部長がまた腕を組み、皆、視線を伏せ気味にして考え込んだ。

「誰か、何か意見があるかな」

「やはり、警察に届けるべきだと思いますね」真っ先に発言したのは清算人だ。

「――何も『通帳を持った元社員と連絡が取れない』と馬鹿正直に言う必要はないでしょ。さっき畑井君が言ったみたいに、部屋の模様替えをしていて見当たらなくなった、とでもしておけばいいんじゃないかな」

正論だと思ったが、意外にも海野部長は腕組みを解かずに渋い表情だ。そのまま発言する。

「しかし、警察に届けるとなると、このメンバーだけの胸の内にしまっておくわけにはいかない。局長から社長室へ報告してもらうつもりではいるが、問題は対外的なことだな。こんなことを言ってはなんだが、天下の『八千代新聞』本社の建物内から、二億も入った通帳が消えたなんて、前代未聞だ。聞いたことがない。ほかのマスコミのいい餌食になる。——かといって、隠しとおせるものでもないだろうし。ほかに意見は？」

すっと挙手したのは統轄室の上野原課長だ。

「わたしは、様子見するべきだと思います」そこで畑井に視線を向けた。「畑井さんが昨日最後に通帳を見たのは、十四時ごろで間違いありませんか」

「はい。午後二時少し前だったと思います。経理担当の串本君が銀行から戻って、手提げ金庫にしまうところを見ました」

少し遅めの昼食に出た串本が、戻ってきてすぐに処理したのをたしかに見た。上野原は小さくうなずいて、質問を重ねる。

「もちろん、そのあとずっと見張っていたわけではなくて、席をはずすこともありましたよね。つまり、あの部屋にその串本という元社員が一人きりになる機会があったかどうか」

少し考え、ありました、と正直に答えた。

「串本君が戻ったのと入れ替わりで、わたしは顧問弁護士の藤岡先生のところへ、今後の裁判のことで打ち合わせにうかがいました」

いまだに未払いを続ける悪質な客に対し、今後は訴訟を起こす予定でいる。

「あなたが部屋に戻ったのは？」

「四時半ごろでした」

「そのとき、その串本とかいう元社員は？」

「串本とかいう元社員」という言い回しが少し耳にひっかかるが、今はそんなことを気にしている場合ではない。

「席にいました。ごく普通に見えました」

畑井が「いま戻りました」と声をかけると、「おかえりなさい」とパソコン作業をしながら答えた。

「ほかに部屋にいたのは？」

そう訊いた上野原の視線は、ちらりと横田清算人、吉永元常務をかすめた。

畑井が答える前に、元常務が弁明する。

「わたしらは、ほら、関連会社を回って、債権放棄や社員を引き取ってもらった〝お礼参り〟があるから。中にずっと詰めているわけにはいかないから……」

その説明を上野原が遮る。

「だとすると、横領するつもりであれば、その時間はあったはずです。さっき、吉備君が銀行に確認したのは何時ごろだった？」

「午前十時四十八分です」

満足げに上野原がうなずく。

「何がいいたいかと言えば、現時点でまだ手がつけられていないということは、横領が目的ではない可能性が高いのではないか、ということです。もちろん、横着なやつで『そのうち折を見て』とのんびり構えている可能性はあるが、そんな奴でもないんでしょう？」

「違います」と畑井が答えた。もし仮に串本が手を染めたなら、躊躇（ちゅうちょ）なく突き進んでいるだろう。

上野原がうなずいた。

「それに、どう考えても自分に疑いがかかるのに、そんな真似をするだろうか。人生かけて盗んでフィリピンにでも飛ぶつもりなら、いまだに手付かずなのはやはり矛盾している。わたしは少し違った印象を持っています。仮にその元社員が持ち出したのだとしても、別の目的があったのかもしれない」

「たとえば？」と清算人が静かに問う。

「たとえば、そもそもの話として八千代アドの元社員は多かれ少なかれ〝本社〟に対して複雑な感情を持ってるでしょう。――あ、失礼」

上野原の最後の「失礼」は、畑井に向けたものだ。いいえ、と会釈で返す。

「ですから、たとえばこれを担保に何かの交渉をしたいとか」

「なんの？　まさか、通帳を盗んで採用しろとは言えないでしょう」

清算人の淡々とした切り返しに思わず笑いそうになってしまったが、場所を考えて歯を食いしばって耐えた。上野原も問答が面倒になったようだ。

「まあとにかく、このことはごく内輪に留めて、しばらく静観したらどうでしょう」

目を閉じて聞いていた海野部長が全員をひとまわり眺めた。

「参考までに、決を採りたいと思います。すぐに警察に届けるべきだと思う方は？」

横田清算人、畑井、そして意外なことに吉備が挙手した。吉備の上司である上野原が少し不本意な顔をした。

「では残りは様子見、という意見でよろしいかな。ちなみに、わたしもさっきの上野原君の考えに賛成だ。ということは同数なので、ここはわたしの責任ということで『様子見』でいきたいと思います」

　こんな少人数なのに、ざわざわっとした空気が流れるのを感じた。

「このあと、具体的にどうしましょう」

　六人の中でもっとも冷静な雰囲気を持ち続ける清算人が、海野にというより、その場にいる全員に問いかけるように口にした。上野原が軽く手を挙げて答える。

「まずは現状把握だと思いますから、電話が通じないのであれば、その元社員の自宅へ直接行くのが先決かと思います。マンションだとなかなか判断しづらいですが、生活しているかどうかなどわかるのではないかと」

「畑井君、行ってくれ」

　すかさず元常務に命じられ、わかりましたと答える。

「今日、関連会社への支払いが、三社で百七十万円ほどあります。これはどうしましょう？」

　元常務が口を開く前に、海野部長が訊いた。

「明日以降もありますか？」

「はい。明日も二社、百五十万円ほどあります」

「わかりました。ひとまず、数日程度待ってもらうしかないでしょう。畑井さんは忙しいでしょうから、かわりにその交渉は、吉永さんお願いしますよ」

　元常務が一瞬苦々（にがにが）しい表情を浮かべたが、それはすぐに消して「わかりました。やりましょう」と答えた。日頃から「関連会社とのパイプ役」を自任している身としては、これは断れないだろう。畑井としては、ほんの少し胸がすっとしたが、この先のことを考えて、すぐに重い気分になる。

ミーティングを締めくくる海野部長の声が会議室に響いた。

「期限を三日とします。三日経って何も事態が進展しないとき、あるいはそれより前に進展を見せたとき、次の対応をとりたいと思います。もちろん、警察への届けも含めて」

「わかりました」

妙に揃(そろ)った声で皆が答えた。

3

串本夫妻の住むマンションは、ＪＲ荻窪駅南口から、徒歩で十分とかからない好立地に建っていた。

住宅街の中にあって静かな環境だ。建物はレンガ調で、周囲の風景に溶け込んでいる。エントランスに掲げられたプレートはすぐに見つかった。

《パークテラスおぎくぼ》

四階建てで、一階だけが二室、二階から上は全階五室の全十七室という造りだ。

急いで出てきたため下調べをする暇がなかったのだが、外から見た雰囲気では、ゆったりめの２ＬＤＫといった間取りだろうか。

「さて――」

思わず独り言が漏れる。

出入口はオートロック式になっている。この規模なので、管理人はいないようだ。

郵便受けで確認する。串本家は四〇五号室、並びから見て南東の角のようだ。

「さて」

同じせりふが漏れた。自分で意識している以上に、気乗りがしないのかもしれない。

もうすぐ正午になるので、突然の訪問は失礼かもしれないが、そんなことも言っていられない。

まずはインターフォンを押してみる。おそらく応答がないだろうから、このあたりに立っていて、人のよさそうな住人が通りかかったら声をかけて、怪しまれない程度に情報収集するつもりだ。
七、八割はあきらめつつ、インターフォンのボタンを押した。
〈はい〉

女性の声で反応があった。予想外だったので、すぐに言葉が出なかった。

〈どちらさまでしょうか?〉

気を取り直し、あわてて答える。

「すみません。わたくし、串本守彦さんと一緒にお仕事をしております、旧八千代アドの畑井と申します」

一瞬の間をおいて、あら、という声が聞こえた。

〈いつも主人がお世話になっております〉

「失礼ですが、奥様でいらっしゃいますか」

〈はい〉

「ちょっと伺いたいのですが、串本君は今日はご在宅でしょうか」

〈いいえ、会社の方へ行っていますが〉途中までごく普通に答えて、後半は疑念の調子に変わった。〈――行ってないんですか？〉

「はい、じつは。――お昼どきに大変申し訳ありませんが、お手間はとらせませんので、玄関までうかがってもよろしいでしょうか。あ、もちろん下りてきてくださって、近くの喫茶店かなにかに行くのでもかまいませんが」

〈いまロックを開けます〉

そう答えると同時に音がして、両開きのドアが開いた。


インターフォン越しに会話する内容ではないと思ったので「玄関で結構ですから」とドアだけ開けて欲しいと頼んだのだ。しかし、串本守彦の妻、美玖はこちらが詳しい用件を切り出す前から、畑井を部屋の中まで招き入れてくれた。

予想したとおり、十二畳ほどのリビングと、ほかに二部屋の造りのようだ。

テレビセットの前に、ローテーブルとソファのリビングセットがある。食事などは、半島型の対面キッチンに繋がったダイニングテーブルで済ませるのだろう。二人暮らしなのでものが少なく、実際より広く見える。昼食をとろうとしていた気配は感じられない。

「あの、おかまいなく」

「すみません。もう少しですので」

すでにもてなしの準備を始めていたようだ。

いい香りがしてきた。ドリッパーでコーヒーを淹れてくれているらしい。〝本社〟でのミーティングのあと、大急ぎで出てきた。そろそろ空いてきた腹に、コーヒーの香りが刺激的だ。少しでも早く用件を切り出したいが、せめてコーヒーを淹れ終わるまで待とうと決めた。かといって、部屋の調度をじろじろながめ回すわけにもいかず、レースのカーテン越しに見える荻窪の街をぼんやりと眺めた。

「お待たせしてしまってすみません。お砂糖とミルクはこちらから」

そう言って、湯気を立てているコーヒーの入ったカップセットを、目の前に出してくれた。

「では、遠慮なくいただきます」

木製のボウルに盛った小分けの洋菓子も、「よろしかったら」と出してくれる。

「すみません。本当におかまいなく。用件が済んだらすぐに帰りますので」

「はい」

あらためて、目の前に座って、スカートの両膝に手を置き、ごくわずかに首をかしげてこちらの話を待っているその姿に、恥ずかしながら見とれそうになった。いや、玄関のドアを開けてくれたときから、美人だという噂は聞いていたが大げさではなかったな、などと思った。彼はこの奥さんのために二億円を引き出そうとしているのだろうか。しかし、だとすれば、当人を一人残していくのも変だな——。

そんなとりとめのないことを考える。

「あのう」

美玖に声をかけられて、はっと我に返る。つい、ぼんやりしていた。

「すみません。ちょっと考え事をしていまして。じつは――」

ここへ来るまで、頭の中で繰り返し練習してきたとおりに説明する。

串本が連絡もなく出社していないこと。雇用関係ではないので違反という問題ではないのだが、真面目な串本にしてはめずらしいので心配していること。経理全般をまかせていて、重要な書類のある場所を彼しか知らないため、少し困っていること。そんなことなどだ。

二億円が入った通帳と印鑑を持っている可能性が高いことは言わなかった。

「それで、最初の話に戻りますが、串本君がどこにいるかご存じないかと思いまして」

美玖はそれが癖らしく、視線はこちらに据えたまま、やや首をかしげて聞いていたが「いいえ」と否定した。

「わたし、いつもどおり清算のお仕事をやりに、新聞社へ行ってるものだとばかり思っていました」

目が合った。

表情と口調からでは、嘘をついているのか、真実なのか、あるいはその中間なのか、まったく見当がつかない。今まで、ＤＴＰ用のパソコン画面とばかり向かい合って日々を過ごしてきた。部下と話すときも、同じ画面を見ながら話すことが多い。しっかりと目を見て会話をするのは妻ぐらいだ。

自分でも気づかないうちに、他人との駆け引きという点で、下手というよりはまったくできない人間になってしまったのだろうか。それとも、彼女が単に感情を隠すのが上手な人種なのか。

そのとき、テーブルに置いてあった美玖のスマートフォンに着信があった。電話ではなく、メッセージかメールのようだ。画面を伏せる形で置いてあったのを、美玖は自分だけに見える角度で持ち上げた。畑井のほうからは、相手が誰だか見えない。

「ご主人から――ではないですよね？」

正直に答える保証はないが、一応は訊いてみる。

「はい。違います。友人です」

しっかりと畑井の目を見て答えた。やはり、嘘をついているかどうかわからない。種類は違うようだが、夫婦そろってポーカーフェイスだ。

畑井の切羽詰まった精神状態が表情に、いや目の色に出たのかもしれない。

美玖は、ふっと肩の力を抜くように息を吐き、わずかに困ったような笑みを浮かべた。

「やっぱり、嘘をついたり隠したりするのは苦手です。――今のメッセージは、八千代新聞のかたからです。内緒で、みたいなことが書いてありましたけど」

「そうですか。八千代新聞の」

畑井が、続けて「どなたから？」と訊きたい気持ちと闘っていると、「内緒で」と釘（くぎ）を刺されたという割には、相手をあっさりと教えてくれた。その名前にはさらに驚いた。

「吉備さんっていうかたです。正確な部署名はよく覚えていませんけど」

「えっ」

　美玖がわずかに首をかしげて訊いた。

「ご存じなんですか？」

　とっさにどう答えるべきか迷った。吉永元常務から、高校時代の串本、美玖、そして吉備の関係を聞いて知っている。といっても、大人のどろどろした三角関係のようなものではないだろう。いってみれば、淡い思い出のはずだ。

　しかし、今ここでその話題は出さないほうがいいだろうと思った。何かトラブルがあったわけでなくとも、過去に触れられるのを好まない人間もいる。気まずい雰囲気になる要素はなるべく排したほうがいい。美玖に警戒されたら、聞ける話も聞けなくなってしまうかもしれない。最優先すべきは、約二億円が入った口座の、通帳と印鑑の行方をつきとめることだ。

　やはり交渉ごとは苦手だと思いつつも、とっさにそんなことを考え、少しだけ嘘をつくことにする。

「といっても、名前と顔を知っている程度です。八千代新聞本社の統轄室という部署で、たとえば『八千代アド』のような系列会社を、なんというか、担当されているかたです」

　厳しく監督されているとは言いづらく、よくわからない説明になってしまった。

　美玖はそれでも「そうなんですね」とうなずいた。

　信じるとか疑うとかいう以前の、あまり関心がない情報として聞き流している印象だ。ならばと、もう少し掘り下げてみる。

「差し支えない範囲で結構ですので、吉備さんからどんな連絡が来たのかうかがえませんか？」

「今のメッセージは《串本が出社しないので心配しています。何か心配ごとがあったら、すぐに連絡ください。ほかの人に言う前に》とだけ」

「なんだか、意味深な印象もありますが」

「じつは、主人とわたしと吉備さんは同じ高校出身なので、以前からの知り合いなんです」

これで三人の関係について知らないふりをする必要はなくなったが、こちらの知りたいことに対しては、なんとなくはぐらかされた感もある。

「なるほど、高校時代の」

うなずきながら話の接ぎ穂を探していると、美玖のほうから先を続けてくれた。

「といっても、単なる同窓生で、顔を知っているという程度なんですけど。夫も八千代アドに転職してから、吉備さんが八千代新聞にお勤めなのを初めて知ったみたいです。『ちょっと変わった名前だからまさかと思ったけど、あいつだったよ』って言ってました」

「なるほど。それで心配して連絡をくれたんですね」

畑井としては「何をいい人の役してんだよ」と腹も立つが、美玖には関係のないことだ。話を進めなければならない。そう思ったが、美玖が自分から語った。

「実は、畑井さんがお見えになる少し前に、電話もいただきました」

「吉備さんが、電話を？」

「はい。さっき畑井さんが、主人が無断で仕事を休んでいるとおっしゃいましたが、じつは吉備さんからの電話もその用件でした」

ということは、畑井が訪問したときにはすでにその情報は得ていたことになる。なんとなく切迫感に欠けると感じたのはそれが理由だったのか。嘘や隠し事は苦手と言いながら、うまくあしらわれている印象だ。その点を少し抗議する。

「そうすると、さきほどわたしが奥さんに串本君の話をしたときには、もうご存じだったのですね？」

美玖は、ほとんど悪びれるようすもなく答えた。

「嘘をついたわけではないんです。仕事に行ったと思っていたから、どこにいるかと訊かれてもわからない、というのは本当です。ただ、そのことを知ったのは、今も言いましたが畑井さんがお見えになる直前でしたので」

煙に巻かれている気もするが、これ以上追及してもこの調子だろう。しかし、やはり気になる。

「吉備さんが電話をかけてきたのは、具体的に何時ごろですか？ ほかに何か言ってましたか？」

吉備が、畑井の訪問前に電話したこと自体は、今回の問題からすれば枝葉末節のうちかもしれない。だが、当事者としては軽く聞き流せない。

美玖はスマートフォンの着信を確かめて、答えた。

「今から三十分ぐらい前です」

畑井が電車で移動中だ。舌打ちしたい気分だ。

「吉備さんから電話はよくかかってくるんですか？」

「いえ。たぶん初めてだったと思います」

社員の情報が記載された『社員票』のデータは、統轄室にも提出してある。串本本人以外に、緊急連絡先として美玖の携帯電話の番号も記載されている。吉備が知るのは簡単だ。

　これに限らず、個人情報保護の観点から盲点だと思っているのは、外部からのアクセスなどには神経質だが、内部の人間の閲覧には意外なほどずさんなことだ。情報漏洩(ろうえい)のルートは、大部分が内部の人間によると聞いたことがある。

　そして今回は金銭も。

「その電話の内容を、もう少し詳しく教えていただけませんか」

　立ち入りすぎかと思ったが、なんとなく裏がある気がする。美玖は素直に答えた。

「たしか『八千代アドの解散後は、串本さんは同じ新聞社の社屋内に机があるので、ほとんど毎日顔を合わせています。今日ちょっと約束があったのに来てないみたいですが、風邪でもひきましたか？』というような内容でした」

「なるほど」

　そう応じたが、すんなり納得はできない。吉備の言い分ではなく、美玖の説明がだ。

　いくら約束があったとはいえ、顔を見かけないというだけで、妻あてに電話をかけてくるなんて変だと思いませんか？　そう訊いてみたいが、のこのこやってきた自分のほうが立場は苦しくなるかもしれない。外部から見れば、吉備も畑井も同じチームだ。

　それにしても、いくら昔からの顔見知りとはいえ、吉備のしていることは公私混同ではないのか。コンプライアンスの権化のような統轄室の人間が、そんなことをしていいのか。

　百歩譲って、ことを電話で簡単に済ませられるなら、自分の役割はなんなのだ。一応は疑いのかかっている男の妻に、先回りしてそんなことを教える目的はなんだ？

いや――。

美玖を目の前にすると、つい「下心」のあるなしに考えが向かってしまうが、もっと深く複雑な事情があるかもしれない。たとえば、今回のことに吉備も絡んでいて、つまりは共犯で、連絡もなしに串本だけが失踪したので、あせっている――。

可能性としてありそうだ。

短い時間、そんな妄想をしていた。ふと気づいて美玖を見ると、スマートフォンを操作している。電話をかけているようだ。しばらく耳に当ててから、顔を小さく左右に振った。

「出ません。電源が入っていないみたいです。――あの、何かあったんでしょうか」

夫にかけてみたようだ。

「わたしは、おそらく債権者のところに直行でもしたんじゃないかと思っています。以前と違って、毎日イレギュラーな作業ばかりなんです。そのすべてを、お互い報告し合っているわけではありませんし――。客先なので電源を切っているのかもしれません。それなら何も問題はないのですが、ちょっとだけ急ぎで連絡したいことがありまして、こっち方面に来るついでに寄らせていただきました」

言いながら苦しい理由付けだと思ったが、美玖は気にしていないようだ。

そういえば、と切り出す。

「吉備さんからのお電話には、まだ続きがありました。『八千代アドの人間が行くかもしれないけど、余計なことは言わないほうがいいです』って」

「余計なこと？」

冷めかけた怒りがぶり返す。さすがに聞き逃せないレベルになってきた。吉備の上司である上野原課長に密告してやろうか、そんな考えもふっと湧いた。大手新聞社の社員ならば、社会的な信用度は高いし、給与などの待遇もいい。そのかわり、社内の競争も激しそうだ。下手をすれば、この一事でも命取りに――。

おれは何を考えているのかと、すぐに頭から追い払う。今はもっと優先すべき問題がある。この半年の慣れない業務に加え、一人また一人と、不安を抱えながら去っていった社員たちと接するうちに、気持ちに歪(ひず)みが生じてきたのかもしれない。

美玖は、狙ってなのか、よくいう〝天然〟なのか、どこか焦点がずれた会話をするわりに、畑井の表情の変化を読み取ることに敏感なようだ。あわてて手のひらを左右に振った。

「あ、今のは言い過ぎでした。ええと、『嘘をつく必要はないですが、想像で言ったり、誘導に乗らないほうがいいです』と、たしかそんな内容でした」

本質は何も変わっていないが、だからこそ、おそらく本当のことなのだろう。

「奥さんが電話をかけても、串本君は応答しないんですね」

「はい。さっきから何度か試していますが、一度もつながっていません」

嘘をついているようには見えなかった。しかし、最初から抱いている「女優が演技している」という印象もぬぐい切れずにいる。

それに忘れてはいけない。たったいま話題に出たとおり、美玖も串本や吉備と同じ高校の出身なのだ。東大生を量産するような〝超〟がつくほどではないが、それなりの進学校だ。頭は切れるはずだ。

そして、すべてを話さないのはお互い様だ。畑井のほうでも、二億という金が絡んでいることはまだ口にできない。吉備も言っていないようだ。

畑井からすれば、人生の大半をかけて稼ぐような大金に現実味はないが、人の命を左右する事態が起きる金額だとはいえるかもしれない。

「もう一度だけ、試してみていただけませんか？」

美玖が手にしたまま離さないスマートフォンを目で示した。美玖はあっさり「わかりました」と答え、細く白い指先ですばやく操作した。そのまま画面に視線を落としている。

スピーカーモードに切り替えてくれたようで、呼び出し音がはっきり聞こえる。何度か鳴ったあと、やはり「電源が入っていないか――」というメッセージが流れた。

二人、ほとんど同時にため息をついた。

このままでは完全に手ぶらで帰ることになる。今さら考課も評価も関係ないが、ここまで足を運んで徒労に終わるのも悔しい。

そんな畑井の表情に同情したのか、美玖のほうから意外な提案をしてくれた。

「もし参考になるようでしたら、夫の部屋をご覧になりますか？」

「えっ、よろしいんですか」

「ただ、テレビでやるみたいに、家捜しのようなことはあまり――」

「もちろん、そんなことはしません」

部屋に案内してもらった。リビングと隣接している、六畳ほどの洋室だ。

ドアを開けて左手の、リビングと接する側はクローゼットになっている。右手の壁には本棚。正面は窓になっていて、半分ほど濃紺の遮光カーテンが引かれ、そちらに向けて机が一台置いてある。スチールの脚にオーク調の合板が載ったシンプルなタイプだ。左側に、セットではなさそうだが統一感のある、サイドワゴンがある。

完璧という表現が似合いそうなほど、整理整頓されている。

「では、見せていただいてよろしいでしょうか」

「さっきも言いましたが、あまりものを動かしたりしないでください。ちょっとボールペンを借りただけでも、ばれるんです」

「すごくよくわかります」

こんな場合だったが、どちらからともなく、軽く笑った。

まずは机に寄る。ライトスタンドとノートパソコン、ペンスタンドがついたメモ用紙セット、デジタル時計。机上にはそれしかない。

「失礼します」

サイドワゴンの一番上の引き出しを開ける。鍵穴が見えたのでダメかと思ったが、意外にもすんなりと開いた。

トレーの上に、筆記具、付箋、クリップなどの小物、ほかにテープ、はさみ、定規などの文具類——いや、串本だと「ステーショナリー」という呼び方が似合うかもしれない。

そのまま閉めて、二段目を開ける。いわゆる「大学ノート」が、何冊かきちんと重ねて置いてある。新品ではなく、使用しているようだが、さすがにこれには手をつけない。美玖にも釘を刺されたが、警察の捜査ではないのだ。それに、もしも自分が半日ほど行方不明になったからといって、会社の人間が来て机の中のノートの中身まで読まれたら嫌だ。

三段目の一番深い引き出しを開ける。整理用のボックスがあって、バインダーノートが背を向けて差してある。なんのラベルも貼っていないのがほとんどだが、その中に《試験》と《清算関連》という、比較的新しい手書きのラベルを貼ったものがあった。もちろん、通帳は見当たらない。

しだいに、心に占める後ろめたさの割合が大きくなってきた。こんなことをして何か収穫があるのだろうか。もしも本当に串本がしでかしたことなら、こんなところに通帳を置くはずがない。ただ、藁にもすがる思いなのも事実だ。

クローゼットの扉は、美玖が開けてくれた。遠慮気味にのぞき込んで、さっと指差し確認する。収穫はない。

礼を言って本棚の前に立つ。

横幅九十センチほど、上は天井に付きそうなほど背の高い、やはりオーク調の本棚が二本並んでいる。

左側は、ノンフィクション、ビジネス書だ。ざっと見ると、経理に関する本が多い。おそらくだが、ジャンルごとに分けて並べてあるようだ。『税務会計』だとか『連結決算』あるいは『書類雛形』『実務』などの頭痛がしそうなタイトルのあとに、『税理士』の文字がついたタイトルが何冊か並んでいる。《試験》とはこのことだろうか。

一番机に近い、手に取りやすそうな位置に、『解散』『清算』の文字がタイトルに入った本も数冊ある。

　串本の生真面目さになんとなく息苦しささえ覚えて、右側に目を移す。こちらはフィクションや趣味の本のようだ。少しほっとする。だが、それでもやはりジャンルごとにきちんと仕分けされていて、書店の棚を見ているようだ。

　星座や天体観測に関する本があるのは、そういう趣味なのだろう。小説もかなりある。何冊か知ったタイトル、作者名のものもあった。

「ちょっと失礼します」

　断って一冊抜いてみる。完全に好奇心だ。「本格」と呼ばれるミステリらしい。帯に《新境地》《驚きの》などの文字が並んでいる。

　読書の趣味もロジカルか――。

　なんとなくそんな考えが浮かんで、ほほえましくなった。

　ほかに比べて、少しだけ手前に出ている一冊が目にとまった。最近読んだのかもしれない。派手な色使いのカバーに書かれた解説を読む。

《予告すらなかった会社の倒産。退職金も転職のあてもなし。すべてを失い、裸同然に放り出された男たちが、意地と知恵と度胸を武器にメガバンクと国家を相手に壮大な詐欺をしかける――》

　本棚に戻し、タイトルと出版社を記憶して、部屋を出た。

「些細なことでも結構ですので、何かあったら連絡ください」

最後にそう言って、清算業務用に作った名刺を美玖に渡した。

「それから、個人的な関係に口を挟むつもりはありませんが、吉備さんは少々公私混同されているようですので、それこそよけいなことは言わないほうがよいと思います。あとで串本君が困った立場に置かれる可能性がないとも言えません」

相手がいないところで一矢報いるのも卑怯な気がしたが、あちらが先にやったことだ。それに、どこかふわふわとした雰囲気を持つ彼女には、このぐらい言わないと効き目がないかもしれない。

「わかりました」

素直にうなずく美玖に、こちらも頭を下げてマンションを後にした。

駅までの道を、来たときよりもだいぶゆっくりと歩く。あえて広い通りは選ばず、人通りの少ない住宅街を抜けてゆく。さっきは、一刻も早くマンションを探すことが最優先課題で、ほかの細かいことを考える余裕はなかった。

今、訪問の目的は果たされ——正確には果たされなかったのだが——足早に戻る必要もない。まずは歩きながら横田清算人に電話をかけ、串本の妻とのやりとりをざっと説明した。簡単にいえば〝手ぶら〟だ。

これが吉永だったら「ほんとにきっちり問い詰めたのか」とか「前に映画で見たが、ぬかみその中が怪しいいから、調べてみろ」などと命じられたかもしれない。

迷ったが、結局、吉備から連絡があったことは言わずにおいた。横田ならば、簡単に右から左へ噂を流したり告げ口したりはしないだろうが、人の口に戸は立てられないという。吉備に借りも義理もないが、いやむしろ腹が立っているが、こんなことで出世街道から外れるのも可哀そうだ。

実りのない報告を終えると、横田清算人は「そうか。お疲れさん。どこかで一服して戻るといいよ」と言ってくれた。

自分の性格を考えると、こんなときに喫茶店へ寄っても、気が休まるどころか、落ち着かない気分が増すのはわかっていた。だからせめて、ゆっくりと歩きながら考えを巡らせる。

そもそも串本は、どんな意図があって、なんのつもりで会社の通帳や印鑑など持ち出したのだろう。この先、どうするつもりなのだろう。そこら中に監視カメラがあるこの時代に、どうやって逃げおおせるつもりなのだろう。いや、そもそも本当に串本が持ち出したのだろうか。

それらいくつもの〝そもそも〟な疑問は、串本のマンションへ行く前からずっと頭を占領していた。何が起きたのかとか、この先どうすればよいのか、といった具体的な課題を持ち出す前に、そもそもあの串本が本当にそんなことをしでかしたのだろうか、という疑念だ。

彼の妻から話を聞いたあとも、一向に霧は晴れない。

いつしか商店街に入ったようだ。駅も近いはずだ。暑いというほどでもないが、汗ばんできた。一度立ち止まり、上着を脱いで額や首筋の汗を拭いた。ふと、和菓子店の看板が目に留まった。

「妻の実家の和菓子店を手伝おうかと思っています」

串本は、たしかそんなことを言っていた。清算部屋に移って間もないころの会話だ。

そこそこに名の通った老舗なのに、両親が高齢になるのと後継ぎがいないという理由で閉めてしまうのは惜しい。和菓子そのものには興味はないが、こうなったのも天の配剤かと思っている。そんなふうに付け加えた。

業務に関すること以外、それも串本個人に関する話題が本人の口から出たことがめずらしくて、印象に残っている。

具体的なビジョンも少し語っていた。その口調は串本らしく堅実で、無茶な夢とは思えなかった。

そして今、妻の美玖と面会してあらためて思った。もしも、何かのっぴきならない理由で犯罪に手を染めたとしても、串本なら妻をああして置き去りにするようなことはしないだろう。すべてを打ち明けて一緒に逃避するか、あるいは完全に対策を立てた上で、妻は一ミリたりとも巻き込まない。たとえば、手提げ金庫の中に自白の文書を残して『妻には一切のかかわりがありません』と明記するというように。その両極のどちらかではないかと思えてならない。

しかし、完全に疑念が払拭できるわけでもない。

総務部長を命じられて東京本部に席が移るまで、串本とかわした会話など数えるほどしかない。それも新年の社員総会で「おめでとうございます」と言った程度だ。

それを、長年の友人のように好意的に判断している自分を、少し甘いのではないかとも思っている。いや、甘い。

どんな真面目な人間でも魔が差すときがある。かくいう自分だってわからない。おそらく横領のようなことはしないと思うが、それは正義感からではない。大変なことになりそうだからやめておいたほうがいいという、小心者の理論だ。

だがもしも、家族の命にかかわるような理由で急に大金が必要になったら。あるいは逆に家族からも見放され、何もかも投げだしたいほどやけくそになったら。そしてそんなとき、目の前にいつでも持ち出せる二億の金があったら。

ぜったいに手を出さないと断言できるだろうか——。

スマートフォンに着信があった。電話してきたのは、登録していない番号だ。一瞬ためらったが、応答した。この半年ほどで、新しい社外の知り合いがたくさんできた。

「はい」

〈あ、お久しぶり。北見です〉

北見は、まだほかの社員たちの大半が「再就職希望先とのマッチング」だとか「役員面接」だとかをやっているころ、古巣でもある、グループ内で最大手の広告代理店『八千代宣広』に、さっさと再就職の話をつけた。

そして三月に入るとほとんど社に顔を見せなくなったので、畑井からすれば「昔の知り合い」程度の存在になっている。だからこちらも「お久しぶりです」と、愛想よくも悪くもなく応じた。

今、外にいるのかと訊くので、そうだと答える。

〈じゃあ、手短に用件言いますね。——なんだか、大変なことになってるみたいね〉

急にしゃっくりが出そうになって、あわててこらえた。一度深呼吸をしてから答える。

「そりゃあ大変ですよ。毎日忙しくて、自分でも何をやってるのかわからないぐらいです」

〈またまた、とぼけちゃって。畑井さんらしくもない。そうじゃなくてさ、清算に必要な金、

消えたんだって？〉

くそっ、と胸の内で毒づく。今朝会議室にいた人間以外知らないはずだ。いったい誰がこんなやつに話したのか。直接か間接かはわからないが、吉永元常務のルートだろうか。腹立ちは収まらないが、そこまで知っているならとぼけても意味はない。

「誰に聞きました？」

吉永ではないかもしれないと思ったのだ。漏れたにしても早すぎる。噂が伝わったというスピードではない。まさかこれも吉備なのか？　北見は総務部長という管理部門のトップにいた人物だから、『統轄室』の人間とは、顔見知りという以上の交流があってもおかしくない。

畑井のはらわたが煮えくりかえっているのも知らず、北見が暢気な声を出す。

〈まあ、情報源は秘匿します。それより、二億でしょ。やばいんじゃない？　警察沙汰でしょ。ニュースになるよね。畑井さん、顔にぼかしとか入ってテレビに映るのかな〉

引継ぎのときからそうだった。脅しているのか、からかっているのか。とにかくこちらの腹を立てさせたいとしか思えない発言ばかりだ。何が言いたいんですかと、今さら食ってかかる気にもなれない。

「すみません。用件がそれだけでしたら、また改めていただいてよろしいですか。今おっしゃったように、かなり取り込み中です。これから急ぎで電話をしなければならないところもありますし」

〈あ、そうなの。それにしても串本君、うまいことやったわね。噂で聞いたけど、奥さんが美人な上に二億か。このあと、どうするつもりかわからないけどさ。外国にでも行くつもりなのかな。でもね、もしも本当に串本君が計画を立ててやったのなら、畑井さんで歯が立つかしらね。やっぱり、わたしが残ったほうがよかったかもね。こんなことになるんじゃないかと……〉

話している途中だったが、通話を切った。打ち水をしようと出てきた洋菓子店の女性従業員が、邪魔そうに畑井を見ていることに気づいて、歩を進める。

人けのなさそうな小ぶりなマンションの前で、また立ち止まり汗をぬぐう。JR荻窪駅はもう近い。コーヒーショップもあるだろう。寄るつもりはなかったのだが、やはりひと休みしよう。

そう決めて歩き出したところで、また着信だ。

「しつこいな――」

応答拒否しようとして、さっきと番号が違うことに気づいた。気は進まないが、出ないという選択肢はない。解散したのをいいことに、のらりくらり売り掛け金を支払わずに逃げ切ろうとしている相手に、一斉に《裁判を起こす》旨の内容証明を送ってある。こんなものが効くのかと思ったが、急に支払いたくなったという連絡が一件きた。だから、出ないわけにはいかない。

「はい」

〈あーおれ〉

やはり出なければよかった。どうしてこんなときに限って、聞きたくない声ばかりが続くのか。ぼやきたくなるが、こんなときだからだろうと自分を慰め、せめて釘を刺す。

「草野さん、お久しぶりです。今ちょっと出先で、あまり話せないんですが」

多摩本部のお騒がせ男、元営業課長の草野は、八千代宣広に再就職が決まっているようなことを広言し「自分が交渉して退職金を二倍にしてもらってやる」などとうそぶいて、セクハラまがいのことまでしていた。しかし、結局試験に落ち、立場をなくして畑井に食ってかかった。

その先どうなったか興味はない。最終的な就職先がどこか知らない。草野に限らず自力で探した人物は追跡調査はしていないからだ。

つまり、社会保険手続きに重大な瑕疵（かし）があったというような事情でもない限り、完全に縁が切れたはずの人物だ。北見以上に二度とかかわりたくない人物だった。

〈串本が、なんだか、やらかしたんだって？〉

草野があっさりと言った。さぐるというより、事実として話している。

これはどういうことなのか。さっきの北見といい、自然発生的に噂が拡散した、という速さではない。積極的に広めている人物がいるはずだ。

「ノーコメントです。それはそれとして、そんな話を誰から聞きました？」

〈ということは、認めたと同じだな。――回収の目処は立ってるの？〉

「なんとも言えないですね」

〈正直言って、そういう犯罪が起きて、畑井さんや横田さんがちょこまか動いても、埒（らち）は明かないと思うよ〉

「それは、もう草野さんには関係のないことですから。すみませんが、切りますね……」

〈あ、ちょっと待った〉

いつになく、緊迫感のある声だったので、切断するのに躊躇してしまった。黙っていると、草野が続ける。

〈ちょっとね、頼みがあるんですよ、畑井さん〉

「たぶん、聞けないと思いますよ」

〈そう言わず。――単刀直入に言うね。二億回収してあげるから、雇ってくれないかな〉

「雇う？　どういうことですか？」

〈ことば通りだよ。すぐには警察に通報しないってことは、自分らでなんとかしようと思ってるってことだろ？　できると思う？　あのメンバーで〉

　無理だろう。何しろ、実動部隊が畑井一人なのだ。横田、吉永が戦力外なのはもちろん、『統轄室』のメンバーも頭は切れるかもしれないが、こういうイレギュラー案件にどこまで対応能力があるか疑問だ。「保身」という足枷（かせ）をはめたままで、全力疾走は無理だ。

　しかし、草野に頼むというのも筋が違うだろう。

「メンバーの能力についてはノーコメントとします。草野さんにお願いするつもりもありません」

　今度こそ切ろうとしたが、なかなかそうさせてくれない。

〈おいおい、ちょっと待ってよ。そんなこと勝手に判断していいの？〉

「どういうことですか」

〈畑井さんの立場って、単に清算業務を委託されている〝業者〟でしょ。そんなこと勝手に判断する立場にあるのかなあと思ってね。あとで清算人とか〝本社〟のお偉いさんが聞いたら、

どう思うのかなあってね。彼らほら、結果論が大好きだから〉

　このしつこさは、単なる興味本位やからかいではない気がする。

「草野さん。もしかして何か心当たりがあるんですか？」

〈さあて。雇ってもらえるかどうかもわからないのに、手の内は明かせないね〉

　さっきの「雇ってくれ」というのは本気らしい。この数時間、いったい何回ため息をついただろう。

〈――ええとね、今の仕事を言っておくと、ある調査会社にいるんだ。だからこっちはプロだよ、プロ〉

「調査？　つまり探偵社ってことですか？」

〈まあ、そう思ってもらえば遠からずってとこかな〉

　草野を雇う調査会社など信用できるわけがない。

「わかりました。依頼するかどうか、わたしの一存では答えられませんので、とりあえず清算人に報告して判断を仰ぎます」

〈まあ、畑井さんならそう言ってくれると思っていましたよ〉

　ふっと軽く笑ったような気配があった。

〈――ただね。お待ちしますが、あまり時間は残っていないと思いますよ。金額が金額ですからね。猫の前にかつお節の皿を置いて、いつまでもおあずけはできませんからね〉

　なんだか、おれはいろいろ知っているぞとでも言いたげなせりふを残して電話は切れた。

4

《午後二時から、清算部屋で二度目のミーティングを開くので出席してください》

横田清算人からのメッセージを読んだのは、中央線のシートに座って間もなくだった。結局、喫茶店でアイスコーヒーなどのんびり飲んでいる気分ではなくなって、すぐに戻ることにしたのだ。

どのみち、すぐに店を出るはめになったようだ。了解の旨を返信する。

横田清算人は、解散した会社の解散時の社長だ。形の上では会社を解散に追い込んだ一番の責任者だ。

しかし、グループ内の人間なら誰でも知っているが、八千代アドも含めた中小の子会社の社長席は、完全に持ち回りだ。新聞社の、主に広告局の定年目前の社員の天下り席なのだ。平均三年ほど籍を置き、業務をそこそこにかき回し、まだ定年に日数があれば横滑りでほかのグループ会社へ移る。あるいはそのまま、定年を迎える人も多い。

畑井は、まがりなりにも二十年あまり、あの社に籍を置き、歴史を見てきた。その立場からすれば、八千代アドがこの激変の時代に沈没したのは、避けられない道だった、という感がある。

単なる〝腰かけ〟とは考えず、会社の変革に力を注いだ社長もいた。しかし、任期が三年では何ができるだろう。

　たとえば、麦を作ろうとして土壌造りから始める。雑草を刈り、麦作に向いた性質、成分の土地へと改良する。ようやく種を蒔く時期になると、トップが入れ替わる。

「ここは水を引いて水田にする。日本人はなんといっても米だ」などと言いだす。

　これでは豊作など望めない。

　いまさら何をぼやいているのだ、おれは――。

　電車の揺れに身をゆだねて苦笑する。二億ショックのせいか、今後に向けた実務的なことに頭が回らず、そんな後ろ向きなことばかりが浮かんでくる。

　八千代新聞社ビル最寄りの駅は、地下鉄のほうの有楽町駅だが、乗り換えも面倒なので、少し歩くのを覚悟でＪＲの有楽町駅まで乗った。

　ホームに降りたとたんに、それを見ていたかのように着信があった。吉備からだ。

「はい。畑井です」

〈十四時からの会議の件は聞きましたか？〉

「はい、さきほど」

〈その前に少しだけ、お話がしたいのですが〉

「どういった用件ですか」

〈それはお会いして直接〉

「わかりました」

　八千代新聞社ビル内にある『喫茶室』で、午後一時四十分に待ち合わせた。その前に腹ごしらえをしなければならない。

料理が早めに出て、しかも味がいい洋食店に入り、カニクリームコロッケ定食を食べた。あまり食欲はないと思っていたが、かき玉スープやケチャップでべとべとのスパゲティ、ばら肉の甘じょっぱい生姜焼きなどの添え物に食欲をそそられて、ほとんど完食してしまった。

時間を見計らって新聞社ビルへ入り、洗面所でざっと身繕いして『喫茶室』へ向かう。

これは新旧合体したビルの、旧社屋側にある古い喫茶コーナーのことだ。位置的には『清算部屋』のほぼ真上にあたる。エレベーターを使おうとすると遠回りになるが、部屋のすぐ脇にある、少し寂しい階段を上れば二分とかからない。

この店は雰囲気が古いというだけでなく、今となっては〝辺境〟的な場所の関係もあって、ばりばりの現役世代はまず顔を見せない。たとえていうなら、吉永元常務のような立場の人間が、時間つぶしに来ることが多いようだ。

ちなみに清算部屋が真下に来てしまって居心地が悪いのか、吉永元常務は最近別の居場所をみつけたらしい。

ほぼ時間どおりに入ると、たった今来たばかりという雰囲気の吉備が腰を下ろすところだった。

会釈を交わして、畑井は狭いテーブルの向かいに座る。客はほかに一組が窓際に座っているだけだ。業者どうしらしいし、これだけ離れていれば会話も聞かれないだろう。

畑井はアイスティーを、吉備はトマトジュースを頼んだ。新館の喫茶コーナーはセルフサービス式だが、ここは注文を取りに来てくれる。

「いかがでした。串本君の奥さんとの面談は」

やはり呼び出した目的はそれだった。正式なミーティングの前に訊きだして、場合によっては口止めするつもりなのかもしれない。畑井の中でくすぶっている小さな火は、まだ消えない。さっき電話をもらった直後から、何をどう言うべきか考えていた。

「その前にうかがいたいのですが」

そう切り出すと、吉備は右の眉をわずかに上げた。「何か」と言わんばかりだ。

「吉備さんも、わたしが串本君のマンションへ行くことはご存じでしたね」

「ええ」表情を変えずにうなずく。「もちろん」

「それに先回りして、奥さんに連絡された意図はなんでしょうか？　しかも、串本君が行方不明という意味のことまで伝えて」

せいいっぱいに口調を硬くした。こっちは抗議しているぞと伝えるために。いや、吉備ならそんなことは最初から織り込み済みのはずだ。現に、まったく表情を変えない。

「行方不明とは言ってませんが」

「言葉尻の問題ではありません」

「何かまずかったですか？」

吉備の口調と態度に、一瞬、言葉に詰まった。開き直りというのとも違う。そうだ、確信だ。自分は何もやましいところもなければ間違ってもいないという確信なのだろう。

いいえ、まずいというほどではありませんが——。

そんなふうに喉まで出かかった。グループ会社といえば聞こえはいいが、ようするにほとんど生殺与奪の権を握られた子会社の社員は、〝本社〟に対してそういう反応を示す。条件反射といってもいい。ここも、あっさり済ませたほうが、あとくされがない。対立してみても何の得もない。

そう思ったとき、妻の瑞穂と娘の結衣の顔が浮かんだ。

「あなたがいいと思うようにやれば」

そんな妻の声が聞こえる気がする。結衣は醒めた目で見ているだけだ。

それで思い出した。自分はもう社員ではない。従業員ではない。再就職もせず、乞われて清算の作業にあたっている身だ。横田元社長の人柄に負けただけだ。吉備との関係を、今とっさに思いつく言葉でいえば「対等」だ。

「わたしが先方へ行って話を聞くことになっていたのですから、向こうが身構えるようなことを言って欲しくなかったです。それとも、わたしでは用を果たさないとお考えでしたか」

吉備は即答せず、畑井の目を見ている。腹を立てたようすはない。畑井の発言を論理的に分析しているのだろう。そんなところも串本に似ている。偏差値の高い人間は似たような思考をするのだろうか。やがて静かに訊いてきた。

「具体的に、何か齟齬がありましたか?」

「面談結果については、今は判断できません」

「では、何が問題で?」

「わたしの動機づけに影響します」

ふたたびの沈黙、そしてまた静かに言う。

「個人的な事情なので、畑井さんの胸に納めていただければと思います。串本君の奥さんは、あの見かけなのでしっかりしていそうで、実はあまり世間慣れしていないんです。もともと、老舗の和菓子店の、言葉は古いですが『箱入り娘』的に育てられました。串本君も愛想はないけれど、根は優しい性格です。奥さんは、試験の成績は自分なんかよりもよかったぐらいですが、あまり世にもまれた経験がないので、きつく言われると話を合わせてしまう惧れがあると考えました」

「わたしは誘導尋問なんかしません」

「わかりました。以後気をつけます」

意外なほどあっさりと引き下がった。畑井は続けて宣言する。

「面談の内容はこのあとのミーティングで説明します。吉備さんが何を、いえ、どなたを心配されているのかわかりませんが、注目に値するような情報は得られませんでした」

「どなたを」に力を込めて言うと、知り合って以来はじめて、吉備の目に不快そうな色が浮かんだ。

5

「まず、奥さんのようすはどうでした?」

ミーティングが始まるなり、広告局総務部長の海野が発言した。

軽く咳払い(せきばらい)をして、畑井が答える。

「奥さんも寝耳に水、という感じでした」

吉備が先回りして電話をしたことは伏せておいた。言いたいことはもう本人に言った。続けて、美玖とのやりとりを簡潔に説明した。串本の部屋もざっと見せてもらったが、いわゆる〝捜索〟のように立ち入ったことはできなかったと補足する。吉備も含め、ほとんどのメンバーがうなずいたが、吉永元常務だけは不服そうだった。

「あわてているとか、心配で取り乱したりとか、そんな感じはあったかな？」

横田清算人が質問する。

「それなりに心配そうでしたが、取り乱すというほどには感じませんでした」

「そりゃ、ぐるだな」

吉永元常務が断定した。

「ぐる、ですか」思わず訊き返す。

「夫が会社の金を二億も持ち逃げしたと聞いて、取り乱さないなんておかしいだろ」

この言葉に反応して、数人がいっせいに発言した。意外なことに畑井の声が一番通った。

「こちらから『二億持ち逃げした』とは言ってません」

「ああ、そうだったか」

その後しばらく、そもそも犯人は串本なのか、という憶測に基づく議論が続いた。

「ところで金はまだ口座から動いてないんでしょ」

海野部長の問いに、統轄室課長の上野原がうなずいた。

「吉備にまたあたってもらいましたが、午後一時現在、何も動いていません」

証拠はないが、統轄室課長が言うならたしかなのだろう。再び、いくつかの発言が重なる。

「ちょっとよろしいでしょうか。もうひとつ報告があります」

畑井の言葉に、発言が止んだ。

「ここへ戻る途中、二人から電話が入りました。わたしの前任の総務部長だった北見さんと、多摩本部の営業課長だった草野さんです。二人とも、既にこのことを知っていました」

「このこと」にアクセントを置いた。またがやがやするのを、海野部長の声が制する。

「早いな。どこから漏れたんだろう」

答えたのは横田清算人だ。

「北見君は今、八千代宣広だし、草野君はたしか北見君と仲がよかったね」

最後は畑井に同意を求めた。はい、と答える。

「ということは、柳ルートか」

海野部長が、やれやれ、という口調でつぶやく。柳元専務は、北見と一緒に早々と八千代宣広に移籍を決めた。

皆、気づかぬふりをしているが、吉永元常務が苦い顔をしている。畑井は、これですべて繋がったと思った。つまり、吉永が柳元専務にうっかり漏らし、柳がそれを北見に話し、北見が草野に教えた、ということだろう。それなら、あの短時間で伝わったのもうなずける。〝情報〟で世渡りしてきた連中は仕入れるのも横流しするのも早いようだ。

海野部長が続ける。

「柳さんだとしたら、深い理由も悪意もないと思う。もちろん良かれと思ったわけでもないだろうけどね。あの人は自分の利害に関すること以外は、遠い宇宙の果てで起きていることと変わらないんだ」

「そういえば、柳さんの息子さん、あそこでけっこう頭角現してるみたいで」

話題を変えたかったのか、吉永が唐突に口にしたのは、売上数字で業界二位、三位あたりを競っている大手広告代理店の名だった。柳の息子はそこに勤めているらしい。そんなことはどうでもいい。

「吉永さん、今はその話は」

海野部長に諭(さと)されて、吉永元常務も照れたような苦笑いを浮かべた。

吉永が話を逸(そ)らしたので、部外者に漏れた件についての話題が終わりかけたが、畑井はそれを引き戻した。

「その草野氏から要望があったので、一応報告いたします」

何ごとかと視線が集まる。

「本人の弁によれば、今は探偵社のようなところで働いているらしいです。そして『二億を回収してやる』みたいなことを言ってましたが、要するに通帳と印鑑を取り戻すという意味だと思います」

ざわついた雰囲気のなか、皆の疑問を代表するような形で海野部長が訊いた。

「取り戻すということは、在処(ありか)を知っているということ？」

「理屈としてはそうなりますが、ちょっとまともには受け止めないほうがよろしいかと」

「じゃあ、なんでそんな話題を出すのよ」と吉永。

「取り戻す云々(うんぬん)ではなく、こんなに早く部外者が知っていたなら、ほかにも知っている人間がいるのではないかと申し上げたかっただけです」

吉永が苦い顔をすると、そのぶん、心が軽くなる。

「ところで、その草野とかいうのは、どんな人物？」

割って入る感じで海野部長が訊く。

「相手にしないほうがいいですよ」

即答したのは吉永元常務だ。

「しょせん田舎の泥臭い営業マンです。口八丁手八丁のやりくちには、品も矜持(きょうじ)もありません。そもそも……」

「では、その話は断ってください」

海野部長に遮られて畑井がうなずいたとき、だれかのスマートフォンが着信の音を立てた。

「失礼」と言って立ち上がったのは、統轄室の上野原課長だ。そのまま窓際まで行って、送話口を手で覆うようにして話している。

自然に皆の会話も止まるので、ひそめた声でも室内に響く。

「うん。うん。そうだよ。今、会議中だ。――えっ、なんだって！」

いきなり大きくなった上野原の声に、ほとんど全員の視線が集まった。

室内の、しんとしてしまった雰囲気を感じ取ったらしく、上野原課長の声のトーンが少し落ちた。

　それでもこの狭さだから、充分に聞こえる。素早く吉備がノートとボールペンを渡す。どのみち聞かれるのだからと思ったのだろう。上野原課長はテーブルに戻って、通話しながらメモを取り始めた。

「――うん。それで？　――え、もう一度。――そうか。もう少ししたらそっちに行く。――わかった。――あとで指示する。それじゃ」

　通話を終えた上野原課長に、全員の視線が集まっている。畑井の位置から、ノートの文字が少し見えるが、書きなぐってあって判読はできない。

　たったこれだけの人数なのに、会議の場で発言するのと、注目を浴びるのとでは、照れ臭さが違うのかもしれない。上野原課長は、軽く咳払いしてスマートフォンの画面に視線を戻し、それをズボンでごしごしと拭いた。

「統轄室の部下からでした。ちょっとトラブルがあったみたいで、いえ、今のこの件とは関係ないと思うんですが――」

　歯切れが悪い。

「何？　どんなトラブル？」

　海野がざっくばらんな口調で訊く。

「なんというか」そう言って上野原は横田清算人を見た。「『八千代アド』の元社員が傷害事件に巻き込まれたらしいんです」

　ざわざわとした短い反応が広がった。はっきり発言したのは吉永元常務だ。

「そこまで言ったなら、全部話してよ。誰がどうかしたの？」

以前から気づいてはいたが、〝本社〟での会議に参加するようになって、実感していることがある。

八千代のような大手新聞社は、各部局が一つの会社にたとえられるほど――現に、それぞれの局ごとに総務部や経理部がある――巨大な組織なので、年齢、社歴や役職のヒエラルキーがシンプルではなく、畑井のような単純な組織にしか身を置いたことがない者からすると、実感として把握するのが難しい。

解散に向けて〝本社〟の各部署へ出入りしていたころは、「あの二人、どっちが偉いんですか」と訊きたくなることが何度かあった。

ここにいるメンバーは、畑井以外はおそらく生え抜きだろうから、一、二年の誤差はあれ年齢の順がほぼ社歴だろう。それで行くと、古いほうからまず横田清算人、次に海野総務部長と吉永元常務がほぼ同期、つづいて上野原課長、吉備となる。ちなみに、畑井は上野原とほぼ同世代のはずだ。

しかし、会議など公式の場での発言権となると、順位が入れ替わる。上から海野部長、少し離れて吉永元常務と僅差で上野原課長、そして吉備という順だろう。横田清算人は序列とは離れたオブザーバー的立場で、畑井は問題外だ。

それらの会社員的習性と思惑が入り交じるので、たとえば吉永元常務のような微妙な立場の場合、同じ相手でもその場の状況によって、言葉尻が丁寧だったりぞんざいだったりする。

畑井のように社員ですらなくなった立場としては、必ずしも上位者に媚びる必要はないと思うが、その場の主導権を誰が握っているのかは、把握したほうがやりやすい。

吉永の意見をもっともだと思ったのか、上野原課長が全員に向けて説明した。

「元八千代アド社員の那須さんが、刺されたそうです」

「ええっ」

この程度の人数でも〝どよめき〟というのは起きるのだと知る。那須とはつまり八千代アドの営業部長だった、あの那須だ。畑井も比較的懇意にしていた。

「刺されたってどういう意味？」

すかさず吉永が質す。

「詳しいことはわかりませんが、『刃物のようなもの』と言ってました」

「ようなものってなんだ。詳しくわからないの？」

聞けば聞いたで興奮している吉永を、海野部長がなだめた。

「まあまあ、順番に訊きましょう。いつ、どこで、誰に？」

上野原課長はノートに視線を落とした。

「今の電話は、部下からでしたが、情報の発信元は八千代宣広です。又聞きになるのと急報なのであまり詳しくはわからないようです。とりあえず聞いた内容を申し上げます——」

説明しはじめたところだったが、今度は海野総務部長のスマートフォンに着信があった。

「はい、わたし。——うん。ああ、いま聞いたところ。——うん。——うん」

さきほどの上野原課長と同じようなやりとりをしている。声は冷静だが、眉間には深い皺が刻まれている。

その応答を聞きながら、畑井は、あまり感情をあらわにしたことのない那須の顔を思い出していた。会社の解散が決まってからは、ほかの社員に漏らせない辛さを抱えた者どうしで、それ以前よりも親しい関係になった気がしていた。社員たちの再就職にも精力的に動いて、グループ会社に頭を下げて回っていた。

柳元専務や北見部長のように「まずは我が身から」という露骨さはなかったが、しかし結果的には那須も、もっとも「安定路線」の八千代宣広に入った。

「自分の枠だけは最初から確保してあったんだろ」

そんな陰口も聞こえたが、仮にそうだとしても、話をもちかけたのは八千代宣広のほうだろう。若い戦力ももちろん欲しいが、組織には指揮官が必要だ。那須なら、ほかの社であっても採用されただろうと思っている。

その那須が刺されるとは――。

「失礼しました。同じ件です。ざっとは聞きましたが、ほかのメンバーのために、上野原さん、説明の続きをお願いします」

海野部長の請いに、わかりましたと答え、上野原課長が続けた。

「時刻は昼少し前だそうです。場所は神田駅近くの路上。さきほども言いましたが刃物のようなもので刺されたらしい。刺した相手が問題で、やはり元八千代アド社員のテラダ――この字は、すみません汚くて――ええ、ソウジだ。テラダソウジという男らしいです。どんな字を書くかは……」

「寺田って、まさか」

思わずあげた畑井の声に、みなの視線が集まった。

「なんだ、知ってるのか？」

吉永元常務が睨むようにして訊いた。その態度に「もうあなたの部下じゃありません」と言いたくなるが、いまはそれどころではない。

「昔、うちにいた社員かもしれません」

メンバーから「おいおい」とか「ほんとなのか」という短い反応が同時に聞こえた。

「もう少し詳しく」

海野部長の要求に応えて、まずは寺田宗次の漢字を簡潔に説明した。

「たしか、八年ほど前に退社した人間です。でも、どうして今さら那須さんと……」

「きみの推理はいいよ」吉永元常務が割り込む。「それより、『宣広』はどうして犯人の名前まで知ってるのかな」

発言のたびに感情を刺激されるが、たしかに一理ある。いまの説明のとおりなら、事件が起きてまだ二、三時間しか経っていないことになる。いくら被害者が籍を置く会社とはいえ、情報収集の手際が良すぎないだろうか。上野原課長がそれに答えた。

「八千代宣広に、警察から問い合わせがあったそうです。犯人はその場で現行犯逮捕されましたが、自分から『テラダソウジ』と名乗り『八千代宣広の社員』と語ったとのことで、それで警察から『宣広』に問い合わせが来て知るところになった、という流れですね。なので、あまり細かいところまではわかってないようです。ただ『宣広』にそういう名の社員はいないそうです」

また短いざわめき。

「那須君の容体は？」

横田清算人の声は、感情を極力抑えているが心配そうな響きだ。

「詳しくは知らされていませんが、死亡したとは聞いていないと、『宣広』はそう伝えてきたそうです。今、あそこの社員が搬送先の病院に向かっているとのことで……」

「どこ？」と吉永。

「都立明南病院だそうです。たしか、JR田端駅が最寄りだったかと思います」

「そうだよ。田端駅で降りてバスだ。昔、通ったことがあるから知ってる」

畑井はそのやりとりを聞いていて、吉永元常務は誰にでもこうなのだと、場にそぐわない感想を持ち、納得した。

「警察から連絡が来るまで知らなかったということは、被害者に同行者はいなかったということだろうね」

海野部長が誰にともなく同意を求める。吉永が一瞬の沈黙にすかさず割り込む。

「畑井君、そのテラダとかいうのはどんな人物だ？　親しいのか？」

「先ほど途中まで申し上げましたが」つまり、あなたに腰を折られましたが「彼は、八年も前に退社した人物です。所属は営業部で、席は多摩本部にありました。年齢は五十歳ぐらいだったと思います。特別親しくしていたわけではありません。単なる従業員としてのつきあいです」

「そんな昔の人間がどうして絡んでくる？」

「それはわたしに訊かれてもわかりませんが、多少変わった人物という印象はありました。総務に異動になってからですが、一度、電話で話したことがあります。むこうからかかってきました。用件としては、未払いになっている給与を支払って欲しいというものでした」

「ほんとに未払いなのか？」

「前任の総務部長の北見さんからの引継ぎでは、支払い済みであるし、振り込みの記録も残してあるとのことでした」

「向こうは納得した？」

「いえ、していないようでした。支払いを断ると、だったら新聞社に電話を入れるなどと、脅すようなことを言われました。それ以来、すっかり忘れていました。――新聞社のほうに、そんなクレームはあったでしょうか？」

説明から一転、後半は質問の形になった。訊いた相手はもちろん〝本社〟側のメンバーだ。三者三様に「いや知らない」「聞いてない」などと短く否定した。

横田清算人が補足する。

「その話はたしかに、以前、北見君から報告を受けたことがある。正直言うと名前までは憶えていなかったが、おそらく同一人物だと思う。年に一度か二度、思い出したように電話をかけてきて『最後の給料が未払いだ』とごねるそうだ。しかし、振り込み明細の控えが保管してあって、それを見せてもらった。本来、賃金台帳の保管義務は三年だが、あとでもめそうな気がして、彼の分だけその後も保管しておいたそうだ」

横田清算人も吉永元常務も、八千代アドに天下ってこの春で丸三年だ。八年前に辞めた社員のことは、噂ぐらいでしか知らないのも無理はない。

めずらしく横田清算人の話が長めに続く。

「話を引き戻して申し訳ないけどね、那須君のことはひとまずおいて、通帳と印鑑の件だ。〝本社〟の上のほうでは、この一件を把握しているだろうか。いや、今ここでこんなことを話していていいのかと思ってね」

海野部長が、その言わんとするところを理解したようにうなずき、壁にかかった安物の丸い時計を指さした。

「今日は部長会の日です」

ああそうか、という声が聞こえた。

「わたしはこの会合があるので、特例で副部長に代理出席してもらいましたが」そこでわずかに苦笑した。会議に出たくなかったのかもしれない。「――東京本社の部長職以上は大会議室に集められています。偶然ですが、この会合と同時刻に始まりましたし、今日は議題が多いと聞いてますから、まだしばらく終わらないと思います。そのあと報告に行きますから、それまでにこのメンバーの意思疎通を図っておいたほうがよいかもしれません」

横田清算人が「なるほど」とうなずいて、その件は終わった。打ち合わせたわけではないだろうが、皆の心に湧いているはずの疑念をすっきりさせるため、もしかするとわざと提起したのかもしれない。

「しかし、その寺田とかいう男と、那須君はどういう繋がりがあるんだろう」

海野部長の問いかけに、畑井が答えた。

「営業部長と部員ですから、接点はあったと思いますが、仕事以外の交流があったかどうかは疑問です。なんといいますか、たとえば勤務後に一緒に飲みに行く、という姿は想像できません。わたしが寺田氏と退職後に話したのは、電話で一度だけですが、そのときの印象からは思い込みが激しい性格のようでした。そして、一度こうと思い込むと他人の説得では変えられないように感じました」

「さっき上野原課長が言っていたけど、自分も八千代宣広の社員だと名乗ったというのは、妄想なのか？　それとも、なんらかの理由で社員にしてもらえると思い込んでいたのだろうか」

その海野部長の推測を聞いて、畑井としてはむしろ北見や草野の顔を思い浮かべた。北見はそんなことを餌に何かやらせて、あとで白を切るぐらいはしそうだし、草野は田川果南に対するセクハラ行為という〝前科〟がある。

そう考えて、そういえば、二億円のことをいち早く嗅ぎつけて電話をしてきたのもこの二名だと思い出した。

意外な展開で中断した会議だったが、通帳紛失の件はこれという具体的な方策も決まらず、情報収集と様子見、という無難な方向で落ち着いた。これも〝日本的〟というのだろうか。

ただ、畑井だけは新たな任務を帯びた。またしても吉永元常務が思いつきのように命じたのだ。

「そうだ。畑井君に頼みがある。那須君の入院先を見舞ってやってくれないか。どうせ、振り込みする原資もないし、清算部屋にいてもやることがなくて、辛気臭いだけだろう」

誰も反対しないのでそれで決まった。

その言いかたに腹が立たないわけではないが、元常務の思いつきはありがたい面もあった。狭く殺風景な『清算部屋』にいて、焼けた石の上にただじっと座っているような時間は、たしかに耐えがたい。外の空気が吸えるのは救いだ。

気晴らしの口実にしてしまっては、那須氏に申し訳ないと思うが、午後四時ごろ、普段より早めに上がって病院に見舞い、そのまま帰宅したいと清算人に申し出た。

うっかり「そのまま直帰させていただいても――」と口にして、清算人に「従業員じゃないんだから、直帰も何もないよ」と諭された。

場所と道順は出発前に調べておいた。話題に出たとおり、ＪＲ田端駅からバスで数分のところだ。

のんびり歩けない距離ではなかったが、それでは本当に暇つぶし目的になってしまう。

これも下調べしておいた、駅の近くの和菓子店で手ごろな見舞いの品を買い、バスに乗った。清算会社でタクシーの経費は心苦しいし、自腹は財布が苦しい。

『都立明南病院前』というバス停で降りると、すぐ目の前が病院の門だった。畑井は訪れるのは初めてだったが、都立病院というだけあって大きな総合病院だ。

植え込みのある芝生に沿った歩道を歩いて、エントランスに向かう途中、駐車場や通路にパトカーが何台も停まっているのを見た。

たしかに、神田駅近くという繁華街で起きた傷害事件なら、世間の注目度は高いかもしれない。しかしそれを加味しても、少し大げさではないかという気もする。まさか、二億円のことがばれたのかと、そんな想像をしてしまう。

自動ドアを抜けて、見舞いのための受付に向かおうとすると、脇からするすると近づいてくる影に気づいた。ほとんど反射的に、身を硬くして構えた。しかし、その人物の顔を見て緊張はすぐに解けた。

「大崎さん」

八千代宣広の総務部総務課長の大崎だ。畑井が総務部長に就いてから交流の生まれた関係だが、八千代アド社員たちの再就職に関して、何度も会っては話を詰めた相手だ。「他人事じゃありませんから」と口癖のように言い、ずいぶん親身になってもらった。「総務」という、傍からはプラスの評価を受けにくい立場で、なんとなく「同志」という感覚を持っていた。

様子見に来たのだろうとは思うが、それにしては表情が強張っている。

何か、と言いかけた畑井に、大崎は素早く目配せし「ちょっとこちらへ」と言いたげに顔を小さく振った。理由があるのだろうと、それ以上問いかけることもせず、あとに続く。

大崎は迷わずに、院内のコンビニ店の脇にある、細長いイートインコーナーの奥まったテーブルに座った。畑井もその向かいに腰を下ろしながら、ついきょろきょろと見回してしまった。

「世間話をしているような感じでお願いします。大きな声は出さないでください」

大崎はいきなりそんなことを言った。どうしたんですかとも問えず、ひとまずは小さくうなずく。

「手短に済ませます。ここは静かで響きますから、声は出さないでくださいね。――さっき、那須さんが亡くなりました」

思わず、本当ですかと大きな声を出しそうになって、釘を刺されたことを思い出した。

「実は、ここに運び込まれたときには、すでに手の施しようがなかったらしいです。とりあえずは大量に輸血するなどの救命措置をしたらしいですが、さきほど死亡が確認されたそうです」

「そんなことが――」

できるだけ抑えた声で漏らした。ショックですぐには言葉が続かない。

「ですので、殺人とか傷害致死とかの事件になりました。警察の雰囲気もあきらかに変わりました。犯人は捕まっていますが、寺田という人物がうちの社員だと名乗っているらしくて、聴取に協力してくれとすでに通告されてます。もう少ししたら、わたしは呼ばれると思います」

大崎の声は、聞き取るのがやっとというぐらいに小さい。

「それは大変ですね。――でも、外にパトカーはたくさん停まっていましたが、警官の姿はあまりありませんね」

入口のあたりに制服警官が二名立っているほか、それらしい人物は見当たらない。

「さっきまでロビーには刑事みたいなのがいっぱいいました。今ちょうど、ミーティングか何かやってるみたいです。畑井さんは運がよかったです」

「そうなんですか」

「ちらっと聞いたんですが、犯人の寺田という男は、うちではなく、八千代アドの元社員らしいですね」

「誰にそれを？」

「社にいる人間からです。そういう情報はけっこう素早く流れます」

「同姓同名の他人でなければ、八年ほど前まで寺田宗次という社員は在籍していました」

「やっぱり――」

そう言ったきり、大崎は唇を噛んだまま黙ってしまった。

「亡くなったのなら、お見舞いは無理そうですね――」

畑井は、手にした和菓子の紙袋に視線を落とす。衝撃はまだ去らないが、なんとなく間が抜けて見えた。

「無理ですね。それより畑井さん、すぐにここから引き上げたほうがいいですよ。今も言いましたが、ここにいると『ちょうどよかった』みたいに、呼ばれるかもしれません。いずれ正式な聴取の要請は行くと思いますが、連中はなんだか単独犯だとは思っていないらしくて、共犯か教唆か――」

そこで言葉を切って、視線を畑井の肩ごしの後方へ向けた。複数の人間のざわめきが近づいてくる。振り返ろうとする畑井を大崎が止める。

「見ないほうがいいです。あとはメールします。すぐ帰ったほうがいいです」

真剣な顔で言うので、問い返すこともなくすんなり席を立った。そのまま、振り返らずに、出口に向かう。悪いことをしたわけでもないのに、なんだか心臓がどきどきした。

早足になりすぎないように気をつけて、入ったばかりの自動ドアを抜け、門に向かって歩道を歩く。後ろから声をかけられそうな気がして、背中がむずがゆかった。

駅へ向かうバス停は道の反対側だ。のんびり信号が変わるのを待つ気分でもなく、そのまま駅の方向へ向かって歩き出した。

動悸が収まらない。あの那須が死んだ。無事に解散登記が終わったことを電話で伝えたのは、ほんの二か月ほど前だ。口先だけとは思えない「お疲れさまでした」の声が、まだ耳に残っている。警察にはむしろ畑井のほうから事情を訊きたいぐらいだった。しかし、大崎の態度がことの重大さを感じさせて、逃げるように出てきてしまった。

こんな場合だからしかたがないとは思うが、やはり自分には胆力のようなものが足りないな、と少し悲しい気分にもなった。

数分歩いたころに、メッセージの着信があった。当の大崎からだ。

《通帳のことは聞きました。那須さんの件と絡むとややこしくなると思うので、早めにそちらを片づけてください。ご健闘を》

そこで一度終わっているが、すぐに続けて《読んだら消去しておいてください》と来た。

《ありがとうございます》と返して、やりとりを消去した。本格的な捜査になれば、消去したやりとりも再現されるだろうが、ひとまずは消えた。

もうそろそろいいだろうと、汗をぬぐいながら振り返ってみた。誰かがついてくる気配はない。それにめんどくさいことにはなるかもしれないが、何も悪いことをしたわけではない。その場に立ったまま、横田清算人に電話をかけた。すぐに出た。

「あ、畑井です」

〈お疲れさま。どんな様子かな〉まだ知らないようだ。

「それがですね」周囲に誰もいないが、なんとなく大崎の影響でささやき声になる。「亡くなったそうです」

〈亡くなった？〉横田の声は大きくなる。

「はい。病院のロビーで『宣広』の総務課長の大崎さんにばったり会って、教えてもらいました。警察に見つかると、そのまま聴取されて作業に差しさわりが出るかもしれないから、ここは引き上げたほうがいいと言われて、すぐに出てきました」

清算人は、そうか、と言ったきり沈黙してしまった。

「どうしましょう。やはりそちらに戻ったほうがよいでしょうか？」

〈いや。吉永くんじゃないが、今日のところはすることもないだろう。きみから電話が来る直前に、海野部長からも連絡が来たよ。さすがに二億の通帳の件は、〝上〟まで正式に報告したそうだ。しかし〝本社〟としても、那須君の件と通帳の件とは無関係と考えて、静観する方向みたいだね〉

「やはりそうですか。でも死亡したとなると、また変わりそうですか」

〈可能性はあるな。明日は忙しくなるかもしれない。さすがにその程度のつながりでは、警察もきみの自宅までは押しかけないだろう。今日は早めに休んだほうがいいと思うな〉

「わかりました」

電話を切って、ちょうど駅行きのバスが来るのが見えたので、駆け足で道路を横断し、バス停に向かって走った。

わずか停留所二つ分だったが、シートに腰を下ろすとなんとなくほっとした気分になった。そしてぼんやりと思った。

二億円という大金が入った通帳と、印鑑と、事実上それを管理していた社員が行方不明で、それが発覚した日に元営業部長が、八年も前に辞めた、筋の通らないことを叫ぶ社員に刺殺された。

こんな日にのんびり帰宅していいものなのだろうか。だからといって、皆が言うようにいてもすることがない。せいぜい、警察から聴取の要請があったときに、即「お待ちしていました」と応じられるぐらいだ。

「もう、社員じゃないし」

自分にそう言い聞かせた。

7

妻の瑞穂の口癖ではないが、自分でも損な性格だと思う。

ときおり「損な性格でね」と自嘲気味に言う人がいるが、あとで考えると実は遠回しな自慢だったことに気づいたりすることがある。しかし畑井は、できることなら変えたい性格だと、本心から思っている。

善人ぶるつもりはない。たとえばスーパーでリンゴが並んでいれば、一番大きそうなのを選ぶだろう。ただ、手を伸ばしたときに、同時にだれかの手が伸びたら「あ、どうぞ」と譲ってしまう。あえて性向の色付けをするなら「善人」というより「小心者」だろう。

まだ午後五時前だというのに、体は解放された。小心者の自分としては何をするのが筋だろうか。そもそもそんなことを考えることが小心者の証だと思うが、性分はどうにもならない。

ただ、時刻は多少早いが、みっちり一週間働いたほどに疲れた。業務に携わっているあいだは気も張っているが、ひとりになると立っているのも辛いぐらいに、へとへとであることに気づく。気分転換がしたい。

久しぶりに大きな書店に寄って、旅行の本でも漁ってみようか。時間的にも予算的にも、畑井家では当分旅行などできないのはわかっている。だからせめて旅行ガイドブックでも買って、妻と眺めながらそんな気分になってみるのもいいかもしれない。

あるいは久しぶりに近くの居酒屋に寄って、レバの塩焼きでもほおばってみようか。予算は千五百円内で。それとも久しぶりに――。

いや、まっすぐ帰ろう。清算人の言うように、今日はゆっくり休もう。万が一倒れてしまっては、あの会社にも家族にも迷惑をかける。

娘の結衣は、念願の第一志望校に受かった。元気に学校へ通っている。瑞穂の話によれば、毎日が楽しいそうだ。よかったと単純に思う。結衣も、受験の重圧から解放されたせいか、父親に対する態度がやや軟化した。そばを通っただけで睨むようなことはなくなった。

あれはつい数日前のことだった。

「何が気に入らなかったんだろう」

風呂上がりに、一日一缶と決めた発泡酒を飲みながら、瑞穂にぽろっと疑問を口にした。

「——結衣には、いつも叱られている感じだったよ」

「心当たりはあるの？　部屋をのぞいたとか」

「まさか」

そうよねと笑ったあとで、瑞穂が解説してくれた。

「あの子、自分に腹を立てていたんだと思う。たぶん」

「自分に？」

「うん」とうなずく。

「どういうこと？」

「もどかしいっていうか、歯がゆいっていうか——」

「試験の点数が？」

「違うわよ。我が家の事情のこと」

「我が家のって——。それは、じゃあ——」無理に抑えようとする声が、震え気味になる。

「もしかして、あの会社が無くなるから？」

「まあ、そういうことかな」

一気に頭に血が上った。会社の会議で受ける侮辱とは質が違った痛みだ。

「つまり、あれか。入学金が心配だとか、入学しても学費は払えるのかとか、そのことが気にかかって勉強が手につかないとか、そのことに腹を立てていたのか」

情けなくて涙が出そうになる。

「しっ、もう少し声を小さくして。なに興奮してるのよ」

「しかし――」

「だから最後まで聞いてよ。ほんとに、普段はのほほんとしてるくせに、肝心なときにせっかちなんだから。いい？　ほら、会社がなくなるっていう話が出る前から、うちの会社ちょっと危ないかもなとか、希望退職者を募ったんだとか、話してたでしょ。そして、手当が実質的に減ったりしたじゃない」

「まあそんな話、多少はしてたかな」

「さんざんしてたわよ。一杯ひっかけて帰ってきては、ぼそぼそって言ってた」

「そうか」

「大豪邸じゃないから、結衣にも聞こえるのよ。そして聞こえたら、お父さんの会社、危ないのかなと思わないほうが鈍感でしょ。まして、あの子はもともとそういうのに敏感だから。先行きが不透明なんだったら、本当は『自分は公立へ行く』って言うべきだと思ったんだろうけど、ずっと行きたいって目標にしてた学校だから、言い出せなかったのよ」

別な理由で情けなくなった。

「やめてくれよ。泣けてくる」

「どうしてこんなふうになっちゃったんだろうって腹が立って、お父さんに八つ当たりしそうになって、そんな自分に気がついて、また自分に腹を立てて、っていう堂々巡りだったんだと思う」

「そうなのか」

　本当に泣けてきた。

「うん」

「それで目も合わせなかったのか」

「うん」

「どうしてわかる。訊いたのか？」

「わかるに決まってるでしょ。母娘なんだから」

そのあと、二人でティッシュを半箱ほど無駄にした。

そんなことを思い出したら、また目もとがむず痒くなったので、あわててティッシュでぬぐった。そして、気づけばJR中央線の荻窪駅で降りていた。

降りた乗客がみな改札のほうへ流れていったあと、ぽつんと一人立って小さく独り言ちた。

「おい、また行くつもりか？」

その後串本と連絡がついたかどうかを、妻の美玖に電話して訊けばいいだけだ。そして、電話をかけるだけなら、何も最寄り駅で降りる必要はない。そう思いながらも、ゆっくりと改札に向かって歩く。

電話ではなく、行くつもりでいることに我ながら驚く。

あの美人の妻に会いたいのか？　まさか、と歩みを止めずに苦笑する。感情的なところでいうなら、むしろ疑っている。たしかに、串本という人物を知っているから、何かことを起こすなら妻にさえ何も言わずに、という選択肢をとることは考えられる。しかし、昼前に会った印象では、美玖は何かを知っていそうだと感じた。

それに、たとえば会社の人間の誰一人として、畑井の娘がずっと反抗的だったこともその理由も知らない。他人の生活など、傍からではその一端すらわからないのだ。

だから、電話ではなく、もう一度、直接行ってみることにした。それも、訪問はしない。マンションの周囲を、怪しくない程度にぶらぶらして、気配を探ってみようと思っている。

もしかすると、窓に影が二つ映るかもしれない。畑井が一度訪問し、とりあえずは納得して引き上げたことで安心すれば、串本も隙を見せるかもしれない。あと一時間もすれば日が沈む。人がいる部屋を見張るには、夜のほうが都合がいい。

のぞき見のようで多少罪悪感もあるが、そもそもは串本のおかしな行動が原因なのだからと、自分に言い聞かせた。

オレンジ色に変わりつつある太陽が作る、ビルの長い影を踏むようにして、午前中に歩いた道をまたたどる。同じ日に二度目なので迷いようがない。

ほどなく、めざすマンションに着いた。

さて――。

一度エントランスの前を通り過ぎる。道路を車が走り抜け、むこうからやってきた自転車とすれ違う。ごく普通に住宅街で見る光景だ。そのまま振り返らず角まで行き、道を曲がりぎわに、ちらりと視線を走らせる。誰もいない。そのまま進んで建物の反対側、ベランダがある面の道に出る。こちらも敷地に沿っているいわゆる生活道路で、通行量は少ないようだ。

建物の、串本家があるあたりに視線だけを向ける。少し落胆した。カーテンが引いてある。

しかし隙間から明かりは漏れているし、何かの折に開けるかもしれない。そうすれば、人影が映る可能性もある。

そのまま次の角まで行き、また左折して、さきほどのエントランス前の道に出る。ほぼ一周したことになる。

歩いてばかりでも芸がないから、どこか立ち止まってゆっくりながめる場所はないかと見回す。カフェでもあれば最高だ——。

まてよ、あれは。

十メートルほど先に、見慣れた背中を見つけた。思わず声をかけそうになったが、危ういところで思いとどまった。

どうしてこんなところに——？

混乱する。混乱しているあいだにも、その人物はためらうことなくマンション入口のほうへ進んでいく。

「何がどうなってる？」

自分に問う。しかし、考えてみても明快な答えなど見つかるはずもない。畑井は声をかけるタイミングを失い、その場に立ちつくした。

そんなことに気づいたようすもなく、横田清算人は串本夫婦が暮らすマンションへ入っていった。

「社長——」

しばらく残った残像に、ようやく胸の中で声をかけた。畑井は公式な場はともかく、面と向かってはいまだに横田を「社長」と呼んでいる。慣れというのもあるが「清算人」という呼びかけが、なんとなくしっくりこないからだ。

その元社長にして現清算人が、こんなところで何をしているのか。

ふらっと頭が揺れた。めまいだ。立ちくらみはときどきあるが、動いてもいないのにくらくらするのは、あまりない体験だった。自分がどこにいて何をしているのか、わからなくなりそうな感覚だ。口の内側を奥歯で噛んだら揺れが止まった。

今日はいろいろなことがあった。初体験ずくめだったこの数か月を思い返しても、ことさら精神的に参った一日だった。そのしめくくりが今の人影だ。めまいが起きても不思議はない。

「偶然すぎる。たぶん他人の空似だ」

自分に言い聞かせようとしたが、建物内の照明に一瞬浮かんだ顔は、たしかに横田清算人のものだった。偶然すぎるからこそ間違いない、というおかしな理屈も湧いた。

だとすれば、こんなところで何をしているのだろう――。

腕時計を見る。夕方の五時をわずかに回ったところだ。ということは、清算人はさきほど畑井が連絡を入れた直後に清算部屋を出たか、あるいはすでに外にいた可能性もある。だから直帰を勧めたのか。

目的は何だろう？　その場に立ったまま考える。たしかに、清算に必要な――必要でなくとも――二億円という大金が入った通帳や印鑑など一式を持ったまま、関係者が失踪したというのは大問題だ。しかもその人物はかつての社員で、知らぬ仲ではない。自分で様子をさぐりたくなる気持ちもわからなくはない。むしろそれが普通かもしれない。

しかしなぜ今なのか、なぜこそこそなのか。

もっと早い段階で行動を起こす選択肢もあったし、なによりも、つい今しがた畑井が電話したときにそう伝えるべきではないか。

隠している理由は、横田清算人はすでに何かに気づいているのだが、まだその内容を口外できないからかもしれない。串本を気遣っているのか。畑井を信用していないのか。

これという意図も自覚もなく、足が意思を持ったようにマンションのエントランスに向かう。自動ドアが感知するぎりぎりで間をとった。ガラスドア越しに、ライトに明るく照らされた誰もいないホールが見える。横田清算人の姿はすでにない。つまり招き入れられたわけだ。部屋に入ったのか。どんな話をしているのだろう。もちろん気になるが、その場に加わるためにはインターフォンを押さねばならない。

押して、そして入ってみてどうする。串本の妻より、むしろ横田に対してどんな態度を取ればいい。

ぼんやり突っ立ったままそんなことを考えていると、スーツの胸ポケットでスマートフォンが震えた。最近はマナーモードにしっぱなしだ。着信音は鳴らず、ただブーッブーッと震えている。

まるで痙攣(けいれん)しているようなそれを取り出し、画面を見た。八千代宣広の総務課長、大崎からだ。通話状態にして、まずは礼を言う。

「大崎さん。さきほどはありがとうございました。教えていただいて助かりました」

〈とんでもないです。それより、今、お話しして大丈夫ですか?〉

「はい」

答えながら、一旦エントランスに背を向ける。人けのないほうへ足を進める。肩のあたりが強張る。

当然ながら、あの一件に関することだろう。二億円の行方と傷害致死事件、かかわりがあるのかないのか。同じ日にというのはあまりに偶然が過ぎる気もする。しかし、傷害致死事件当事者の二名と清算資金のつながりも想像がつかない。

〈昼間にはあんなこともありましたし、畑井さんのお立場を考えるとあまり他人事ではない気がして、お耳に入れておこうかなと——〉

そんな前置きをされると、不安が増す。

「どんなことでしょう」

〈それがですね。変な噂を耳にしまして〉

ますます聞きたくなくなったが「変とはどんなふうに？」と訊き返してしまう。

〈犯人の寺田宗次なんですが、誰かにそそのかされたんじゃないか、という噂がありまして〉

「そそのかされた？　誰にですか」

〈こうして、畑井さんにお電話したことで想像がつくと思うのですが、『八千代アド』の元社員です〉

想像なんかしていない。したくもないが、確かめないわけにはいかない。

「それはつまりウチ——解散前の八千代アドから宣広さんに再就職した人間ということですね。誰ですか、そそのかしたとかいうのは」

最後のところでつい声が大きくなってしまい、あわてて周囲を見回す。離れたところに歩行者の姿はあるが、会話は聞こえていないだろう。

〈個人名まではわかりません〉

何人か思い当たったが、そんなことをこちらからは言えない。

「では、大崎さんにその情報を注進したのは誰ですか？　プロパーですか。それとも、それもまた元八千代アド？」

〈それも、勘弁してください。総務の仕事をしていると「ここだけの話だけど」と噂を持ち込んでくる人間がけっこういるんです。ただ、この件は当人に強く口止めされていますので、残念ですが名前は出せません〉

「そうですか」

理解はできる。畑井にも覚えがあった。覚えがあるどころではない。会社が無くなると決まってから、いったい何人から「ちょっと耳に入れたい」と聞かされただろう。会社の悪口や人間関係などの噂は酒の肴になるが、「あいつはこっそり転職を決めたのに、未採用者支援金を申請しようとしている」だとか「営業部の○○が、八千代宣広の社員と飲み屋にいるのを見た。個別の接触は禁止ではないのか」などという報告は総務に持ってくる。

その事情はわかるが、何も言えないならなぜ電話などしてきた？　思わせぶりなことを言って、単に不安感を煽るためか？　こっちに何か恨みでもあるのか。それになにより——。

「しかし大崎さん」

そう切り返した。我が身が巻き込まれていないことに対しては、意外に冷静になれるものだ。

「――ほとんど現行犯のようですから、寺田宗次氏が犯人であることに間違いはなさそうですね。だとすれば、彼をそそのかしたという行為は、殺人だか傷害致死だかの教唆になりませんか？　それは立派な犯罪ですよ。聞いてしまったからには、警察に届けたほうがよくないですか」

大崎のため息が聞こえた。電話してきた理由がわかった。やはり親切心から畑井に教えているのではなく、聞いたことを自分一人で抱えるのが辛くなったのだ。秘密は、それを共有する人間が多くなるほど、罪悪感が薄れる。それもまたありがた迷惑な話だ。

〈おっしゃることはわかります。しかし、その社員がわたしに話し終わってから『やっぱり今の話は忘れてくれ』と真顔で言うんですよ。『ほかの人にしゃべると、大崎さんも恨まれますよ』とか怖いことを言って〉

「ますます怪しいじゃないですか。脅すなんて」

〈脅すというより、心配してくれている感じでした〉

そんな話をこっちに聞かせないでくれと言いたいところだ。ただ、そんなふうにドロドロした背景があるのなら、個人的な怨恨（えんこん）や金銭トラブルの可能性が大きい。串本の失踪とは関係がなさそうだ。それがわかったことを収穫としよう。

「ならばわたしも聞かなかったことにします。ですので大崎さんも、あとで何かあったとき『畑井に話した』と言わないでください」

〈わかりました。とりあえずお耳に、と思っただけですから〉

配慮に礼を言って通話を終えた。不安と疲労感が残った。いったい、何のための電話だったのだ。

　気を取り直して深呼吸し、その場からふたたびマンションを見上げる。串本家のリビングの灯りがカーテンの隙間から漏れている。清算人はあそこにいるのか。どんな会話がなされているのか。

　どこからか、カレーの匂いが漂ってきた。窓をあけておいても気持ちのいい晩だ。テレビから流れているらしい笑い声も聞こえてくる。ピアノを練習する音も聞こえる。ふいに、素人探偵もどきのことをしているのが馬鹿らしくなった。

　踏ん切りをつけ、振り返ることなく、帰路についた。

　駅が近づくにつれ、通りの景観が、昼間とは化粧を変えた別人のように変わっていることに気づいた。灯りのともった提灯や暖簾が両側から誘いかける。以前なら誘いに乗ったかもしれない。しかし、なぜか今夜は一杯ひっかけたいという欲望が湧かず、そのまま通り抜けた。

　妻より早く帰宅できそうなので、途中スーパーに寄り、ごくオーソドックスなカレーの具材を買った。たまには妻の帰宅を待ちながら料理でもしようと思ったのだ。ライスは、炊いて冷凍したストックがある。

　身支度を解き、野菜の下ごしらえに入ったところで、スマートフォンに着信した。表示を見れば横田清算人からだ。

　一瞬どきりとする。さっきのあのことについてだろうか。「きみ、見てたよね」とでも言われたら、とぼけきる自信はない。飄々とした横田なら、そんな展開もありえなくはない。どういう態度に出るか決めきれぬまま通話に入る。

いつもと変わらぬその口調は予想通りだった。

〈ああ、横田です。夜分申し訳ない。じつは今回の件について、明日、〝本社〟でもう少し本格的な会議というか報告をしなければならないことになりました〉

用件はさっきのことではなかった。それはそれで肩すかしの気分だ。「そうなんですか」と答える声にあまり力がこもらない。

〈午前九時半に開始予定なので、申し訳ないけれども九時ごろまでに、まずはいつもの清算部屋に来ていただけないだろうか。少し打ち合わせしてから行きたいので〉

「わかりました。新聞社側は、どなたか上のかたが出られるのですか？」

〈統轄室長と広告局長が出席します〉

ではその時刻にと答えて電話を切ったが、ますます気が重くなった。カレーを作ることにしてよかった。料理でもしていないと気が紛れない。特にカレーは、特別に凝ろうとせず、ルーを使ってマニュアルどおりにすれば、ほとんど失敗しない点がいい。

「あら、早いのね。――いい匂い。カレー作ってるの？」

帰宅した妻の瑞穂が、驚いて声をかけてきた。

うんまあね、とだけ答える。瑞穂は手洗いうがいをすませて、キッチンをのぞき込む。

「わたし、何か手伝う？」

「いや。カレーとサラダだけでよければ座ってて」

「了解。ラッキー」

瑞穂は、スマートフォンでこまめにニュースやSNSをチェックする習慣がない。勤務中はテレビも見ていないだろう。だから、那須が刺されて病院で死亡した事件はまだ知らないらしい。まして、二億円入りの通帳と清算仲間が消えたなどとは想像すらしていないはずだ。

カレーを煮込むあいだに、袋入りで買ったコールスローに、トマトや刻んだ葉物野菜をまぜ、簡単な野菜サラダを作った。

料理を待つあいだに、瑞穂が風呂を沸かしてくれた。せっかくなのでさっと入ると、少し気分がさっぱりした。結衣は友達と勉強するから遅くなるというので、二人だけでテーブルにつく。テレビの画面は暗いままだ。畑井のあまり見たくなさそうな雰囲気を感じ取って、瑞穂もつき合っている。静かな部屋に、食事の音だけが響く。

察しのいい瑞穂は、おそらく帰宅した瞬間に「何かあったな」と勘づいたはずだが、向こうからは訊いてこない。言いたくなさそうなことは訊かないという、夫婦間に暗黙のルールがいつしかできあがっていた。そのほうが生活に摩擦が少なくなることが体験的にわかったからだ。だからいいというわけでもなく、むしろよけいに悩む。今日一日に起きたいくつものトラブルを、どうやって切り出したものか。どこから話せばいいだろう。いや、それよりもどこまでが話すべき内容だろう。

いっそ何もなかったことにしたいが、さすがに那須の死に関してはそうもいかないだろう。一度、夫婦そろって外出した先でばったり那須夫婦に出会い、挨拶も交わしている。それに、葬儀があるなら顔を出さねばならない。

とりあえずは、せっかくのカレーを食べ終えてからにしよう——。

あまり飲みたくはなかったが、いつもの癖でプルタブを引いた発泡酒をひと口だけ飲み下し、スプーンを手に取る。

　最近は炊飯器や冷蔵庫の性能が上がって、レンジで温めたライスがつやつやしている。その上に、考え事をしながら作った割にはまあまあの出来栄えの、中辛カレーがかかって美味(うま)そうだ。スプーンを差し込み、最初のひと口をすくい上げたとき、スマートフォンが震えた。マナーモードの端末が、テーブルの上でブーブーと不快な音を立てている。

「誰だ今ごろ」

　自分でも意外なほど、不機嫌そうな口調になった。

　見れば登録のない番号だった。03から始まる固定電話だ。セールスかと思ったが、もう一度番号を見て、緊張で首のあたりが強張った。そういえば最近、よくないことが起きそうになると、首筋が強張ることが多い。

　それはともかく、都内の警察署の下四桁の番号は、ほとんどが０１１０なのだと先日見たドラマで知ったばかりだ。

「もしもし」

〈夜分恐れ入ります。畑井伸一さんのお電話で間違いありませんか〉

　事務的で愛想がない男の声だ。これで確定的だ。

「はい。わたしが本人ですが」

〈こちら、千代田区大手町東警察署です〉

　耳元から漏れた声が聞こえたらしい瑞穂が、目を大きくしてこちらを見ていた。

8

朝の五時前に目が覚めた。

制作部次長の職にあったころは、トラブルがあったり残業が続いたりすると、朝起きるのが辛かった。特に寒い日や雨降りが重なったりすると、このままずっと寝ていたいと学生のようなことを考えたりもした。

しかし、解散準備のため総務部長の職に就いてからは、眠りが浅く短くなった。考え事をしているうちに寝つくのが午前一時近くになり、目覚ましもかけないのに朝は五時ごろに目が覚めてしまう。下手をすると三時半ごろに新聞配達のバイク音で目が覚め、そのまま二度と眠れなかったりする。

この差はどこから来るのだろうと考えた。もちろん、仕事が楽で疲れていないからだとは思えない。「嫌さの質」の違いではないかと気づいた。

制作部次長の立場なら、その日の流れが良くも悪くも容易に想像できる。あえて想像しなくても、発生の可能性があるトラブルまで含めて、ずっと先まで見通せてしまう。自分の作った料理は味がわかってしまって楽しみがないように、仕事とは単に気が重い作業であって、新鮮味がなかったことは否めない。

もっとも当時はそんなことをいちいち意識してはいなかったが。

しかし、トラブルの芽を摘みながらひとつの会社を解散から清算へと導き、所属していた社員たちにも可能な限り未来を確保する手助けをする。そんな作業は、天下の『八千代新聞グループ』を見渡してもおそらく前例のないイベントだと、いったい何度言われただろう。

次の曲がり角の先に何が待ち受けているかわからない不安が、眠りを浅くしているような気がしている。

そんな波もようやく凪いできたかと思ったころ、浅くて短いどころか、睡眠を根こそぎ奪うようなトラブルが続けて起きた。親しくはないが信頼はしていた元部下にして清算業務仲間による、二億円入り通帳持ち逃げ疑惑だ。そこへ加えて、信頼もしそこそこ親しくもしていた元営業部長の非業の死だ。のんびり寝ていられるはずもない。

眠れはしないが、久しぶりに「行きたくない」という感覚が猛烈に湧いた。

嫌すぎて、九時と言われたのに八時二十分ごろには清算部屋に着いた。

「おはようございます」

「おはよう。早いね」

すでに出社していた横田清算人は、読んでいた八千代新聞から目を上げて応じた。その目つきや顔色に、後ろめたさは感じない。しかし、悪人とも思えないが、簡単に腹の中が読めない人物であることもまた間違いない。

自分に都合が悪いから隠しているのか、それとも、口では適当に言いながらも畑井を信用していないのか。それさえも読めない。

「なんだか、家にいても落ち着かないので」

「ぼくも同じだ」

吉永元常務はまだ来ていない。部屋に二人だけの今、串本のマンションへ何をしに行ったのか、こちらから訊くチャンスだ。「ゆっくり十秒数えて、そのあいだに訊いてはいけない理由が思い浮かばなかったら訊く」というややこしいルールを、とっさに作った。

一、二、三、と七まで数えたところで、ふたたび新聞から目を上げた横田清算人のほうから声をかけてきた。

「今日、警察に行くんだったね」

「はい」

昨夜、警察署からの電話のあと、横田に電話をかけて報告しておいた。

警察からの用件は、そのものずばり「元八千代アド社員の寺田宗次という人物について話を聞きたい」ということだった。解散時に畑井が総務部長であり、解散後も清算業務についていることを知っていた。たしかに〝元〟社員に対する情報を収集するには、畑井はいい狙い目だ。

寺田は八年も前に辞めていると説明したら、よく覚えているなと突っ込まれた。ならば面識はありますねと訊かれて、馬鹿正直に「あります」と答えてしまった。当時の記録は残っているかという質問にも「調べてみますが一部残っている可能性はあります」と返答した。

ここぞというときに思うような駆け引きができないのは、いや、なんの芸もなく馬鹿正直に答えてしまうのは、小心なことにもよるだろうが、対面で駆け引きする機会が少なかった職歴のせいなのだと自分を慰めた。

ご自宅にうかがってもよろしいですが、こちらに来ていただいてもどちらでも、と恩着せがましく言われて、行きますと答えた。

「何時からと言ったっけ？」清算人が訊いた。

「最初は朝一番でと言われたのですが、今朝の会議のことをうかがったばかりでしたので、十一時からにしてもらいました。なので、ここを十時半には出たいと思います。一時間ほど、会議に出席できます」

横田清算人が、視線を伏せてにやにやしているので、思わず訊いた。

「何か、変なことを言いましたか？」

「いや、畑井君らしいなと思って」

「どういう意味でしょう」

「警察に呼ばれるなんて、せっかくのいい口実じゃないか。行かなくて済むなら別だけど、どうせ行かねばならないなら、ぼくならそのまま朝一番で約束して、会議のほうは欠席するよ」

「あ、そうか」思わずうなずいてしまった。

「何も、苦い実を二つとも採る必要はないよ」

「肝に銘じます」

冗談気味に答えたが、きっとまた同じことをするだろうと思った。

「おはようございます」

吉永元常務が入ってきた。手に、かなり皺の寄ったスポーツ新聞を持っている。持参する日があったりなかったり、また、日によって種類が違う。おそらく、網棚かどこかで拾ってくるのだろう。

「それでは、お揃いのようですので、これより始めたいと思います」

統轄室の上野原課長が発声した。今日の司会役らしい。

場所は、広告局のあるフロアの会議室だ。新社屋にあるため、内装も新しく、天井も高く感じる。机や椅子や照明も古さを感じさせない。窓も一部は床まで届いて、とても眺めがいい。

部屋は縦長で、長テーブルが合計六台、長方形に並んでいる。詰めれば十数人は座れるだろうが、この場にいるのは八人だ。昨日の朝、緊急ミーティングに出席した六名のほかに、上座に座る〝お偉方〟二名だ。上野原課長が紹介した。

「初対面のかたもいると思いますので、初めに簡単にメンバーを紹介いたします。まず、五十嵐広告局長」

五十嵐局長が「ご苦労様です」と言い、皆がそれに応じて声を上げる。

「つぎにそちらは津村統轄室長」

「よろしくお願いします」

津村室長は、苦い表情だ。

「初対面」とは、畑井のことを指して言ったのだろうが、二人ともとりあえずの面識はあった。紹介の順からすると、五十嵐局長のほうが上席のようだ。いまの自分に関係はなさそうだが、覚えておいて損はないかもしれない。

続いて、残りのメンバーも再度紹介された。向こうの列は新聞社サイド、こちら三人が清算関係者だ。

上野原課長が続ける。

「進行役はわたしが務めさせていただきます。まず、ことの経緯を清算会社八千代アドのほうからご説明いただきたいのですが、横田清算人でよろしいでしょうか」

振られた清算人が軽く手を挙げて応じた。

「それでは、わたしから説明させていただきます。その前に申し上げたいのですが、畑井さんは、昨日の那須さんの事件のことで、警察に呼ばれています。途中退席する可能性がありますが、あらかじめご了承ください」

そこで一拍空いたので、畑井も腰を浮かせて「よろしくお願いいたします」と頭を下げた。続けて清算人が「それでは」と言いかけたところを、統轄室長が遮る。

「ちょっと待ってください。警察？　それは聞いてないですね」

詰問調だ。指名はされていないが、畑井が答える。

「申し訳ありません、昨夜遅くに電話があったものですから……」

釈明の途中で横田が割り込んだ。

「その件に関する報告は、今日のこの場でいいでしょうとわたしがアドバイスしました」

津村統轄室長の視線は横田清算人の顔に据えられたままだが、発言は畑井に向けたものだった。

「横田さんが清算のメンバーに選んだぐらいだから心配はないと思いますが、相手が警察となると、発言には注意してください。推測や不確かなことは言わないでください。まして、通帳紛失のことはまだ言わずにおいてください」

最後の部分に関しては、そんなことを簡単に決めていいのか、まさにこれから話し合うのではないのかと思ったが、反対意見は出なかった。ならば畑井としては素直に「わかりました」と頭を下げるだけだ。

ただ、その直前の横田の発言で、腹立ちが相殺される思いはした。もはや従業員ではなくなった畑井のことを、こうした場できちんと「さん付け」で呼んでくれた。ふだんは以前と同じく「畑井君」だから、この場ではあえてだろう。それによって、不明瞭だった畑井の立場がはっきりしたことになる。委託を受けたいわば外注業者かもしれないが、従業員ではない。

それでは、と清算人が話を戻した。

「ご承知のことと思いますが、解散後、清算会社となりました八千代アドバンスの清算業務は、わたしが清算人を務め――」

ほとんど全員が知っているはずの現況を、あらためてざっとおさらいする。

横田、吉永、畑井、串本の四名で作業にあたっていたこと、実務は畑井と串本が主体となっていたこと、ここまでは作業の遅滞もトラブルもなく来たことなど。そして昨日の朝、手提げ金庫の中から通帳、印鑑が消えていたことを説明した。

「ちょっとよろしいか」

紛失の話題になるのを待ちかねたように、津村統轄室長が割り込んだ。社歴では横田のほうが十年ほど上だろう。そうでなければもっと早くから「早く通帳のことを説明しろ」ぐらいは言い出しかねない雰囲気だ。

「どうぞ」清算人が軽く手を差し出す。

「そもそも」興奮のせいか声がうわずりかけて、津村室長は軽く咳払いし言い直した。「――

そもそも、二億円という大金が入った口座の通帳と印鑑を一緒にして、しかもそんなセキュリティの甘い場所に保管した理由をうかがえませんか。ええと、書庫の中の手提げ金庫？　そこに二億？　ちょっとにわかには信じがたいですが」

やはり相当に昂っている。きのうの会議の蒸し返しだが、立場的に〝本社〟の社長に近い重役あたりから「問い詰めて来い」と指示されたのかもしれない。

「どうなんですか」

五十嵐局長が、むしろなだめるように静かに訊いた。八千代新聞社で局長という役職は、その肩書の上に〝取締役〟がつく。たとえばメーカーのような細かい分社制なら立派に社長だろう。

清算人が答える。

「まず、第一義的な責任はわたしにあります。もちろん、そのような保管方法をとっていたことは知っていました。危険ではないかと問われれば危険だと答えるしかありません。ただ、恥ずかしながら、わたしも、名前を出して申し訳ないがここにいる吉永元常務も、そして畑井さんも経理面には素人だった。さすがに実物で二億円相当の札束があれば違っていたと思いますが、実際には一冊の通帳と一個の印鑑です。存在感は薄かったというのが、正直な感想です。

もちろん、粗雑に扱った覚えはありません。あの部屋は、いまここにいるメンバーぐらいです。IDカードを持った人間以外は入れません。端的にいえば、セキュリティ面が改装されて、その部屋にある鍵のかかる書庫の中の、鍵のかかる手提げ金庫に入れて保管してあった。しかもその事実を知っている人間も限られていた。部外者が出来心で持って行く可能性はゼロに近い。――そんな実情から油断があったことも弁解しません」

広告局長が尋ねた。

「その串本という人物が経理面を担当していたんですね」

「はい、そうです。八千代アドの元経理課長です」

「金銭の扱いも？」

「簡単な振り込み作業ぐらいは畑井さんもやっていたようですが、基本的な部分は彼の管理下にありました」

「だとすると――わたしは何かの間違いだと願っていますが――仮にその串本という人物が通帳と印鑑を持ち去ったのだとすれば、どんなに厳重な金庫にしまおうと、今回の一件は防げなかったことになりますね。保管方法に問題がないとはいえないかもしれませんが、トラブルが起きた根っ子は別のところにありますね」

局長のもっともな指摘に、隣席の吉永元常務が、そうだそうだといわんばかりにうなずいている。このままだと連帯責任を負わされそうで警戒しているのだろう。

清算メンバーが不正を働こうとするなら、それを防ぐのが厳しいことは、ごくあたりまえの理屈なのだが、畑井たちが言ったのでは弁解にしか聞こえないだろう。だから、局長という立場の人に言ってもらうと説得力がある。

せっかくかばってくれたのに、清算人が「しかし」と反論した。

「認識が甘かったことは否めません。配慮というか全員の心構えが違っていたら、今回のことは起きなかったかもしれません」

「そんな観念的な責任論を、今ここで持ち出しても始まりません。責任の所在はひとまずおきましょう」

自分からそういう方向へ話を持って行ったのに、統轄室長が論点を変えた。

「最大の問題は善後策です。まず、ご存じだと思いますが、口座の凍結というのはかなりハードルが高い作業です」

新聞社側では末席に座る吉備がうなずいている。統轄室長が続ける。

「しかしハードル云々はそれほど重要な問題ではありません。問題なのは、銀行に事情を説明することによって、この不祥事が外部に漏れることです。天下の八千代がグループ会社をひとつつぶすことでも注目を浴びそうなのに、その最中に二億もの大金をずさんな管理で……」

「津村室長、発言は慎重に」

五十嵐局長が釘を刺し、室長は形ばかり詫びて先を続ける。

「そんなことが公になったら、いい笑いものです。じつは、社長の耳にだけは、まだ入っていません。もし知れたら、あの性格ですからどうなるか火を見るよりあきらかです。肝心なのはスピード感です。こうしているあいだにも、引き出される、あるいはほかの口座に振り込まれるおそれがあります。『清算室』としてはどうお考えでしょうか」

結局のところ、やはり感情的になっている原因はそこにあるらしい。〝上〟に報告したと言っていたが、さすがに社長にはまだだったようだ。それにしても、『清算室』などという名称があるとは知らなかった。『清算部屋』よりはましかもしれない。清算人が応じる。

「正直に申しまして、昨日の今日ですから、これという妙案はありません。しかし見方を変えるとこれまで大きな動きがないということは、横領が目的ではない可能性もあると考えています」

「では、なんのために？」という室長の問いに清算人が答える。

「たとえば交渉材料という見方はどうでしょう。いってみれば〝人質〟のような。まあ〝人〟ではありませんが」

「そう思わせる具体的なコンタクトが串本からありましたか？」

「ありませんし、そもそも串本さんがやったとまだ決まったわけでは……」

「横田清算人」統轄室長が軽く手を挙げて発言を途中で止めた。「仲間をかばいたいお気持ちはわかりますが、この場ではやめましょう。警察の取り調べ室でも法廷でもない。証拠などなくても、だれがやったのかは明白じゃないですか」

横田は苦いものを噛んだような表情を浮かべたが、すぐにわかりましたと答えた。横田を見ていた統轄室長が、視線を全体に向けなおした。

「とりあえず、清算室としてどういう対応を取ろうとされているのか先にうかがいましたが、予想の範囲内でした。つまり、何もしていない。そういう解釈でよろしいですね？　それでは申し上げますが、じつは統轄室として少し対策を取らせていただきました。――吉備君、いいかな」

「はい」

指名された吉備が答え、さっと全員を見回した。

「まず、昨日の第一報があった時点で、口座のＩＤとパスワードを変えました。その後、清算室から問い合わせがありませんので、そのままにしてあります」

「これには正直驚きました。ＩＤやパスワードを変えたのにアピールもないとは」

統轄室長による、説明に名を借りた糾弾だった。しかし、無策だったことは否めない。「清算」というだれもやりたがらない仕事をやっているのだという、驕りとまではいわないが、油断はたしかにあった。何かを購入するのではなく、いずれは消える金、という認識もなかったとはいえないだろう。

「口座に関する基本情報はどこから？」

たしかに、口座番号や元の暗証番号などは、知らなかったはずだ。

横田清算人の問いに、吉備が顔色も変えずに答える。

「元総務部長の北見さんからです」

それもまた問題ありかと思うが、清算人は突っ込まなかった。事実を確認しただけだ。吉備が続ける。室長の口調が乗り移ったようだ。

「以後、問題が解決するまでネット取引は事実上できなくなったとご承知おきください。もともとしていなかったと思いますが。――それと、通帳と印鑑を使用した決済についての対策は、理想をいえば当面の口座凍結です。しかしながら、清算室でも問い合わせたようですが、口座凍結となるといろいろ手続きがあり、法人となればさらに煩雑です。まして、電話一本で応じてもらえることはありません」

そこで一度止めて、畑井を見た。何も意思表示をせずにいると、吉備が続けた。

「しかし、公式にはできないと言っていますが、銀行というのは〝建て前〟と〝例外〟を使いいですから。

分けるのが常套です。室長に相談の上、非公式のルートから非公式に依頼しました。黎明銀行側でも、課長クラスの人間が対応してくれました。なんといっても口座の当事者が八千代新聞グループのことであり、金額も二億と高額で、万が一ニュースにでもなれば社会的影響も大きいですから。

いざ問題が表面化したときに、銀行は規則をふりかざしてみすみす犯罪を見逃したと非難されることは避けたいはずです。『ルールですから当行はあずかり知りません』とは言えないはずです。凍結とはいかないまでも、手続きが簡単にはできないよう対応してもらえる手配をしました。たとえば、一定額以上の決済は担当者に窓口まで来てもらうことにしてあります」

「補足しますと、吉備君は口座のある黎明銀行大手町支店に大学時代の友人がいて、その人物を通じたルートです。幸運でした」

気のせいか誇らしげに見える統轄室長に向かって、横田が礼を述べた。

「たいへん助かります」

統轄室長は、特に気をよくしたようすもなく、先を続ける。

「当面の緊急手当はできましたが、この先が不安です。現在、形式的に清算会社八千代アドバンスの口座に入っていますが、事実上は八千代新聞社の資産と言ってもよいと思います。清算時に相殺して、現況の見込みでは新聞社側が二億円ほどの債権放棄をする予定になっています。これ以上傷を深くすることはなんとしても避けたい。これは〝上〟のほうからの指示でもあります。これまで、八千代アド旧役員のかたがたの立場を考えておまかせしてきましたが、こういう粗雑な扱いをされるのでしたら、以後、全面的に統轄室で管理させていただくことになるかもしれません」

　ちょっと、と五十嵐広告局長が軽く手を挙げて口を挟んだ。

「それはさすがに言い過ぎではないですか。八千代アドが立ちいかなくなったのは、もちろん一義的には当該会社自身に責任があるのは言をまたないですが、責任のすべてを押し付けるなら、グループである意味がない。こういうときに、傷を負ってもできれば致命傷にならないように、仮に最悪のケースになってもなるべく穏やかに処理をする。そういう方向づけをするために、グループを形成しているとわたしは認識していましたが」

　即座に統轄室長が反論する。

「お言葉ですが、それはベストを尽くした場合の理論ではないでしょうか。はたして、八千代アドがベストを尽くしたのか。社員が死に物狂いでなんとかしようと努力したのか。心のどこかに『親方八千代がなんとかしてくれる』という甘えがなかったか。その甘えが結局こうしたずさんな管理となって再出現したのではないか。わたしにはそう思えてなりません」

　ちょっとした演説を思わせるほど熱がこもっていた。さすがに五十嵐局長も、少し顔をしかめただけで止めなかった。今日はめずらしくほとんど発言していない吉永元常務の顔は真っ赤だ。横田清算人だけは、いつもと表情が変わらない。不愛想というのではなく、何も聞こえなかったかのようだ。

　その横田清算人が静かに割って入った。

「本題に戻りましょう。今、この場は責任の所在をあぶりだすための会合ではないはずです。責任ならわたしがとります。わたしに対する責めも、のちほど機会をあらためてうかがいます」

畑井は、目の前で交わされているこうした議論を、なんとなく傍観者の立場で聞いていた。どれも一理ある。一理どころか、感情を抜きにすれば、津村統轄室長の言い分にもっとも賛同できるかもしれない。

しかし、発言の是非はともかく、だんだん問題の本質から遠ざかっていく気もしている。串本はどこへ消えた？　妻は捜索願を出さないのか？　そもそも、問題の通帳と印鑑を持ち出したのは本当に串本なのか？　だとすれば目的は？　横領したならなぜすぐに実行しなかった？

それらの謎は、昨日から何一つ解決していない。いや、清算人の不可解な行動という新たな謎が加わっただけだ。

さらに、那須の事件とは関係があるのか。あるとすればいったいどんなつながりだ。寺田をそそのかした人物とは誰だ。それに——。

吉備が、今後の通帳や銀行印を作りなおす作業について説明している。

「申し訳ありません」

畑井は声を上げた。吉備の説明を遮る形になった。皆の視線が集まる。

「さきほど清算人からもお話がありましたが、警察に出頭しなければならないため、ここで中座させていただきます」

ざわざわっとした声が静かに流れたが、止めるものはいない。皆とは視線を合わせず、清算人に向かって軽く会釈して会議室を出た。

ドアを閉めるなり、肺が痛くなるほど大きく深呼吸した。あと十分もいたら窒息していたかもしれない。

「さて」

短くつぶやいて、エレベーターに向かって歩く。気乗りのしない場所から気乗りのしない場所へ移るだけなのだが、刹那（せつな）の解放感があった。

エレベーターを待つあいだ、スマートフォンを起動する。さすがに会議のあいだは、スリープモードにしてあった。

着信記録があった。また八千代宣広の大崎からだ。留守電も入っているようだ。

エレベーターを降り、フロアの隅でまずメッセージを再生する。急ぎの用件があるからかけなおしてくれという。気乗りはしないが、やむを得ずかけてみた。すぐに出た。

〈大崎です〉早口だ。

「なんでしょう。これから警察に行かなければならないんですが」

〈ならばよけいに知っておいたほうがいいと思います。寺田が死んだみたいです〉

「は？」

〈やはりご存じなかったんですね。そちらの情況を考えると、そうではないかと思いました。今もニュースでやってますよ。現場検証の最中に手錠のまま逃げ出して、大通りで通行中の車にはね飛ばされて即死だそうです〉

寺田宗次が死んだ？

とっさには事態が呑み込めない。

〈もしもし、聞こえてますか？　畑井部長〉

大崎の声が耳元に響く。

〈畑井さん？　もしもし。聞こえてますか？〉

「あ、すみません。ちょっとショックで」

聞いた内容をすぐに消化できず、現実逃避しそうになっていた意識が呼び戻された。

「寺田が、というか寺田も死んだんですか？」

〈ええ。そうらしいです。那須さん――じゃなかった、今はうちの社員ですもんね。あ、もう社員じゃないのか、亡くなったんだから。――ああくそ、どうでもいいかそんなことは。とにかく、その那須さんを刺した事件の現場検証中らしかったんですけど、寺田は手錠のまま急に走り出して、ええと、あそこなんていいましたっけ、あの神田駅西口のガード下を通ってる道〉

声質はうわずっているように感じないが、話す内容からすると混乱しているようだ。そのおかげで、むしろこちらは少し落ち着いた。

「神田金物通りですか」

〈あ、そうです。あそこへ飛び出てトラックにはねられて、即死だそうです。ニュースでもやってますよ〉

やはり興奮しているようで、同じことを繰り返す。

「それって、それって――」

大きく引いた潮が押し返すように、今度は言いたいこと訊きたいことが一度に大量に湧き上がって、喉で詰まってしまった。しかし大崎に訊いたところで、何も答えられないだろう。ニュースの速報か何かで知り、あわてて電話してきたという印象だ。その大崎が問う。

〈さっきおっしゃってましたが、これから警察に行かれるんですか〉

「はい。まさに那須さんの件で」

〈寺田とかいう犯人まで死んだんじゃ、ますますめんどくさいことになりそうですね〉

「うんざりしています」

〈串本さん、無事かなあ〉

「何かの間違いだと思いたいです」

それで会話も終わるかと思ったが、大崎が意外なことを言った。

〈じつはですね、一昨日（おととい）、彼と会う約束をしてたんですよ〉

「彼というのは、串本君ですか？」

〈ええ。午後二時からうちの社内で、会う約束をしていました〉

それは知らなかった。串本からも何も聞いていない。急に体温が上がったように感じる。

「それはどんな用件ですか。もし、差し支えなければ教えていただけませんか」

〈べつに内緒にするようなことじゃないです。八千代アドさんが解散するときに、机、椅子、書庫などをゆずっていただきましたが、その簿価について税理士から指摘が入りまして、裏付けが必要になったんです。そんなことの細かい確認とお願いがあって一度会うことになりました。譲渡価格の取り決めなどはわたしが担当しましたので〉

聞いて納得した。その程度の打ち合わせなら、お互いにいちいち報告し合わない。仮に報告するとしても、その相手は清算人だろう。

「そうですか。でも結局彼は行かなかったんですね」

〈面会は無くなりましたが、彼のせいじゃありません。わたしのほうでドタキャンしたんです。少し離れたところに母親が一人暮らししていまして、救急車で搬送されたという知らせが来て――〉

あわてて病院へ行ったのだがたいしたことはなくて、というような大崎の説明に、適当に相槌を打ちながら、その後の彼の行動を思い浮かべる。

急に午後の予定がなくなった串本は、ため息をついて清算部屋の中を見回す。ふと、書庫の手提げ金庫の中に、残高二億円の通帳と印鑑があることを思い出す。しばしの葛藤の果て、誘惑に負けて通帳と印鑑を持ち去った――。

まさに「小人閑居して不善をなす」を絵に描いたような展開だが、串本がそんな衝動的なことをするだろうかという疑念はやはり消えない。

もはやこれという進展のない話を少し繰り返して、大崎との会話は終わった。

スマートフォンを持った手をだらりと下げて、強化ガラスごしに通りを見た。六月だというのに、すっかり真夏の日差しだ。男性は白いシャツの袖をまくり、女性は半袖が目立つ。

「やっぱり地下鉄にしようか」

外の景色を映す巨大スクリーンを見ているような錯覚に陥りながら、分厚いガラスに向かってつぶやく。大手町東警察署の位置は調べてある。ここは丸の内の南の端、あちらは大手町の北の端、地下鉄に二駅ほど乗るか、いっそ歩いたほうが早いかと迷う程度の距離だ。

つい今しがたまで歩くほうに気持ちがあったが、急に億劫になった。

少しだけ大崎を恨む。これから警察へ事情聴取を受けに向かうのに、どうして中途半端な、それも気分が沈むような情報を伝えてきたのか。串本とのアポの件ではなく、寺田の死についてだ。

警察署で「寺田が死んだのは知っているか」と訊かれて、素直に驚きたかった。ただでさえ、昨夜電話してきた警官は「七年前に辞めた人間のことをすぐに思い出せるなら、ほかにもご存じなのでは」という意味合いのことを言っていた。自分にはとぼけることは無理だろうし、知っていると言えば「情報が早いですね」などと突っ込まれそうだ。

ただの噂話程度の中身しかないなら、そんな電話など欲しくなかった。

まあ、そんな八つ当たりをしてもしかたない。

ガラスに映った半透明の自分に言い聞かせ、自動ドアを抜け、もわっと吹きつける風の中、地下鉄の入口をめざした。

9

記憶をたぐるまでもないのだが、警察署で事情を訊かれるなど、生まれて初めての体験だ。

どんな部屋へ通されるのかと思ったが、企業でいうミーティングルームのような部屋だった。

聴取に当たった警官は二名、畑井より十歳ほど年上に見える男と、逆に十歳ほど年下に見える男だ。最初に両名とも所属と氏名を名乗り、身分証も見せてもらった。「大手町東警察署刑事課」ということは、いわゆる「刑事」と呼ばれる職掌なのだろう。本物の刑事を間近に見るのも、もちろん会話をするのも初めてだ。

「まずは、お名前、生年月日、住所、ご職業をうかがってよろしいでしょうか」

任意の聞き取りなのだから、答えたくないという選択肢もあるはずだが、ここでそんな意地を張ってみても得なことはない。それに、どうせわかった上で本人に語らせているのだ。まさに痛くもない腹を探られる口実を与える必要はない。

すべて正直に話すと、それを若いほうの刑事がノートパソコンに打ち込んでいく。聞き役は年上の刑事だ。昨夜電話を寄越した人物の名を失念してしまったが、たぶんこの年配の刑事だ。

続けて、勤務年数、仕事の内容、制作から総務というまったくの畑違いの異動の理由についても質問された。そんなことを突然訊かれて、要領よく説明できるはずもない。くちごもるたびに刑事に怪しまれるような気がして、まさか一味だと思われていないだろうか、などと不安になった。

このあと、解散や清算の流れについても延々と説明しなければならないのかとうんざりしたが、その方面には興味がないのか、いきなり寺田本人の話題に飛んだ。

「少々問題のある人物だったという評判があります。現に昨夜、名前を出しただけで畑井さんもすぐにぴんときたようでした。普通、八年も前に辞めた人物のことをすぐに思い出せるでしょうか？　それほど、問題が多い人物だったのですか？　あるいは個人的に親しくしていたのでしょうか？」

ここも素直に答える。

「寺田氏が在籍していたころ、つまり自分が制作部にいたころは、営業と制作という立場で会話を交わした程度で、個人的なつきあいは皆無と言っていいです。名前がすぐにわかったのは、最近、電話で話す機会があったからです」

するとと、刑事の目がやや細くなって、すかさず「その電話とは、どんな内容ですか」と訊いてきた。そういう流れになることは予想していたので、ここだけは、どう答えるべきかも考えてきた。やましいところがない以上、すべて正直に話すつもりだ。

北見部長の時代から続く、例の「給与未払い問題」のいきさつだ。

前日の会議での説明が予行練習がわりとなり、ほとんどよどみなく答えられた。ただ、それを聞く刑事の目が光ったような気がして「すらすらと答え過ぎるのはかえって怪しい」と、以前二時間ドラマで見たことを思い出し、急に不安になった。

「被害者の那須仁志さんについてはいかがですか？」

これも予想はしていたが、質問があまりに漠然としすぎて、また言葉に詰まった。

「どうしました？　何か話してはまずいことでも？」

「いえ、違います。話します」

要点だけを抜き出す自信がなかったので、細かいところまで語った。その結果、ほかの社員よりひと足先に転職を決めていたらしいと、よけいなことまで話してしまった。

「すると、思うように転職ができなかった旧社員の中には、恨んでいる人もいるわけですね」

これはむずかしい質問だった。今ここで訊かれるよりもずっと前――会社が解散するよりも前から、幾度となく抱いた疑念だ。

「思うように転職がかなわなかった社員は、その斡旋の旗振り役だった自分を恨むだろうか」

それはいつの間にかどこからともなく湧いて出て、顔の周囲をうるさく飛び回るコバエのように、常に頭から離れなかった。面と向かって罵倒したのは草野ぐらいだが、やり場のない恨みを畑井に向けていた元社員も一人や二人ではないだろう。それは感じていたが、しかし今さら考えてみたところでしょうがないと、追い払ってきた。しかし、こうして傷害致死事件まで起きた今、しょうがないと看過してよいものだろうか。だが、恨むにしても——。

「恨んだかどうかはそれぞれに訊いてみないとわかりませんが、もし恨まれるとしたら、まず先にわたしだと思います。しかし、寺田氏には再就職云々の話は関係ないと思いますよ」

するとと刑事は思いもよらぬことを言った。

「被害者が、寺田に対して再就職させると約束したのに、それを果たさなかったから寺田は逆恨みしたという話があります。この点はいかがですか？」

初耳だった。そのまま正直に答えた。

「そんな話は、今はじめて聞きました。誰がそんなことを言っているのですか？　無責任な噂だと思います」

那須には、そもそもグループ会社へ就職斡旋できる権限はなかったことを、簡単に説明した。刑事はそれについては肯定も否定もせず、あっさりと応じた。

「そうですか、ご存じなければそれで結構です」

誰の発言なのかわからずじまいだったが、畑井の頭に、あたふたしながら「聞いた話なんですけど」などと話してまわっている、大崎課長の顔が浮かんだ。

「では、寺田が被害者とどんな関係にあったかについて、知っていることをお話しください」

この問いにも困った。何も知らない。自分と寺田の関係以上に想像すらつかない。それを説明した。そしてまたこちらから訊いた。

「二人の通信記録とか残っていないんですか？　携帯とかメールとか」

聞き役の刑事の目が細くなった。

「現在確認中です」

さらに、被害者であるはずの那須の人となりなどについて、根ほり葉ほり訊かれた。旧社員の誰と親しくしていたか。金遣いは荒かったか。不満などは口にしていなかったか。

どの質問に対しても答えは二通りしかない。「よく知りません」か「まったく知りません」だ。

質問を受け続けるうち、那須の死に関する責任の半分ぐらいは自分にあるような気がしてきた。救いは、緘口令（かんこうれい）のおかげでまだ警察では二億円のことを知らなそうなことだ。もしその情報を得ていたら、こんなものでは済まなかっただろう。

聴取を受けているあいだは時間を気にする余裕はなかったが、気がつけば二時間近くが経っていた。

「お疲れさまでした。今日のところはこれで結構です」

「今日のところ、ですか？」

質問と抗議が半々のつもりだったが、さらりとかわされた。

「もしまた何かうかがいたいことがありましたら、こちらから出向くか、また来ていただくか、することになると思います」

最後に茶封筒を出されて「捜査にご協力いただいた謝礼です」と言われた。中に札が一枚か二枚入っていそうに見えた。千円札ということはないだろう。

　少し迷ったが、結局辞退した。正義感からではない。なんとなく借りを作らないほうがいいような気がしたからだ。

　ずいぶん喋ったのと、それなりに緊張していたので喉が渇いていた。アイスコーヒーでも飲みたかったが、まずはなにはともあれ警察署の建物を出ることにした。

　あらためて時計を見れば、すでに午後一時を回っている。コーヒーよりも昼食だ。あまり食欲はないが、何か腹に詰めて〝清算部屋〟――やはりこちらのほうが、今の自分の気持ちに合っている――に戻らなければならない。

　内神田から大手町にかけての一帯は「立ち食いそば」の激戦区だ。学生風の若者より勤め人らしき姿を多く見る。忙しいビジネスパーソンが、さっとかき込んで仕事場に戻っていくのだろう。

　畑井は、その中でも蕎麦がうまいので有名なチェーン店に入った。かき揚げせいろを頼んだが、かき揚げを半分以上残してしまった。

10

　もちろん清算部屋に戻らねばならないが、できることなら戻りたくない。

　そんな葛藤の結果、帰路は徒歩という選択になった。

　途中にあるオフィスビルのオープンスペースなどをみつけては休憩したりしたので、戻ったときには、午後二時を回っていた。

部屋の中で、せっかく引きかけた汗が噴き出すような人物が待っていた。

「お久しぶり」

先にそう声をかけ、片手を軽く上げて意味ありげに笑ったのは、北見昌子だ。今は、再就職先の八千代宣広で、情報統轄部というところの部長に就いたと聞いていた。最近新設されたセクションで、部長の席は空席だったらしい。そんなことより——。

「どうやってここに入りました？」

ＩＤカードがなければ入れないはずだ。

「借りてきた」

悪びれるようすもなくそう言って、胸から下げたカードケースをひらひらと振ってみせた。

「どなたに？」

「柳さん」

なんてことだと胸の内でぼやく。この部屋に入れるのは、今朝の会議のメンバー八人だけではなかったのか。どうして、と考えてみるが、柳元専務ならたしかに持っていても、そう不思議ではないかもしれない。

柳は横田清算人と違って、本来の業務よりも人脈活用に熱心だと聞く。現に、会社の解散が決まったあと、横田社長はもちろん吉永常務も——どの程度役に立ったかは別として——それなりに業務にかかわってきた。

しかし、柳専務の姿はほとんど見かけなかった。前の広告局長で今は新聞社傘下のテレビ局の社長をしている人物とは、大学のテニス部で先輩後輩の間柄だと聞いた。そして、解散問題が出てから知ったのだが、北見と柳はべったりらしい。

それにしても、二億円通帳紛失案件があったばかりなのに、こんな人物にＩＤカードを貸すというのはどういう神経なのか。

腹は立ったが、そもそも紛失した側の人間なので、強硬なことも言えない。そんな畑井の心の揺れを知ってか知らずか、北見の態度は八千代アド時代よりもむしろ馴れ馴れしく、いやに横柄に感じる。

「思ったより、お元気そうね」

どう思っていたのかと突っ込む元気もない。こちらも機械的に返す。

「北見さんもお変わりなさそうで。なにかご用ですか？」

「そんな、冷たいなあ。いろいろ大変そうだから励ましに来たのに。仮にも同じ会社で総務部長を経験した間柄なんだし。あ、これ、よかったら」

そう言って、有名洋菓子店の紙袋をすっと押した。

「ありがとうございます。あとで清算人に報告しておきます」

「よく言う『同じ釜の飯を食った仲』なんだし、大変なときは助け合わないと」

なんとなく、言うことが胡散臭い。こんなところで油を売っていていいのかと、遠回しに指摘する。

「大変というなら、『宣広』さんこそ大変じゃないんですか。那須さんのことで」

「まったくね。わたしも、もう総務の人間じゃなくてよかった。今ごろ総務部の連中は、社内外への対応でてんやわんやだと思うよ。警察マターになったからね。管理部門なんて、そつなくこなして当たり前だからね。損な役回りよ」

なるほど、大崎のあのハイテンション状態は、事件の内容そのものよりも、忙しさからきていたのか。混乱の果てにあんな電話をかけてきたのかと思うと、なんとなく納得がいったし、多少の同情も湧いた。

しかし、この人はわざわざそんな世間話をしに来たのだろうか。そんな思いが顔に出たのだろう。北見が話題を繋ぐ。

「今朝も緊急会議開いたんだって？　統轄室はあたりがきついでしょ。とくに津村室長とか上野原課長とか。まあ、あの人たちはあれが仕事だからね。でさ『どういう管理してるんだ』とか責められなかった？　たしかにそう言われたらそうなんだけど、現金と通帳は違うからね。行員だってさ、一千万単位の手形とか、普通にカバンに入れて持ち歩いてるからね」

「あの……」

言いかけた畑井を、北見が軽く手で制する。

「それにしても」と北見は、片手を上げたままわざとらしいしぐさで部屋の中を見回す。「殺風景な部屋だね。横田さんはともかく、吉永さんはよく何も言わなかったね。せめて〝新館〟のほうにしてくれ、とか。もっとも言えないか。会社ひとつつぶした役員としては」

あはは、と笑う。吉永元常務をかばう気はないが、元社員全員が馬鹿にされたような気がして愉快な気分ではない。あなたもその会社で部長職にいましたよねと言ってやりたいところだ。

「そういえばさ。畑井さんがどうして急遽、総務部長に抜擢されたか前に話したわよね」

退出を促そうと思ったとき、北見がいきなりそんなことを言い出した。

「それが何か」

あまり愉快な話題ではない、という表情を作った。

「まあ、そんな顔しないで。あのときは『余剰人員』とか失礼なこと言ったけど、少し補足しておく。あのとき、わたしがさっさと『宣広』に戻る話が決まっていたのは本当で、取締役連中は知ってた。それで『じゃあ、解散に向けた実務は誰がやるんだ』って話になって、適当な人材がないなら『統轄室』の預かり、っていう話に決まりかけた」

相づちも打たず、うなずきもせず、聞いている。

「でもね、その流れに待ったをかけたのが、横田さん。『うちには優秀な人材がいますから』って『統括室』相手に見得を切ったらしい。敗軍の将ではあるけど、最後まで指揮権を剝奪されたくなかったんでしょうね。でもさ、それでいざ白羽の矢が立ったのが畑井さんだっていうから、笑いをこらえるのが大変だったわよ。でもね、それにしては頑張ってるみたいで、正直、感心してる。もっとも、ほかに行くところがないから必死だったっていうのもあると思うけど」

あははと口を開けて笑った。

ただ、もうたくさんだ。

「すみません。さっきまで警察にいて、まだこれからやることが山積みなので。それと――」

間をあけて北見と目を合わせる。「IDカードを柳さんに借りたということですが、この部屋は原則として関係者以外立ち入り禁止になっています。ご存じのように、大金の入った通帳が紛失しましたので、北見さんにいらぬ疑いがかかっては申し訳ありませんし」

「あ、それは大丈夫。清廉潔白だから」

「しかし……」

「わかった、わかりました。早々に退散します。失礼いたしました」

追い立てられちゃった、というような芝居がかった動きでドアのところまで歩き、やはり芝居がかったしぐさで振り返った。

「そういえば『失礼』で思い出したけど、前に、畑井さんにほかにも失礼なこと言ったよね。倒産する会社の総務部長の死亡率がどうだとか」

「もうけっこうです。覚えていませんし」

もちろん忘れていないが、気にしていたと思われるのも癪だ。

「忘れてくれていたならよかった。ただね、結局は喪服が必要になったなあなんて思ってさ。虫食いがないか見ておいてよかった。人の運命って、まさに明日をも知れないね。まさか旧社員に刺されるなんてね。――あ、それから、金の臭いを嗅ぎつけてハイエナみたいなやつらが寄ってくると思うから、相手にしないほうがいいわよ。特にグループ会社に再雇用されなかった連中はね。それじゃ」

北見は言いたいことを言うと、軽く手を振りさっさと出ていった。日本にはこんなとき塩を撒く習慣があったよなと思いながら、ドアの内側からロックをした。だれか来て叩いたら開ければいい。

北見はただ嫌味を言いに来たのだろうか。来訪の真意について考える前に、まずはなくなっているものがないか確認することにした。だが、バインダー類をチェックしかけて思い出した。出て行くとき北見は手ぶらだった。しかしスーツの上着は羽織っていたので、ポケットに入るものなら持ち去った可能性は残っている。

書庫の前に立ち、扉を確かめる。鍵はかかったままだ。念のため開けて手提げ金庫を確認する。今回のことがあって、畑井はちょっとした工夫をしてみた。手提げ金庫は上蓋が開く方式だ。その上に八千代新聞の勧誘活動用の旅行情報冊子を三冊載せておいた。真ん中に4月号を挟み、4の字の縦棒と端に写っているモデルの顔のちょうど半分が見える位置まで、上に載せた3月号をずらしておく。こうすれば、だれかが少しでもいじればひと目ですぐにわかる。

ここも触った形跡はない。だとすれば何をしに来た？

状態を観察しながら、ひとつの島になっている五台の机の周囲を回る。物でなければ情報だろうか。四名の机の上にはそれぞれ一台ずつノートパソコンが置いてある。しかし、それらもすべて蓋が閉じられており、異変は感じない。いくら北見が図々しいとはいえ、さすがにいつ誰が入ってくるかわからない部屋で、他人のパソコンはいじらないだろう。

ふと、串本の机の前で足が止まる。

袖机にあたるワゴンの引き出し、その一番上が完全に閉まっていない。串本の机は昨日のうちに、清算人や吉永立ち会いのもと、すべての引き出しをチェックしてある。通帳など影も形もなかった。しかし、そのときしっかり閉めたはずだ。ただ、その後に清算人や元常務が再度開けた可能性もないとはいえない。

畑井は、閉まり切っていない引き出しを開けてみた。

11

「申し訳ないですね。無理を言って。お忙しいのに」

八千代新聞ビル一階にあるカフェで、元八千代アド多摩本部、営業課長の草野要一に会っている。

さすが天下の八千代新聞社のビルだけあって、最近の都心再開発工事の一環で、地下一階に地下鉄駅改札直通の通路ができた。それに合わせてビルの一階を全面的に改装し、受付を兼ねた総合案内と駅の自動改札のようなセキュリティゲートを作った。

一階の残りの三分の二ほどは、オープンスペースとして開放している。ソファが置かれたり、一角にカフェがあったりする。もちろん、社外の人間も使える。

申し訳ないと思うなら、遠慮したらどうだと言いたいのを堪える。

三十分ほど前、まるで北見が去るのを見ていたかのように、草野から再び電話がかかってきた。用件は、この一階のカフェでいいから「ちょっとだけ話がしたい。五分で済むから」とのことだった。

とっさに断ろうとしたのだが、あまりにいろいろなことが同時に起きて思考が混乱していたせいかもしれない。うっかり「わかりました」と答えてしまった。言った直後から猛烈に後悔しているが、電話をかけ直して断る口実がみつからないまま、三十分後にこうして会っている。

草野が転職したという探偵社がどこにあるのか知らないが、アポイントから三十分で来られるというのは、よほど近所なのか、初めからそのつもりで近くにいたのか、あるいはよほど暇でぶらぶらしていたのか、そのどれかだろう。

「ご用件というのは、なんでしょう」

これは、さっきの北見とのやりとりで学んだ。事務的な態度に徹すれば、よけいなことを言わずに済む。向こうの話もあまり長引かない。

カフェの席で先に待っていた草野は、答える前に、すでに半分ほどに減っているアイスコーヒーを、ぐいっと吸い上げた。以前ならここで煙草をくわえるところかもしれない。

「昨日の電話でも話した件です。例の通帳、みつかっていないんですよね」

やはりそれか。もっとも、それ以外にないことはわかっていた。

「申し訳ありませんが、その件ならノーコメントです。また、探索を依頼する話ならお断りしました」

「まあまあ、そう硬いこと言わないでくださいよ。まったく、畑井さんは変わってないな。まだ五分経っていないし」

意外に高級な腕時計をこちらに見せて指先で叩くので、しかたなく黙って続きを待つ。そういえば、八千代アド時代はくたびれたネクタイをしていたが、今しているのは生地の光沢もいい。

「わたしのことを、金の臭いを嗅ぎつけてやってきたハイエナみたいに思ってるでしょう」

そのとおりだとも言えず無言でいると、草野は「まあいいです」と笑って続けた。

「適当なことを言ってるわけじゃないという証拠に、なにか情報を出しますよ。どれがいいかな。——そうだ。串本と統轄室の吉備さんが高校の同級生というのはご存じ?」

　情報というのはその程度のことかと思いながら、軽くうなずく。

「じゃあ、串本の奥さんも同じ高校だったというのは? ——あ、やっぱり知ってるか。じゃあ、その奥さんが吉備さんの初恋の人で、いまだに忘れられずにいるというのは?」

たしか吉永元常務からそんな話を聞いた記憶があるが、これには反応しない。通帳とどう関係があるのかと問い返したいが、それさえも言わない。無反応が最適だ。

　そんな畑井の心境に気づいたのかどうか、草野は続ける。

「吉備さんって、ほらわかると思うけど、女性にもてたり、適当に女遊びするタイプじゃないじゃない。どうやらね、いまだに美玖さん——あ、串本の奥さんの名前なんだけどね、彼女のことを想ってるらしいんだよね。おれもさ、一回だけ写真を見たことがあるけど、すごい美人だよね」

「そろそろ五分経ちますが」

「まあまあ、そう硬いこと言わないで。畑井さんだって、本当は興味あるでしょ、本当は。でさ、想うだけならタダなんだけど、アクションしちゃったらしいんだよね」

　少し前から気づいていたが、畑井が草野を好かないのはその性格に由来するところが大きい。場末のスナックで交わされる酔っ払いの会話のような、この言い回しがどうしても性に合わないのだ。

「年が明けて、みんな再就職先が決まったとか決まらないとか言ってた頃。吉備さんは美玖さんに連絡したらしいよ」

「連絡?」

昨日の訪問時のことを思い出して、つい反応してしまった。畑井が食いついたので、草野の顔に笑みが浮いた。

「うん。串本がいない時間帯を狙って自宅に電話して『困ったことがあれば言ってください』とかなんとか言ったらしいんだよね」

へらへらと笑って、アイスコーヒーをすする。

「それは噂話レベルではなく、事実でしょうか? 仮に事実だとしても、それが今回の……」

「畑井さん、畑井さん」

一度嫌いだとなると、この妙に馴れ馴れしい言葉遣いも鼻につく。

「――この際『事実なのか』とか『論拠は』とか言うのはなしにしようよ。言ったでしょ。探偵社みたいなところで仕事してるって。もちろん、情報の出どころも言わないよ。飯の種だからね。考えてもみてよ。親会社にあたる立場の会社のね、それも統轄室とかいう子会社を管理監督する部署にいる人間がだよ、子会社の社員の女房に横恋慕するって、あんまりみっともいいもんじゃないよね。

しかもだよ。横恋慕されたほうの亭主は、大金の入った通帳と印鑑を持って失踪しちまう。でも失踪はしたけど使い込んでいる気配はない。女房は女房で、亭主がそんなことしてるのにうろたえている気配もない。ねえ、そうらしいよね」

その顔と口調で、「自宅に電話して」云々の話は嘘だとわかった。吉備と串本の関係をどこかで聞きかじって、適当に作り上げたのだ。自分はあまり世間にもまれずに生きてきたが、世の中はこんなやつばかりなのか。

　あきれている畑井の前で、草野が得意げに続ける。

「でさ、一方の横恋慕したほうは、失踪した亭主を追跡する実行役をやっている。新聞社としては二億なんてはした金だから公にしない。新聞社なのにニュースにもせず隠蔽してる。まあ、身内に犯人がいるんだから公表するメリットはないけどね」

「草野さん、声を抑えてもらえませんか。それより、そもそもそんな話は結構です。犯罪と決まったわけでもないですし」

　草野は声量は抑えたものの、しゃべりをやめるつもりはなさそうだ。

「なんかさ、いろいろこんがらがって複雑だと思わない？　っていうか、複雑なのはたまたまかね。どうなってんのよ真実は、って気がするでしょ。二億円と串本の失踪と串本の奥さんが美人なのと那須さんが刺されたのと寺田まで登場したことと。

　そのどれにも一番絡んでるのは畑井さんだよね。正義感の強い畑井さんとしてはそのへんどう思う？」

　串本の妻が美人であることにはかかわりがないが、それ以外は当たっているところもある。

「正義感はともかく、通帳の件と那須さんの件はまったく関係がないと考えています。そして、吉備さんと串本君が同級生だったことも、無関係であると思いますが」

　こんな人物に弁解気味に心情を述べるのは癪だったが、こんなことをあちこちで言いふらされたらたまらない。その点も釘を刺しておく。

「いまおっしゃったもろもろの人間関係も含め、通帳紛失のこともほかでは言わないでください。場合によっては、法的な手段を取ります」

　草野は眉を上げてにやにやしている。

「へえ、どんな手段？　名誉棄損？　ほかにも、あれこれ知ってることはあるし、新聞社とは犬猿の仲の週刊誌とかに持っていったら、いい値段で買ってくれそうだね」

　こいつ、市原に好きなだけ殴らせてやりたかった。

「ほかに何を知ってるんです」

「たとえばさ、畑井さんは経理的なことは素人だし、あんまり人を疑う性格じゃないからしょうがないと思うけど、あの神経質な串本がメンバーに入っていたのに、そんな通帳の管理のしかたがあるかね。誰か持って行ってくださいと言わんばかりでさ、不自然じゃない？　出来心起こすの待ってるみたいでさ……」

「ちょっと待ってください。もう一度訊きますが、そういうことを誰に聞いたんですか」

　草野は憎らし気にふふっと笑っただけだった。

　その点については、今朝の会議でも主要な論点になった。しかし、横田清算人の説明で、新聞社側の人間でさえ納得していた。責任逃れをするつもりはないが、それほど杜撰だったとも思えない。

「草野さんは、例の通帳を、わざとああいう管理方法にしていたと言うんですか？」

　あの保管方法は誰の案だったろう。自然に決まったような気がしたが。――いや、清算人が「そこでいいんじゃないか」と言ったのを思い出した。「そこ」とはつまり手提げ金庫だ。

　草野が続ける。

「責任ってのはつまり結果論でしょ。あのせいで紛失したわけだから、結果的に。もしも、経理部の金庫でも借りていればこんなことは起きなかった可能性はあるし、むやみに犯罪者を作らずに済んだんじゃない？」

「ですから、まだ犯罪と決まったわけではありません。そのことも、吹聴しないでください」

「発注もしていないのに、あれこれ口止めがすごいね。こっちは下請けでも部下でもないよ。だったらさ、早く委託しなさいよ、うちに。安心だよ。口は堅いよ」

「この事態を収拾できると言うんですか」

「すべて元通りは無理だよ。神様じゃないからね。ただ、何度も言うけど二億円の通帳のありかをつきとめられそうな気はするんだよね」

「どこですか？」

「それはね――って、へへへ、そんな手には乗らないよ。どうする？　任せる？」

「料金は？」

「基本料金がざっと三十万ほど。プラス成功報酬が保全金額の五パーセント」

とっさに計算する。いや、計算するまでもない。

「五パーセントといったら、一千万じゃないですか」

「安いだろ」

「無理ですよ。そんな大金」

草野は、これだから素人は、とでも言いたげににやにや笑いの顔を左右に振った。

「だって、二億だよ。二億保全するのに、一千万で済むなら安いもんでしょ。昔の知り合いだから破格の価格設定なんだけどね」

「とにかく、話はうかがいました。わたしの一存では決められませんので、上に報告し相談します」

「これも何度も言うけど、いつまでもあると思うな親と二億円、ってね。おっとすっかり五分を過ぎていた。じゃあさ、早いところ結論だしてよ。電話待ってるから。よろしくね」

そう言って、畑井の返事を待たずに自分のグラスだけを返却して去っていった。

そのままその場に残って、ほとんど手をつけていなかったアイスコーヒーをすすった。苦かったので、ガムシロップを入れてガシャガシャとかき回した。

言葉遣いも態度も失礼この上ないが、草野の主張は的を射ている部分もある。「責任ってのはつまり結果論でしょ」のひと言には、ついうなずきそうになった。

大きく息を吐きながら天井を見上げる。考えてみたら、毎日通っているのに、改装後の天井を見上げたのは初めてだった。もっとも、改装前も見ていないが。

機能的でシンプルな照明が取り付けられた無機質な印象の天井を眺めながら、あらためてあれこれ考える。

草野の強烈な個性のせいで思考の隅に追いやられてしまったが、この面会の直前に串本の席のワゴンの引き出しで見たものを思い出す。そこには、プリントされた一枚の写真が入っていた。

串本の世代なら、だれかにあげるというような理由でもない限り、わざわざプリントするという習慣はないだろう。それも、写真館で撮ったような特別なものではなく、いわゆる記念のスナップ写真だ。

すっかり忘れていたのだが、その写真を見て、思い出したことがある。あれはまだ解散前だった。例によって吉永常務に喫茶店に呼び出され、未回収金のことで報告をさせられたときだ。会話が一段落して、吉永がふっと漏らした。

「横田さんも大変だよなあ。そろそろ引退するか、もっと暇なセクションに異動させてもらって、家族のほうに専念したかっただろうに」

テーブルに広げた書類をまとめながら、軽い気持ちで訊き返した。

「ご家族に何があるんですか？」

「あれ？　聞いてないか。まあ、そうだろうな。言いふらすことでもないし」

思わせぶりな口調だったので、いったい何のことか気になったが、なんとなく教えを乞うのも癪でそれ以上は訊かなかった。

あのとき、もっと詳しく訊いておけばよかったと後悔した。今から「どういう意味ですか」と蒸し返すのは無理だ。北見や草野なら知っているかもしれないが――。

そうか、北見だ。あの写真を置いたのは北見だ。間違いない。

北見は、何かを探りにきたのではなく、あの写真を串本の引き出しに入れに来たのだ。それなら、一瞬で済む。危険を冒すというほどの行為でもない。

だが、なぜそんなことをした？

すぐに思いつく理由は、畑井に見つけさせるためだ。あんな雰囲気であの場に北見がいたら、畑井の性格ならぜったいに「何をしに来たんだ」と探るだろう。少し開いた串本の引き出しを開けてみるだろう。そうすれば嫌でも目に留まる。事実そのとおりになった。

畑井は、残ったアイスコーヒーをすすり上げ、もう一度深くため息をついた。

見なければよかった。いっそ、これが何かの解答ならそれでもいいが、単に謎が深まっただけだ。誰に何を相談すればいいのか。

スマートフォンを取り出して、ロックを解除させ、《写真》のアイコンを開く。

串本の引き出しに入っていた写真自体は、もちろんそのまま残してある。しかし、悪いと思いながら、あれをスマートフォンで撮った。ただの興味本位からではない。

それを今開き、二本指で顔の部分を拡大する。やはり見間違えようがない。

四人の人物が写っている。歩道のようなところに立ち、その後ろには芝生が広がっている。さらにその背後に見える建物は、端の一部が見える看板と規模からして、大きな総合病院のようだ。四人の中の誰かが病気にかかったというより、誰かを見舞いに来たという雰囲気だ。

向かってやや左寄りに立っているのは串本夫妻だ。串本はその手に、着替えでも入っていそうなバッグを提げている。

そして、向かってやや右寄りに立っているのは、知らぬ人が見たら彼らの両親だと思うかもしれない年配の夫婦らしき男女だ。女性のほうの顔には見覚えがない。しかし、男性のほうはよく知った顔だ。今日も会ったし会話もした。

まぶしいのか心境の表れなのか、眉根を寄せてこちらを睨むような視線を向けているのは、まぎれもなく横田清算人だ。

どういう関係なのだろう——。

串本のほうは見間違えようもなくあの夫妻だし、横田清算人も間違いなく当人だ。その隣に立つのは、会ったことはないが雰囲気や年代からして横田の妻のように見える。妻でないとしても、親戚かそれに近い間柄だろう。

だとすれば、これは勤務中ではなく、プライベートで撮った可能性が高い。昨日の夕方、串本家のマンションに入っていったのは、やはり横田清算人に間違いなかったという確信も抱く。単なる元社長と元経理課長という関係ではなかったのだ。

それにしても、あの二人がそんな関係にあることはまったく知らなかった。

三鷹に席があった制作部時代ならともかく、総務の責任者となって東京本社勤務になってからは、横田社長や串本と毎日のように顔を合わせていた。経理処理の問題について、何度も三人で打ち合わせをした。

しかし、そんな気配には少しも気づかなかった。ほかの社員との会話に上った記憶もない。つまり、気づかなかったのではなく、二人は意図的に隠そうとしていたのではないか。

そしてまた「しかし」と考えてしまう。妻の瑞穂に「あなたは、電車で隣のシートにわたしが座っても、声をかけないと気がつかないでしょ」とからかわれるほど、周囲に気を配らない性格だ。二人の関係も、あまりに周知のことだから誰も口にしなかっただけで、単に自分の目が節穴だったのかもしれない。

だとすれば——考え始めるとうんざりしてしまうが——この件に限らず、今まで自分が抱いてきた他人への評価や印象はまったくあてにならないことになる。たった今、好き勝手に言い散らかして去っていった草野なども、もちろん金が第一の目的だろうが、口が悪いぶん表裏はないのかもしれない。

那須が刺され死亡した事件も、自分ははなから何かの間違いか、とばっちりだろうと決めてかかっていた。事実上の現行犯逮捕だというし、那須という人物に抱く印象と、寺田の過去の奇行から、なんの事実関係も知らずにそう決めてかかっていた。しかし、自分に物事を見る目がないのだとしたら、そんな世界観はひっくり返る。

奇人ではあるが、だからこそむしろ純粋な寺田を、何か凶行に走らせるような言動を那須がしなかったと断言できるだろうか。那須が畑井に対してやや好意的だったのは、仕事上の利害関係が絡まなかったからであって、あれが上司と部下、あるいはライバルの立場だったらどうだろう。ならば北見も、あの嫌味な言動は単に飾らないだけであって——。と考えたところで、また別の疑問が湧いた。いや、最初の疑念に戻った。あらためてスマートフォンの画面に表示させた写真に見入る。

なぜ北見はこんな写真を串本の机に入れたのだろう。

たった今、自分の観察眼に自信をなくしたばかりだが、もともと串本のあの引き出しに写真などなかったことだけは断言できる。

昨日、串本と連絡が取れなくなり、通帳と印鑑が見当たらなくなった時点で、串本の机やワゴンはかなり念入りに調べた。あのときはまだ事件性など考えてもおらず、すくなくとも串本がどうこうしたなどとは露ほどにも思っていなかった。それでも、さすがにあんな写真があれば気づいたはずだ。

北見は畑井などよりはるかに計算高いだろう。もし北見があの写真を入れたのだとしたら、その後の展開も織り込み済みのはずだ。すなわち、畑井が北見の行動を怪しみ、写真を発見し、北見がやったと推論するところまで想定内のはずだ。

ただ机に入れたかっただけなら、すぐに立ち去ればよかった。あえて畑井が戻るのを待ち、わざと嫌味なことを言って怪しまれる素因を作る必要はなかった。

だのに何故――？

やはり「何故」に行きつく。

今のこのタイミングを考えれば、当然「二億円通帳」と関係があるだろう。つまり、串本と横田清算人は――あまり使いたくない表現だが――〝ぐる〟ということだろうか。

何かの理由で北見はその事実を摑んでいて、ぼんやりしている畑井に気づかせたかったという可能性はあるだろうか。

あの写真の雰囲気からすると、たとえぐるだったとしても、金銭目的で接近したのではないように思える。もともと近い関係、たとえば姻戚関係であるというような。

ならば、利害で結ばれた関係よりもより強固な絆があるかもしれない。

今回のことがあって、串本の身上書を読み返したが、横田につながる記載はなかったように思う。たしかに、履歴書に毛が生えたような内容だから、個人情報保護の理念などとは関係なく、もともと基礎的なことしか記載されていないのだが。

そもそも串本は、横田の引きで入社したのだろうか。

そうだ、と小さく声に出してしまった。

あわてて周囲を見回す。オープンスペースを、スーツを着た男女が行きかうが、誰もかれも忙しそうで、畑井のことなど気にかけてはいない。蒸し暑い外から入ってきて、生き返った表情の人と、これからその屋外へ出なければならずうんざりした表情の人たち。

畑井が座るカフェコーナーはほとんど人がおらず、店も迷惑がってはいないようなので、もう少しだけ時間をもらうことにする。

残ったアイスコーヒーをひと口吸い上げ、続きに思いをはせる。

横田が八千代アドの社長の席に〝降りて〟きたのは四年前の四月だ。そして串本が転職してきたのもほとんど同じ時期だった。それこそ身上書を見たばかりだから間違いない。

串本が転職前に身を置いていたのは、やはり八千代グループの不動産管理会社だった。もともと知り合いであるなら、横田の〝引き〟がなかったとは断言できない。たまたま串本が何かの理由で転職を考えていたならなおさらだ。

――今度社長に就任が決まった会社は、どうも経理がしっかりしていないようで、赤字の垂れ流しになっている。一緒に来て、見てもらえないだろうか。万が一、会社が立ちいかなくなったときは、転職先をなんとか世話する。

そんな口約束がなかったと言い切れるだろうか。

畑井は東京本部の、まして管理部門の社員たちとはほとんど接点がなかったので、いちいち相手の社歴が深いとか浅いとかを意識することはない。串本はそのおちついたたたずまいもあって、この社の経理担当として違和感はなかった。

しかしそういえばと、思い当たることがつながっていく。

経理担当として有能かもしれないが、同時になんとなくこの社の空気に合わないという印象は初対面のときから持っていた。洗練された雰囲気なのだ。

八千代アドはそもそも大手広告代理店の手が回らない、もっといえば取りこぼした、地方企業の案件を扱うために作られた会社だ。金融機関でいうなら、上場企業相手に億単位の融資をするのではなく、夫が社長で妻が専務というような企業を回る、いわば郵貯や信金のような存在だ。だから、串本の姿は「経理マン」としての不自然さはないが、この会社にはあまり似合っていないと感じていた。ライフスタイルの違いといえばそれまでかもしれないが、着ているスーツにしても違っていた。

ほとんどの社員は――畑井自身がそうだが――大手衣料品チェーンで、セットでせいぜい二、三万円といった品だ。たまに上着を脱いだときにちらりと見えたが、串本が着ているのは、デパートの紳士服売り場でなければ買えないブランドだった。

だからといって、不正を働いていたというのは短絡的すぎる。子供もなく、ローンもきつくなければその程度の余裕はあるだろう。問題は、価値観の違いだ。だからこそ、違和感を抱いたのだ。

ただ、串本との実質的な交流が始まったのは、会社消滅を知らされるのとほぼ同時だったので、深くは気に留めなかった。むしろ「この難儀なときに、有能な人間がいてよかった」程度に思っていた。

だが、あの冷静な仕事ぶりの裏に、高校の同級生である吉備が、八千代新聞本社の、それも統轄室などという中枢にいて、自分は消滅する子会社にいるという複雑な心境が隠れていたと考えたらどうだろう。

そして吉永や草野の話を多少なりとも信じるなら、吉備は串本の妻、美玖に思慕の念を抱いていたという。

あのポーカーフェイスの裏で何を思い考えていたのか。畑井に漏らした私的なことは、妻の実家の和菓子店を手伝いたい、ということだけだった。その運転資金に二億円を――？

いや、とすぐに否定する。浅見短慮の人物ならまだしも、串本の人間性には重ならない。横領した金で妻の実家に設備投資するなどと、本気で考えるとはどうしても思えない。まして、その計画に横田が絡んでいたなどとは考えたくない。

宇宙人が忍び込んで持っていったというほうが、まだ信じられそうだ。

空いたテーブルを拭いて回っている店員と目が合った。

「さて」

小さく独り言ちて腰を上げようとしたとき、混乱していた頭に、またひとつ小さな理屈が浮かんだ。それを呑み込んで清算部屋へ向かった。

12

部屋に戻ると、横田清算人の姿があった。

自分の席に座り、書類をチェックしている。解散が決まってから、扱う書面といえば税務署をはじめ役所関係に提出する書類、株主や〝本社〟への逐次報告、債権者債務者への通知など、とにかく形式ばったものばかりだ。

グループ会社へのこまごました根回しのほかは、そういった書類に捺印してもらう以外に、清算人に頼む仕事はほとんどない。その場合は畑井か串本のどちらかが「捺印お願いします」と書類を提示する。畑井は、昨日今日と何も渡していない。

「ただいま戻りました」

畑井の声に、横田清算人は熱心にチェックしていた書面から顔を上げた。上げたが、視線は宙に浮いていてこちらを見ようとしない。こんなことはめずらしい。

「お疲れさま。警察はどうだった？」

畑井の席と向かい合っている、串本の机のペン立てあたりを見ながらそう言った。なんとなく横田らしくない。また何かあったのだろうかと思うが、こちらから訊くことはできない。

「これというほどの進展はありませんでした」

椅子に腰を下ろして、警官とやりとりした内容をざっと説明する。横田はときおり軽くうなずきながら聞いている。畑井は、発する言葉とは別に、意識の何分の一かが串本の袖机の引き出しに向かってしまうのを止められなかった。

顔の皮膚がじんわりと熱を帯びてくる。もしかすると多少赤らんでいるかもしれない。

さすがに、直截的に「あの写真はなんですか」とは訊けない。一方で、何か書類を探すふりをして引き出しを開け、偶然みつけたふうを装えば、横田はきちんと説明してくれそうな気もする。

そんな畑井の葛藤をおそらくは知らずに、横田が質問する。

「警察で、通帳の件は何か訊かれた？」

「いいえ。何も知らないようでした。知っていれば話題に出したと思います」

横田は、そうか、と言って、自分で買ってきたらしい日本茶のペットボトルに口をつけた。

「しかし、あの那須君がそんな事件に巻き込まれるとは、いまだに信じがたいね」

喉を湿した横田が、椅子の背もたれを鳴らして嘆息した。写真のことはまだ触れずにその投げかけに答える。

「はい。解散に向けた作業期間中には、転職先がなかなか見つからない社員たちの相談に乗ったり、愚痴を聞いたりしてくれていたようです。言葉は悪いかもしれませんが、一種のガス抜きになっていただいていたと思います」

社員の不満分子たちが騒ぎだすと、収拾がつかなくなることは予想した。それがほぼ何ごともなく終わったということは、実はとてもありがたいことだった。

「まあ、人は傍からではわからない事情を抱えていたりするからね。善人であるかどうかと、トラブルを抱えているかどうかは、あまり関係ないかもしれない」

なんとなく含みのある物言いに聞こえる。

「そうですね」

とりあえず同意しながらも、今となっては横田の発言ひとつひとつに、裏の意味を考えてしまう。

『傍からではわからない事情を抱えていたりする』とは、むしろ串本や横田本人を想定しているのではないのか。事情とはなんだ。もしかすると、那須の事件も本当は通帳紛失に関係があって、それにも横田は絡んでいるのか。

疑いだせば、誰も信用できなくなる。

畑井は、日頃他人の腹の中を探るという習慣がないので、だからこそ、一度ささいなことでも疑い始めると歯止めがきかなくなるのかもしれない。いっそ妻のように「人間なんて、みんな似たりよったりでしょ」と構えることができればと、うらやましくなる。

北見のことを報告しておくべきか迷ったが、さすがにこれは言わないほうが変だろうと思った。決めた。

「さきほど、警察から戻るとこの部屋に北見さんがいました」

「北見君が？」

その表情に浮いた怪訝そうな色は、作りものには見えなかった。

「はい。話の内容は他愛ないものでしたが、問題なのは付き添いもなく入れたことです」

「たしかに。どうしたんだろう」

「柳元専務にＩＤカードを借りたと言っていました」

「柳君に？」

横田は「そうか」とうなずき、眉をわずかにひそめた。畑井は続ける。

「わたしはそのことの是非をとやかく言う立場にはないかもしれませんが、しかしそんなに簡単に部外者が入れるとなると、今朝の会議でも出た『通帳を持ち出せる人間は限られている』という前提は覆ってしまうと思います。本当に串本君が通帳を持って失踪したのか、それさえ疑わしくなってきます」

横田がうんうんとうなずく。だが、やはりさきほどから受ける違和感がぬぐえない。なんとなく、上の空という印象だ。ここ最近は毎日のように顔を合わせていたからわかる。横田こそ腹に何か抱えている。あの写真とかかわりがあるのかないのか、それが気になる。

畑井のもやもやなどおかまいなしに、横田は淡々と答える。

「たしかにね。柳君が持っているカードは『グループ会社役員用』のものだから、この部屋がどうというより、原則として一定レベルまでの部屋にはどこでも入れるはずだ」

その話は聞いたことがある。八千代新聞社が発行するＩＤカードのセキュリティ権限には何段階かあって、社長室まで入れる最高レベルから、最低ランクは、以前畑井も持っていた、単にエントランスのゲートを通れるだけのものまでだ。これなどは、そのつど面会相手に許可を得なければ、個別のエリアにすら入れない。

『グループ会社役員用』というのは、一般的な会議室や分室には、どこでも自由に入れるものらしい。部屋ごとのセキュリティ処理を施すことを『個別ロック』と呼ぶ。柳のカードで入れたということは、この部屋に個別ロックが施されていなかったことになる。

誰の権限で決めたことか知らないが、それが本当だとすれば、この部屋の作業を軽く見ていたのはむしろ〝本社〟側ではなかったのか。

「そのカードはほかに何人ぐらいがお持ちでしょうか」

畑井の問いに、横田の眉のあたりが渋くなった。

「グループ会社の役員クラスは原則全員持っているからね、カードの数は五枚や十枚ではきかないと思う。しかし、部屋ごとに設定を変えられるから、この部屋に自由に出入りできる人間は少ないと思う」

「では、個別ロック処理はされていたのですね」

「そう聞いている」

さすがにそこまで杜撰ではなかったと聞いて少し腹の虫がおさまった。その一方で別な怒りも湧く。柳のカードに入室の権限を与えたものがいる。

「そのカードの設定権を持っているのはどなたでしょう」

「統轄室だ」

やはりそうか。

「そうですか。それでは、統轄室に誰と誰が入室可能であったかを、問い合わせてもよろしいでしょうか」

北見が入れたということは、ほかの人間も入れたということだ。こういってはなんだが、柳元専務にはもともとこの会社に対する愛情のようなものが、あまり感じられなかった。北見に貸したならほかの人間に貸した可能性もある。しかし、畑井の立場で柳を詰問することはできない。統轄室の吉備あたりから順繰りにたどるしかない。

横田から「それならぼくが訊いてみよう」という答えが返るのを期待した。手間を惜しんだからではない。畑井が問い合わせるよりも、ずっと迅速に正確な返答がもらえると思うからだ。しかし、横田の口から出たのは予想外のものだった。

「じつは畑井君――」

苦しそうだ。腹痛でもあるのかと勘繰りたくなるような表情だ。

「言いづらいんだけどね」

「はい」

そう答えたが、できることならその先を聞きたくない。

横田がようやく畑井と目を合わせた。

「この件、統轄室預かりになった」

「は？」

おそらく間の抜けた顔をしていたと思うが、横田は笑うこともなく説明した。

「通帳紛失の問題について、事実関係の調査や善後策の策定などを、今後は統轄室で一括管理することになった」

「どういうことでしょう」

意識した以上に声が荒くなった。

もちろん、言葉の意味はわかる。理解できるからこそ、その中身が受け入れがたい。横田もそれは理解してくれたらしい。

「畑井君の腹立ちはよくわかる。ぼくも『どういうことですか』と訊き返したよ。あのあと、広告局長と統轄室長に社長室長も加わって、三者で話し合ったそうだ。ようやく社長の耳にも入れて、了解を得ていると聞いた。なにしろ額が大きいし、それに今のままだと畑井君ひとりの肩にかかっているから。ぼくはこれで良かったと思っている」

そう言って畑井の目をじっと見た。畑井は受け止めきれずに視線を逸らした。横田が続ける。

「銀行とのやりとりや、事態が進展した場合の警察などへの対応、損失が出た場合の財務的な処理。そういった諸問題を、畑井君ひとりに押し付けるのは心苦しい。いや、無理だ。それが新聞社としての考えなんだ。繰り返すが、ぼくも同感だ。だから了解してきた」

「そうですか」

うなずきながら、まだ何かある、と思った。さきほどから、心はどこかほかにあるような、奥歯にものが挟まったような、そんな物言いをしているが、このことだけが理由ではない気がする。

畑井のそんな胸中を誤解したのか、横田は説得するような口調で続ける。

「ここまで奮闘してくれた畑井君が、すんなり納得できない気持ちはよくわかる。正直、面白くないだろう。しかし、繰り返すがぼくはむしろ良かったと思っている。新聞社側の預かりにしてもらえるなら、清算チームの――というより、畑井君の手から離れるわけだ」

おためごかしで言っているようには聞こえなかった。この人はもともと世辞や追従は口にしないタイプだ。だからこの言葉に嘘はないと思うが、何かを隠しているのではないかという疑念はまた別の問題だ。

同意すればいいのか、遠回しに反論すればいいのか、いっそ写真のことを質そうかと迷っていると、清算人が続けた。

「畑井君は、本来の清算に向けた実務に専念してもらいたい」

「しかし、清算には資金が必要です。現に、昨日や今日振り込み予定だった数社も、まだ待ってもらっている状態です」

「それだ。その債権者のリストを早急に出してもらいたい」

「どういうことでしょう」

「統轄室が債権者と交渉するという意味だろう」

「支払いの先延ばしですか」

横田がうなずいた。

適切な表現かどうかわからないが、会社をもっとも〝スマート〟に消失させる手法が「解散」そして「清算」という流れだ。ただ、これには「債権者ともめていない」という前提が必要になる。大口の債権者には、事前に《御社には○○円の負債があります。これは○年○月末までに支払う予定です》という書面を渡し、了解をもらう。

そうしなければ、売掛金を取りはぐれそうな債権者がおしかけてくる、映画やドラマで見るような騒ぎになり、つぶれる側もやけくそになって、いわゆる「夜逃げ」したり「だったら倒産させるからどうとでも好きにしてくれ」という結末になる。北見が言った「自殺者が出る」のはそういうケースだ。

八千代アドの場合、幸いにも債権者の多くが、八千代グループかグループと取引のある会社だ。だから、できることならことを荒立てたくないという背景があった。それに「バックには八千代新聞がついているから、世間体の悪いような非常識はしないだろう」という読みもあっただろう。

ほとんどの社が好意的に支払いを解散後のこの時期まで待ってくれていた。

「先延ばしは心苦しいですね」

せいぜい百万円程度の取引先には、すでに支払いを済ませてある。残るのは、資材や各種リース機材の清算、そして代理店機能としての未払金などだ。大口は数百万円の単位になる。

「彼ら、納得しますか。事情を話さずに」

五万や十万の金ではない。ただ「待ってくれ」では、さすがに納得しないだろう。

「説得する必要はない」

「まさか」

横田がうなずく。

「新聞社が肩代わりするそうだ」

なるほど、それで調査権も一緒に取り上げられたのだ。

「どこまでも社内の問題として扱い、表沙汰にはしないのですね」

うなずく横田の顔に苦渋の色が浮いている。さっきからの浮かない表情は、これが原因だったのか。だが、まだ何か隠している。

「社長」と声をかけた。いまだに真剣な話題のときは、ついこう呼んでしまう。

「まだ何か、お話しになっていないことがあるのでは？」

横田が視線を上げた。あるかないかでいえば、間違いなくある。それを話すかどうかで迷っているのだ。

「じつはね」ようやく心を決めたらしい。「もう引き落とされているんだよ」

すぐには、言わんとすることが理解できなかった。しかし、めったにみない横田清算人の苦悩の表情が物語っていた。

「それはまさか。——あの二億円のことですか」

横田がうなずく。

「そうなんだ。あの口座から」

いまや横田の眉間の皺が、深い傷に見えてきた。こんな横田の表情は見たことがない。

「全額ですか」

力なく首を左右に振る。

「五千万だそうだ」

「五千万」

全額でなかったことに少しほっとする。しかし大金であることに違いはない。

「いつですか」

「昨日の朝発覚して吉備君が連絡を入れたときには、すでに別の口座に送金されたあとだったらしい。堂々と窓口の取引だ」

「では、防犯カメラの録画映像を見れば、犯人が誰かわかりますね」

なんということだ。あの会議の席で、しゃあしゃあと嘘をついていたのだ。

横田は苦い顔をする。

「事件化していないのだから、警察でもない相手にそう簡単に見せてはくれないだろう。特に、大手銀行だからね」

これには驚いた。

「まだ、警察に届けないんですか」

「いますぐには、という判断らしい」

もはや、日本式様子見主義などというレベルではない気がする。しかし、もう何度も思い直しているとおり、畑井の金ではない。

「送金先の口座名義は？」

「いまの銀行に〝架空〟というのは事実上ありえないから、おそらくそれ用に売買された休眠口座だろう。個人名だそうだ」

「五千万はそこに残っているんでしょうか」

「そこは内密に調べてもらっているらしい。自分の会社の口座でさえ、あんな杓子定規な応対をされた。犯罪として届け出ていない以上、他人の口座の内容を簡単には教えないだろう。まあ、統轄室預かりとなったからには、可能な限りの手当はしているはずだ」

「それにしても、その事実をどうして今まで隠していたんですか。会議のときにも何も教えてもらえませんでしたね。というより、嘘をつかれましたね。わたしたちぐらいには教えていただきたかったです」

驚きに代わって、猛烈に腹が立ってきた。横領した犯人にも腹は立つが、当事者でありながら除け者にされたことにだ。あの席で、一瞬ぶつかった吉備の視線を思い出した。もし今吉備がここにいたら、まちがいなく食ってかかっていただろう。

「悪く思わないでくれ、というのは無理だろうね。ただね、あの時点ではみなが疑わしかった。ぼくも疑われていた。こんなことを言ってはなんだが、吉永君もね。だからああ言って、反応を見たのだそうだ。——もちろん、いまだに犯人はわかっていない。きみもぼくも吉永君もグレーのままだよ」

そんな理屈で腹の虫は収まらないが、横田にあたってもしかたがない。ゆっくり深呼吸をして、なんとか気を沈めた。

「ひとつ教えていただけないでしょうか。ここまで来てもまだ、警察に届け出ない理由はなんですか?」

横田は力なく首を左右に振る。

「会社というのは化け物なんだ。人間の道理が通らないこともある。外部から泥棒が侵入したなら、躊躇はなかっただろうが、これはどうみても内部の人間のしわざだ」

「外部に恥をさらしたくない、ということですか」

「まあ、簡単にいえばそういうことだ。手をつけた人間が特定されて、金が無事戻れば表沙汰にはしない方針のようだ」

こんどは、腹立ちが消えて力が抜けた。

「まさに駒ですね」

「うん?」

抑えようとしたが、しだいに声が大きくなった。

「わたしなんて、使い捨ての駒ですね。ある日突然『会社をつぶすから後始末してくれ』と言われ、こんな小さな部屋をあてがわれ、いわば二億円の入った口座を預けられた。そこまではまだいいです。

そんな〝清算部屋〟に出入りできる人間を選択する権限も、与えられるどころか詳細も知らされない。そして通帳が紛失したとなると第一当事者として責任を追及され、叩いても何も出そうもないとわかれば、すべて取り上げる。金が奪われていたことすら教えてもらえない。感情を持たない駒のような扱いですね」

横田がうなだれた。

「まさに、返す言葉がないとはこのことだよ」

ここまで来たのだからと腹をくくった。もう終わりにしよう。

「実は昨日の夕方、横田社長を見かけました」

そう言いながら、串本の机の側にまわり込む。

「ぼくを？　どこで——」

そう問い返しながらも、思い当たったようで、はっとした表情になった。

「串本君のマンションか」

「はい。入って行かれるところを見ました。おそらく見間違いではないと思いましたが、心のどこかでは、よく似た人の見間違いであって欲しいと思っていました」

横田は何も答えず、視線を伏せた。肯定したことと同じだ。畑井は串本のワゴンの引き出しを開けて、さっきの写真を手に取った。

「さきほどの話にもつながりますが、串本君と個人的な関係があるなら、それも教えておいて欲しかったです」

そう言って、伏せた横田の視線の先、机の上にすっと写真を差し出した。

「これは——」

驚いて顔を上げた横田と目が合った。

「串本夫妻とはご親戚ですか？」

一瞬、言葉に詰まったように見えたが「そうなんだ」とうなずいた。

「どうして隠していたんですか。平時ならわざわざ言う必要はないかもしれません。しかし、こんな騒ぎになったのであれば、ひと言教えていただきたかったです」

横田は写真を指先でつまみ「すまない」と頭を下げた。

「後ろめたくて隠していたわけではないんだ。串本君とぼくは、直接の姻戚関係にはない。彼の妻の美玖が、ぼくの妻の姪なんだよ」

つまり、横田にとって義理の姪ということか。

「姪御さんですか」

横田が小さく二度、うなずいた。

「美玖は、妻の姉の娘なんだ」

こみ入った事情がありそうだが、今はただ、実質的な関係がどうなのかを知りたい。

「普段から、彼らとはかなり親しいお付き合いをされているのですか」

本来ならそんな立ち入ったことを訊く性分ではない。しかし、特別な状況ではあるし、先ほど来の腹立ちもほとんど収まっていない。

「実は、美玖は串本君とは再婚なんだ。串本君のほうは初婚らしいが」

もちろん、これも初耳だ。

「最初の結婚相手との間に、子供が一人いる。女の子で今年六歳になる。この子が生まれつき肝臓に病気を持っていてね、移植手術をしなければ、あまり長くは生きられないと宣告されている」

「そんな事情が――」

難病を抱えた娘、という事情を聞かされて、また別な感情が湧いた。いくつか得心がいった点もあり、同情もする。その一方で、これで動機がはっきりしたとも思うし、だったらやはり早く教えて欲しかったという腹立ちもぶり返す。

「離婚はその子供さんが原因ですか」

「そうなんだ。普通の感覚であれば、そんな難病を抱えた子供を授かれば、夫婦の絆は強まりそうなものだ。事実、そうだったかもしれない。しかし、向こうの親、特に姑とその母親、つまり義理の祖母だね、この二人にずいぶんいびられたそうだ。ちょっとぼくの口からは詳しく言いたくないが、美玖はあのとおりの見た目だからね。子供が病気になったのは、いままで男遊びをしてきたばちが当たったからだ、みたいなことを繰り返し言われたらしい」

「それはひどいですね。――離婚したのは、それに耐えられなくて、ということですね」

「そうだ。失意の底にあって、大げさでなく自殺も考えたらしい時期に、串本君が元気づけたのがきっかけで、再婚することになった」

　そこで顔を上げて、畑井と目を合わせた。

「実はね、美玖の苦悩を串本君に教えたのは、同窓生だった吉備君なんだよ」

「えっ、吉備さんが？」

「そうだ。きみは吉備君に対してあまり良い感情を持っていないようだが、ああいうシニカルな態度をとるのは吉備君の照れなんだよ。吉備君は美玖の身の上を、それこそ同窓会か何かで聞いてね、同情もし、心配もしたらしい。しかし、自分などが連絡しても迷惑かもしれない。だから、高校のとき仲がよかった串本君なら励ますことができるんじゃないかと思って教えたんだ。グループ会社にいたから、多少面識はあったらしい。吉備君は彼らの味方だよ」

「そうだったんですか」

それを聞くと、昨日のあの不可解なできごとに、別な解釈も生まれそうだ。畑井は、自分が行く前に吉備が美玖にメッセージを送ってきたのを知って、なんて奴だと軽蔑した。しかし吉備は、ことが知れたら立場的にはまずくなるのを承知で、気遣いの連絡を入れたのかもしれない。純粋に心配したのだ。

この二日間、人間の評価どころか世界観までひっくり返るような驚きの連続だ。

「ようやく、疑問だったことが解けました」

昨日訪ねたときの、美玖のあの他人事のようにぼんやりした態度は、本当に途方に暮れていたのかもしれない。横田も通帳を取り戻すという使命とはまた別に、義理の叔父（おじ）として様子を見に行ったのだろう。

「事情も知らず、生意気なことを申し上げてすみませんでした」

「いや、こちらこそ話さずにいて申し訳ない。もし美玖が自分の娘だったら、きみに話したと思う。しかし、そこまで踏み込んでいい間柄でもないからね」

納得もいき、同時に動機も浮き彫りになった。早急に大金が必要だったのだ。

串本は自分のためにはそんなことはしそうに見えないが、愛する妻が泣く泣く生き別れた娘の命がかかっていると知れば、泥をかぶるかもしれない。

「聞きましたよ。金が動いたらしいですね」

そう言いながら、吉永がドアから勢いよく飛び込んできた。

13

吉永元常務は、畑井から見てもあまり人望があるとは思えないが、やはり大手新聞社をはじめそのグループ会社を渡り歩いてきただけあって、それなりの人脈、情報網はあるようだ。

「おかしいと思ってたんだよ」

駆け込むように部屋に入ってきてまだ息も整う前から、仕入れてきたばかりらしい「二億円通帳紛失案件」についてのネタを披露しはじめた。

まさに今、畑井が横田清算人から聞かされていた内容と重なる。

「しかも、引き出された金額は五千万円という説もあれば、すでに二億円全額空っぽという噂もあるらしい」

どこで誰から得た情報なのかと問い返す間も与えず、言いたいことを一気にしゃべった。

「どうやら一昨日、つまり串本が通帳を持ち帰ったと思われるその日のうちに、ネット取引で処理されたらしいから、昨日の朝、我々が気づいたときにはすでに手遅れだったようだ。

振り込み先は、事実上休眠していた口座らしい。今、ＡＴＭからの振り込みはいろいろうるさくなったけど、ネットは無制限みたいなもんだし、窓口でも振り込み元が企業となると、数千万ぐらいの額じゃがたがた言わないらしい」

それは畑井も感じていた。一度、母親と銀行に行ったことがある。ちょっとしたリフォーム代金百二十万円あまりを振り込むのだが、窓口で処理しようとしたら驚くほど警戒された。母親が「息子についてきてもらった」などと言ったものだからかえって警戒されて、下手に口ごもったりしたら警察に通報されるのではないかと、本気で心配になった。

それがこの清算業務が始まって、企業名での取引になると、数百万や一千万程度の振り込み額では身分証の提示も求められないことを知った。通帳と銀行印があればまともにこちらの顔すら見ようとしない。これなら、二億円程度の金をほかへ移すのはそうハードルは高くないなと思っていた。

吉永はさらにショッキングなことを口にする。

「これもまた未確認情報らしいんだけど、その振り込み先の口座からも、すでに引き出されたという噂もある」

ほとんどが「らしい」と「噂」ばかりの情報だが、横田から聞いた話と大きく矛盾はしないばかりか、むしろ補足するような内容だ。

畑井はときどき「本当ですか」などと合の手を入れるのがせいいっぱいで聞いていた。ちらりと横田の顔を盗み見ると、片方の眉を少しだけ上げて、驚くのとあきれるのとが混じったような表情に見えた。

それまで半ば手柄話のように語っていた吉永だが、さすがに言いづらいのか声を低くした。

「串本君はすでに東京湾に沈んでいるという話もある」

「まさか」

いくら小声にしてみても中身は変わらない。これは聞き捨てならないと思ったのだろう。横田が口を挟んだ。

「ちょっと待ってくれないか。吉永君、その情報はどこから？」

気のせいか、ふだんよりも幾分かすれ気味の声で訊く横田の表情は、苦笑の二文字で片づけるには影が濃かった。つまり、荒唐無稽と笑い飛ばすことができないということか。

「まあ、それなりにいろいろと」

吉永の声は、こちらも気のせいかふだんより幾分自慢げに聞こえる。横田が重ねて訊く。

「ぼくは、おおよそのところを広告局長の五十嵐さんから直接聞いた。その限りでは、引き出された金額は五千万で、多少その額が増えるかもしれない、という話だった。二億円すべてだとか、まして串本君の行方がどうしたとかいう話は、信憑性があるの？」

畑井は口を挟まずに聞いているが、金額に関してはありえなくはないと感じている。もし犯人が――犯罪だとしてだが――そのつもりで持ち出したなら『全額空っぽ』も充分考え得る。

仮に――これもあくまで仮にだが、串本がその横領にかかわっていたなら、やすやすとできただろう。出納や記帳などは串本の受け持ちだったので、ここしばらく畑井は通帳を手にしていないし、もちろん残高確認もしていない。

さらに想像をふくらませれば、実はもう少し前から横領は始まっていた可能性もある。そしていよいよ弁済が始まる時期になったので、発覚を遅らせるため通帳を隠した、という筋書きはないだろうか。

大胆でシンプルがゆえに、ここまでは成功したのかもしれない。

しかし、横領も充分に重い犯罪だが、串本の命がすでにないというのはただごとではない。

もしも本当に人の命が奪われたなら、今度こそ警察へ届け出なければならないだろう。内輪で処理して、という限界を超えている。つまりこれは、だれかの面白半分で無責任なデマと考えるべきだ。吉永の、顔をしかめて見せてはいるが、どこか成り行きを楽しんでいるような口調にもひっかかる。

「わたしが聞いた相手はちょっと名前は出せませんが、いちおう〝本社〟関係の人ということにしておいてください」

　横田はこれ以上とり合うのは止めようと思ったらしく、「はいここまで」と言わんばかりに小さくうなずいて、畑井のほうを見た。

「さっきもちょっと言ったけど、この件はわれわれの手を離れた。畑井君には純粋に清算業務のみに従事してもらいたい。遅ればせながら、口座も凍結する方向だ。ただ、さっき畑井君も気にしていたように、債務の弁済は放置するわけにはいかない。今〝本社〟と詰めているところだが、債権者には二日ほど待ってもらうことになる」

「それはつまり」

「今日明日に弁済予定になっている相手には、申し訳ないが畑井君から連絡して事情を説明してもらえないだろうか。もし必要ならわたしが直接先方に――」

　その先は右から左へと抜けていった。

　このもやもやとした気分はなんだろう。除け者にされた――いや、もう用はないから、今までの片付けが終わったらどいていろ、と宣告されたのと同じだ。

　たしかに、これで面倒からも責任からも解放される。まして犯罪がらみの可能性があるなら、かかわり合いになどならないほうがいい。むしろさばさばしたと考えるべき――。

妻に話せばきっとそう言うだろう。

畑井も理屈ではそう思う。ならば、この何かがくすぶっているような感覚は、どう説明すればいいのか。

照れくさくてほかの人間の前では口にできないが、自分も多少の矜持を胸にこの業務に就いていたという思いはある。再就職活動などは当分お預けにして〝しんがり〟役をまっとうする覚悟でいた。

あとになって嫌がらせの意味合いが強かったとわかったが、北見に「つぶれる会社の総務担当者の自殺率は高い」などと脅されても腹をくくった。なのに、こうして事が起きれば――。

いや違う。横田も言ったが、軽く見られたのではなく、まだ怪しまれているのだ。しかたがない。管理責任は自分にもある。

「わかりました。ただ、言うまでもありませんが例の手提げ金庫に入っている十万円弱の小口現金以外、資金がゼロになってしまいました。数日とはいえ、これでしのげますか」

清算に向けて、ひとつを残して口座はすべて解約してしまっている。最後に残ったその口座が塩漬けされてしまっては、金融面では何もできないのと一緒だ。

「ひとまず、今日のところは極力出費を抑えて欲しい」

もう一度わかりましたと答え、スクリーンセーバーになっていた自分用のノートパソコンと向き合った。

14

「お葬式はどうなるの？」

帰宅の時刻がほぼ同時だったので、手分けして夕食の支度をしているとき、妻の瑞穂に訊かれた。どうなるとは、つまり那須の葬儀の日程だ。

「わからない。まだ、遺体も家族のところへ戻っていないらしい」

「そうなの？　大変ね」

温め直したみそ汁が噴きこぼれそうになったので、話は一旦休止した。そのまま支度を終えてテーブルにつく。消化が悪くなりそうな話題は食後にしよう。

「結衣は今日もバイト？」

「うん。今日もお夕飯いらないって」

結衣は高校に入学してすぐ、ファミリーレストランのアルバイトに就いた。

学校で、アルバイトは禁止されていない。通学途中の駅前にある店ということもあって、遅くとも午後八時までに終了するシフト、という条件をつけて同意した。

瑞穂にあきれられながらも、事前に一度、それもわざわざ夜に下見に行ったが、まさに駅のすぐ目の前で夜間も明るく人通りも多い。そのぐらいの時刻までならそれほど心配もなさそうだ。

ただ、八時までのシフトだと、希望すれば夕食のまかない付きになるのだという。それを食べるということは、仕事が終わったあともさらに三十分ほど居残る、つまり帰宅時刻が遅くなることを意味する。だめだ、夕飯は家で食べなさいと言いたいところだが、中学時代の友達がアルバイト仲間で、一緒にそのまかないを食べるのを楽しみにしているらしい。それもまた、中高生の溜まり場のようなファストフード店に入り浸るよりはましかもしれないと、自分に言い聞かせている。

もちろん「お父さんは何にでもいちいち理屈をつける」とあきれられるので、口には出さない。

夫婦二人だけの食事が始まったが、このところ騒がしいのが苦手になって、テレビもつけない。なんとなくアルコールを飲む気分でもなく、静かな雰囲気で食事が進む。清算業務が軌道に乗ってきたら、一泊でいいから旅行でもしようか。夏だったら軽井沢なんてどうだろう。そうね、軽井沢なら結衣も一緒に来るかもしれない。

二人とも大食のほうではないので、そんな会話をするうちに、あっさりと終わった。瑞穂が淹れるノンカフェインのハーブティーを自分の分も作ってもらい、それをすすりながら、気は進まないが那須の話題に戻る。

ほとんどが、八千代宣広の総務課長、大崎から聞いた内容だ。那須の葬儀に関する情報を誰に訊けばいいのか悩んだ。横田清算人は無理だろうし、新聞社関係の人間にはよけいなコンタクトをとりたくない。

誰と誰が怪しいというような噂話を聞かされるのはもううんざりだったが、結局、大崎の会社用スマートフォンに電話を入れた。やはり忙しいようですぐには繋がらない。留守電に用件を吹き込んでおいたら、二時間ほどして折り返しがあった。

〈いやあ、まいりました〉

挨拶もそこそこにそうぼやいた。大崎の言葉を借りるなら「しっちゃかめっちゃか」な状態らしい。連発する「忙しい」と、その合間の愚痴を十分近く聞いて、ようやく本題に入れた。畑井のほうからは、ただ那須の葬儀日程がわかったら教えて欲しい、というだけの用件だった。

大崎は、ああそれですよね、と答えた。

〈犯罪がらみだと、警察でいろいろと調べたり、場合によっては解剖したりとかあって、早くても数日は戻ってこないらしいです。那須部長の場合、あきらかに犯罪被害者ですからね。困りますよね。うちも困ってましてね。社歴は浅いとはいえ、部長職にあった社員ですから――〉

結論からいうと、決まっていないらしい。ではわかり次第教えてくださいと、通話を終えるまでにさらに数分かかった。

そんな話をだいぶ端折って瑞穂に説明した。

「奥様大変ね」と心底同情している様子だ。「ただでさえショックなのに、遺体も戻らないなんて、わたしだったらどうにかなりそう」

「たしかに、他人事じゃないよな」

関係があるのかどうかさえわかっていないが、二億という数字は人の心を惑わすに充分な金額だろう。しかし、会議で誰かも言っていたが、通帳に刻印された数字には現実味がない。まして、はなから自分のものだとも思っていないので「この金があれば――」などと想像すらしなかった。

あの刻印が、誰かの心を狂わせたのだろうか。

たまに株のトレーダーなどが顧客から預かった金を着服する事件が起きるが、日常的に億単位の金を扱っている人間でもそんなふうに魔が差すことがあるのかもしれない。あるいは、慣れてしまっているからこそ、店先の果物を一個くすねる程度の気分なのか——。

ふと目をやった先の、カーテンを閉め切っていない暗い窓ガラスに、串本の良くいえば知性的、悪くいえば冷たい印象の整った顔が浮かんだ。ただ、相変わらずの無表情で、何も語りかけては来なかった。

15

あっというまに、さらに二日が過ぎた。

表面上は波風も立たない時間が過ぎたかのようではあるが、畑井の頭の中はもちろん、二億円の行方でいっぱいだ。しかし「本社預かり」という指示が下ったからには、これ以上畑井の立場では何もしようがない。

だれも詳しい続報は教えてくれない。吉永も、ほかのことで忙しいのか、単に避けているのか、あまり顔を出さなくなった。いっそ刑事事件になっているならニュースで知るという方法もありそうだが、いまだに社内問題扱いになっている。

こんなことなら、あそこまで事情通を自慢する草野に個人的に依頼してみればよかったかと、ふと思ったりもする。しかし数十万円の手付金だとか一千万円の報酬だとか、とても支払えないから無理だ。

もっとも、そんなことばかり考えて一日ぼんやりと過ごしていたわけではない。細かな業務は相変わらずうんざりするほどある。しかも増えた。

たとえば、支払い期限がきた債権者の問題だ。

まず先方に、〝本社預かり〟となったので今後遅れが生じることを詫びる。次に、案件ごとに、正確な金額、詳細な債務発生事由、弁済期限延期交渉の有無と経緯、などを報告書類にし、統轄室へ提出する。具体的には吉備宛にメールで送る。

それを受けて、吉備からさらに突っ込んだ質問が届き、これに納得してもらえたところで新聞社の経理局から支払われる。

うんざりするような手間だ。二億の預金さえあれば、事務的に振り込んで終わりだったのに。涙が出そうだ。

食欲がないので、社員食堂で選ぶ昼食のメニューは、どうしてもカレーだとかうどんの類が多くなった。今日は大好物のカレーうどんが選択肢にあったので、なんとか完食できた。

煙草を吸う習慣のない畑井は、食後にこれという暇つぶしがない。以前は近くの書店をのぞいたりもしたが、ここ数日はそんな気分ではなかった。

清算部屋に戻って、ネットのニュースサイトをチェックしていると、スマートフォンに電話がかかった。多摩本部時代、というより制作部時代の部下である市原尚己からだ。

「はい。畑井です」

〈突然すみません。市原です〉

「久しぶりだね。その後どう？　元気にしてる？」

市原は、結婚を考えているという田川果南とともに、自力就職の道を選んだ。会社の斡旋を受けてグループ会社へ再就職することはせず、自力で就職先を探し、割増しの退職金をもらうという選択肢だ。若手の連中にはこちらを選んだ者も多い。差額が欲しくて、と言っては可哀想だ。会社なんてこんなにもあっさりと足元から崩れさるものだと知って、今後のことについて考え直す機会としたのだろう。

再就職組最大の受け皿である八千代宣広へ移籍する顔ぶれが最終的に確定したころ、自分はさっさと籍を移していた北見から皮肉を言われた。

「ずいぶんロートルばっかり送り込んでくれたね」

自分はその代表だろうと言いたかったが、もちろん呑み込んだ。

そんなことを思い出しながら、市原の言葉を聞いた。

〈ちょっとだけお時間をいただけませんか〉

「いつ？　今日これから？」

〈じつは今、一階ロビーにいまして——〉

すぐにエレベーターで降りると、オープンスペースのソファに、市原と田川果南の姿があった。喫茶コーナーでもよいのだが、顔見知りに会う可能性もあるからと、なんとなく気をまわして外のコーヒーショップへ誘った。

遠慮する二人に「せっかく来てくれたのだから」と会計をもってやり、それぞれの飲み物を持って、ボックス席に腰を下ろした。畑井と市原はアイスコーヒー、田川はアイスティーを頼んだ。

「すみません。突然おじゃましまして。きょう、この近くに来る用事があったものですから、もしいらっしゃればと思って――」

しきりに恐縮する市原に、いいよいいよと手を振る。

「どうせ暇してるんだから。――それより、二人とも元気そうだね」

ストローをグラスに突き刺しながら、市原と田川双方へ声をかけた。

「はい。なんとかぼちぼちです」と市原が答え、田川は照れているのかうつむき加減で、小声で「はい」と答えた。

「どう？　準備は進んでる？」

もちろん、結婚のことだ。おめでたい話だからと思ってそう切り出したが、瑞穂に聞かれたらまたお説教だなと胸のうちで苦笑した。向こうから用があって来たのだ。相手の話を聞かず、すぐに自分の興味のある話題を持ち出すのは悪い癖だと、いつも叱られる。

しかし、今回はまんざら的外れでもなかったようだ。

「そのこともあって、うかがいました」

市原はまっすぐこちらを見、田川も遠慮がちながらもやはり視線を向けている。

「先に断っておくけど、仲人とかは柄じゃないよ」

手のひらを振りながら冗談めかして言うと、二人とも照れたような苦笑を見せた。市原も冗談で答えた。

「仲人さんの役、ご期待に添えず申し訳ありませんが――」

「うわあ、なんだか催促したみたいで恥ずかしいな。全然そうじゃないからね」

三人そろって笑い声を立てたので、周囲の客が何ごとかとこちらを見た。田川も口元を押さえて楽しそうだ。よかった。ひとまずは幸せそうだなと思った。

「両方の親族だけで食事会をして、記念写真だけ撮って済ませようと思っています」

ようやく田川が口を挟んだ。

「わたしは衣装なんていらないって言ったんですけど、彼がせめて写真だけでもって」

「やっぱりなんだかんだ言っても、女子って一度はウエディングドレスを着てみたいと思うんですよね」

市原の言葉に、そうだよね、とうなずいた。

「ぼくらのときも金がなくて質素な式だったけど、ドレスだけは妻に好きなのを選んでもらった。よかったよ。あのときケチってたら、いまごろ何を言われてるかわからない」

「そんなことないと思いますよ」

二人の笑顔を見ながら、胸の内で妻に詫びた。たしかに、そんなことを言う妻ではないが、彼らの決定に同意するための方便だ。

「いつごろの予定？」

「婚姻届は今月中に出すつもりです」

「ジューンブライドか」

「こだわったわけではないんですけど、たまたまです」

田川がはにかみながら答えた。

「そういえば、肝心なことを訊いてなかった。仕事はどうした？　いいところ見つかった？

答えづらかったら無理には訊かないけど」

自力就職組に関しては、追跡調査はしていない。三月末の「解散」の時点では、この二人から就職先が決まったという連絡は受けていなかった。「転職、就職希望者は、可能な限り漏れなくサポートしてくれ」と、横田はもちろん、局の総務部長や広告局長からもしつこいほど言われていた。結果が気になっていた二人、いや一組だった。

「アメリカに行こうと思っています」

あっさりした口調で市原が答えた。

「アメリカ？　間の抜けたこと訊くけど、新婚旅行の話じゃないよね」

また、二人同時に笑った。相当に仲は良さそうだ。違いますと市原が答える。

「ロサンゼルスで、大学の先輩が日本食の店を共同経営しているんです。今、三店舗あるんですが今年中にもう一店出す予定で、ゆくゆくはその店の店長にしてくれるという話になっていて」

「それはすごいね」

二人一緒にうれしそうにうなずく。

「調理とか、もともとやってたの？」

「彼、調理師学校に通っています。向こうへ行く話が早まってしまって、日本の調理師免許には間に合わないんですけど、技術だけは身につけるために必死に勉強しています」

これほど長く熱く語る田川は初めてだった。市原を信じている目だ。市原もうなずく。

「実は、前から誘われていたので、解散の話が出たときにすぐに腹を決めました。ぎりぎりまで勉強して、あとは向こうでなんとか」

解散の方向が公表されてからは、会社の営業活動は一気に縮小方針となり、売掛金回収に主眼が向いた。だから、制作部の人間などは比較的有給消化を優先できた。その時間を使ったらしい。

「そこまで本気なら、きっとうまくいくと思うよ。——で、今日はその報告に来てくれた？」

「その件でお願いがありまして」

ビジネス風トートバッグの中から、市原が少し厚手のクリアフォルダを取り出した。そこに挟まれた書面を畑井に見せる。

汚さないよう気を配りながらそれを受け取り、膝の上に置いた。一対と思われる書類だ。一方は百パーセント英字で、もう一枚はそれを日本語訳したもののようだ。

すでに記入済みの、市原の身上書を兼ねた『推薦状』のようなものらしい。高校までの簡潔な学歴、大学での専攻、社会人となってからの経歴。八千代アドでは当初営業職についたが、休日などを利用してスクールに通いＤＴＰの技能を身に付けた。会社解散のため解雇となった。懲罰の記録なし。そんなことが書いてある。

畑井がひととおり目を通し終えた頃合いを見計らって、市原が説明した。

「さきほど『共同経営』と言いましたが、先輩の相方は生粋のアメリカ人です。ほかにも、のべ数十人の従業員がいて、なんの審査もなく採用するわけにはいかないという事情です」

「なるほど、もっともだよね。むしろ、この程度の書類審査で採用してくれるなら、ぼくも受けてみたいぐらいだ。あ、失礼だったか。前途有望な若者に対抗心を燃やして」

また少し笑ったあとで、市原が真顔になった。

「今日うかがった本題です。事前に連絡もせず、いきなりで大変あつかましいお願いなんですが、もしご納得いただけたら、この最後のところにご署名をいただきたいんです」

そう言って、二枚綴りになった英字のほうの書面の最下段を指さした。

「《上記記載内容を保証する》と書いてあります。その下の……」

「《signature》はぼくにもわかるよ。このラインの上に署名するのかな」

「はい。お願いできるでしょうか。親や身内ではだめらしくて、可能であれば前職の上司が望ましいと言われまして。あ、もちろんこの場ですぐにとは言いません。ゆっくりお目を通していただいて、納得いただけたらご署名の上郵送していただけないでしょうか。封筒はその下に入っています。封をしてポストに投函していただくだけです」

見れば、市原に宛てた住所と名前が記載され、切手も貼られた封筒が入っている。

「そのほうがお手間がかからないかと思っただけで、もちろん、取りに来いと言われればいつでもうかがいます」

畑井は軽く二度うなずいて書面から顔を上げた。

「了解。ぼくなんかのサインでよければ、ほんとうはこの場ですぐ書いてあげたいところだけど、ご存じのようにちょうど今、契約書の不備だとか保証の責任範囲だとかを毎日のようにやっていて、正直なところ少し神経質になっている。もう一度目を通させてもらって、疑問点がなければすぐに郵送させてもらうよ」

「ありがとうございます」

タイミングを計ったように、二人同時に声を上げて頭を下げた。

田川が、脇に置いていた紙の手提げ袋を遠慮がちに取り出し、テーブルに載せた。マカロンが有名なメーカーで、畑井も名前ぐらいは知っている。以前はその方面に疎かったのだが、解散に向けてあちこち訪ね歩いたときに何回か手土産を買う必要があり、妻にレクチャーを受けた。大所帯のところへは、なるべく等価のものが全員にいきわたるように、社長室などに直接持ち込むなら、数は少なくとも質のいいものを――。

まるで新人の総務部員に教え諭すようにそう教えられた。

「そんな気を遣わなくていいのに」

「お時間を取っていただいたお礼です。ご署名いただけたら、あらためてお礼にうかがいたいと思います」

「お祝いしたいから、一度食事ぐらいどうかなとは思うけど、お礼だなんだとめんどくさいことを言うなら署名はしないよ。――ただ、このお菓子は遠慮なくもらっておきます。妻の好物なので」

「ほらね」

田川が言って、市原を見た。また三人で笑って別れた。

こんなに楽しい、いや人間味のある時間を過ごしたのはいつ以来だろう――。

清算部屋に戻ると、三人の人間がいた。

元総務部長の北見と、元専務取締役の柳、そして横田清算人だ。

「また、おじゃましてますよ」と北見が口元だけの笑みを浮かべた。あまり爽快ではない笑顔だ。勤務先も近いし、近い業界の会社なので、元八千代アドからの移籍組の社員たちとときどき顔を合わせる。あいさつだけのこともあるが、数分でも時間を共有すると、話題は噂話になる。いろいろな人物が登場するが、この二名の回数は少ない。北見はまだほとんど実体のない新設部署の部長職に就いて、どうやら暇を持て余しているらしい。

柳元専務に関しては、さらに情報は少ない。いわゆる「平取」になったらしい。しかしそれだけ聞くと降格のようだが、売り上げ規模でいえば八千代アドとは十倍近い差があるので、せいぜい横滑りといったところか。また、横田清算人と道を歩いていたという話をいくつか聞いたので、意外に「元専務」として、債権者にお詫び行脚をしているのかもしれない。

どちらの消息も、畑井には興味の対象外だ。

「コーヒーを取ったところなんだ。きみもよければ頼んで」

横田清算人がそう言って畑井に勧めた。「取った」と言うなら、例の真上にある小さな喫茶室からだろう。昼食などの繁忙時間帯以外は、内線電話で頼めばデリバリーしてくれる。

彼らの前にはそれぞれアイスコーヒーが置かれてあり、氷もまだほとんど解けていない。氷だけでなく、なにか硬くひんやりした空気が部屋に満ちている。

「わたしは結構です。今、外の喫茶店で元社員だった二人とちょっと会っていましたので」

目ざとい北見あたりには見られている可能性があるので、正直に言った。

「元社員？」

横田の疑問にも素直に答える。

「市原君と田川君です。今月結婚するそうで、その報告に来ました」

渡米のことには触れなかった。北見あたりに聞かせて、また嫌味な冗談のネタにでもされたら可哀想だ。

「そうか。市原君と田川君ね。まあ、そうやって立っていないで座りなさいよ」

横田がざっくばらんな口調でそう言った。椅子に腰を下ろしながら「ご無沙汰しております」と柳に頭を下げた。

「いろいろ大変だね」と柳が無感動に返してよこした。

「いろいろ心配してくれてね、お二人で陣中見舞いに来てくれた」

そう言って横田が視線を向けた先に、洋菓子メーカーの紙袋が置いてあるのが見えた。こんなことを言ってはなんだが、市原たちがくれたものに比べると、どちらかと言えば「量で勝負」的な、瑞穂が言うところの大人数の職場への差し入れ向きのセットのようだ。

北見の顔を見たとたんに、ついそんな卑しい値踏みをしてしまって、苦い気持ちになった。

「で、続けますか」

柳がそう問いかけ、横田が「問題ありません」と答えた。

「――わたしは名ばかりの清算人で、ほとんどは畑井さんに処理してもらっています」

二人きりの時は「畑井君」と呼ぶが、会社関係者がいる場面ではかならず「畑井さん」と呼んでくれる。

「では本題に入ります」

どうやら主だった話題はすぐに済んで、畑井の帰りを待っていたようだ。

16

「さ」

そう言って横田清算人がビールの瓶を傾けた。

「あ、まずわたしが」

「いいから」

催促するようにぐいっと瓶を前に出したので、あわててグラスを持った。両手で受ける形で注いでもらった。

カウンターが五席、二人掛けのテーブル席が二つ、奥に常連客が『ＶＩＰルーム』と呼ぶ、どう詰めても四人でいっぱいになる小上がり、それがすべての小さな店だ。横田がもう二十年来通っているという、八千代新聞社ビルから歩いて十分ほどの路地にある、小料理屋だ。

それがトレードマークらしい割烹着を着た女将が、ひとりで切り盛りしている。年齢不詳だが七十代後半あたりではないかと感じている。連れてきてもらうのは、これでたしか五回目だ。もう畑井も顔を覚えられて「いらっしゃい、畑井ちゃん」などと馴染み客扱いしてくれる。

「今日は夕食当番は大丈夫なの？」

畑井がお返しに注ごうとするのを「まあいいから」と手酌しながら、そんなことを訊いた。

早めに上がれる日は晩飯を作ることが増えたと先日話したからだ。

「当番というほどの取り決めでもありませんし、連絡も入れました」

「今度お詫びしないとな。公私にわたって使い勝手のいい畑井君をお借りして申し訳ないって」

「やめてください」

笑ったあと横田は少し真顔に戻って、突き出しのこのわたの塩辛を口に含んだ。

「くどいようだが、そして今さらだが、こんなことに巻き込む形になってしまい、申し訳なく思っている」

その話はもう何度も聞かされた。

「こちらも何度も申し上げましたが、突然総務部長に異動を命じられて、しかもそれが会社をつぶす後始末のための人事だと知ったときは、さすがに驚きました。さらには、この人選がわたしの事務処理能力を見込んでとかではなかったのではないか。北見さんが解散前にさっさといなくなることが決まって、後釜を探す必要に迫られた。それで、ある程度以上の管理職の中では一番従順そうで、しかも近々制作部には仕事がなくなって人が余るから、というような理由で選ばれたんじゃないか、そう考えるようになって——いえ実際にそんな噂を耳にして、腹立ちというより悲しくなりました」

北見にはもっと露骨に言われたのだが、ここは「噂」に留めておく。

「返す言葉もない」

がっくりとうなだれる思いがした。

「社長、ひと言ぐらい否定してくれないんですか。『そんなことはない。畑井くんなら乗り切れると思った』とか『きみを信頼していたからだ』とか」

「畑井くんなら、乗り切れると見込んだんだよ。一番信頼できると思った」

「今さら遅いですよ」

同時に笑った。横田清算人とこんなに長く笑ったのは初めてだった。笑いながら、なぜか涙がにじんできた。

横田がやや真顔に戻って言う。

「いや、真面目なところを話すと、畑井君の人柄に惹かれたんだよ。聖人君子とまでは言わないが、少なくともきみは『この際、おれだけ美味い汁を吸ってやろう』なんて考えないだろう。そういう人材は希少だからね」

串本もそういう視点で選んだのではないですか、と訊いてみたかったが、口から出たのは違う言葉だった。

「今回の一件は社長――清算人の責任ではありませんし、わたしが事実上の実務担当だったのですから、だれの責任かと問われれば一義的にわたしであると思っています」

「今回の一件」とは、もちろん二億円のことだ。

「あいかわらず硬いね。――あ、ママ、適当に出してくれる？」

横田はいつも「おまかせ」にする。箸（はし）の進み具合を見て、女将は程よく肴を出す。

「イサキのいいのが入ったから、刺身でどう？」

「あ、いいね。もらおうか」

カウンター席のやはり馴染みらしい客が「こっちもちょうだい」と言った。

「あえて話題には出しませんでしたが、解散時の株主総会の決議の中に《清算人の報酬》という項目がありました。つまり、横田清算人に支払われる報酬の額です」

畑井が何が言いたいのか、すでにわかっているはずの横田は、苦笑いを誤魔化すためか、ビールを少し多めにあおった。

「《無報酬とする》となっていました。つまり、解散後の約一年、一円も支払われないということですよね。いくらなんでもそれはおかしいと思います」

「いいんだ」上唇についた泡を、手の甲で拭った。「ぼくが自分から言ったんだよ。反対する人間もいた。『悪しき前例になる』って。つまり、この先グループ会社で倒産や解散の事態になったときに、清算人は無報酬という前例ができてしまうという意味だ。

でもね、みんなの苦労を考えると、報酬はもらえないよ。無報酬なら、年金がもらえるし」

そう言ってまた笑った。

畑井の立場を「貧乏くじ」と同情してくれた旧社員が何人かいた。しかし、横田清算人もまた貧乏くじを引いたひとりだ。関連会社へ天下る順番がたまたま回ってきただけだ。横田元社長が赤字を膨らませたわけではない。

「まあ、責任の所在を論じるのはこのぐらいでやめておこうか。それより、きみ自身の就職先は目処が立ってるの？」

「いえ」

口に含んでいたビールを飲み下し、首を左右に振る。

「今月の定時株主総会あたりがひとつの山だと思っていまして、それが済んだら少し就職活動して続ける。

「いえいえ、全然です」

「あてはあるの？」

このわたを口に含む。強烈な磯の香りが鼻腔に広がり、舌に残った味をまたビールで洗い流して続ける。

互いにビールを注ぎ合った。

「実は、少しだけ求人サイトなどを見たり、会員登録だけしてプッシュ型の情報を受けたりしていますが、なかなか『これ』というのはないですね。四十歳過ぎると、かなりキャリアを積んだ専門職か、逆に単純労働かの二択になりそうです」

「そうか」

「無理もないと思います。いまさら教育して人材として育成して――という年齢ではありませんから。実績を見ていきなり管理職にするか、一日で覚えられる仕事をあてがうか。そうならざるを得ないと思います」

そこへ、揚げ出し豆腐やイサキの刺身などが出されたので、しばらく沈黙し舌鼓を打った。

「毎回言いますが、このお店は美味いですね」

「それだけが売りだからね。色気はないから」

「聞こえてるよ」と女将。「なんとかハラだよ」

「あ、ビールお代わりくれる」と笑っていなす。

こんな状況でなかったらもう少し心の底から楽しめたのにと思う。

「硬い話になって申し訳ありませんが、さきほどの柳さんのお話はどういうことでしょうか」

横田が、飲みながら仕事の話をするのが好きでないタイプであることは、すでにわかっている。しかし今日こんなふうに誘ったのは、〝清算部屋〟でのやりとりについて話したかったのだろう。

あのとき柳は「串本から本当に連絡はないか」と訊いた。続けて「今ならまだ取り返しがつく」とも言った。さすがに聞き流すわけにはいかず、畑井は「どういう意味でしょう。わたしが何か隠しているとおっしゃりたいのでしょうか」と問い返した。

おそらく畑井にしては表情が硬くなったのだろう。北見がすぐさま「まあ、そう興奮しないで」ととりなした。よけいに腹が立ったが、深呼吸をして鎮めた。

柳がうなずいて続けた。

「きみがどうこういう細かい話ではない。この事態も、今ならまだ収拾がつくと言っている」

それを畑井に向かって告げるのはどういう意味なのか。つまり個人攻撃ではないか。

「失礼ですが、収拾がつくというのは、つまり移した先の口座の金には手が付けられていない、ということでしょうか」

柳がややいらだった声を発した。

「そんなことは言ってない。『収拾がつく』と言ったんだ。意味がわからんか」

柳とこんなふうに会話をするのはほとんど初めてだったので、その短気ぶりに驚いた。北見の口調が愛嬌あるものに思える。

うっかり口を開くとこちらも感情的になってしまいそうなので、黙っていると北見が補足した。

「たとえばさ、それとは気づかずに何か見落としたことがあるのかもしれない。そのあたりを、もう一度スタートラインに戻るつもりで考えてみて欲しいんだ。どんなささいなことでもいい。串本がうっかり漏らした何かひと言だとか、誰か不審な人間と電話していたとか、競馬新聞が置いてあったとか——」

「やはり、串本君が横領した線は濃いのでしょうか。何かわたしが聞かされていない新事実が出たとか」

「だからそんなことは言ってないだろう」

柳が「話にならん」とでも言いたげに首を左右に振った。今まで、さんざん隠しごとをされ、いいように使われてきて、そんな言いぐさがあるのか。

同じしぐさをし返してやりたかったが、どうにか堪えた。こちらが感情的になれば、自分のことは棚に上げて見下されたような口をきかれるだけだ。ここはなんとか頭を冷やそうと思い、しばらく黙って考えるふりをしていた。すると北見がこんなことをつけ加えた。

「串本の奥さんは、警察に行方不明者届だけは出したらしい。もちろん無実を信じているようだけど、何日も連絡がないのに知らんぷりをしているのがばれたら、それは相当に怪しいからね。それと——」

前かがみになって、声をひそめた。

「これは本当にここだけの話にして欲しいけど、奥さんは〝本社〟の人間から——たぶん窓口はあの吉備とかいう社員だと思うけど——『金が無事に戻れば穏便に済ませる』と説得されているらしい」

「そうなんですか」

「だから畑井さんも、何か思い出したことがあったら、すぐに教えてよ」

何も言う気がおきず、結局「わかりました」とだけ答えた。


思い出すだに胸が悪くなりそうなので、グラスの中身をぐいっとあおった。

「柳さんや北見さんは、なぜ今さらあんなことを言いに来たんでしょうか」

「それはもちろん、ぼくも信用されていないからだよ」

「えっ」

横田はふふっと笑って、また手酌で注いだ。

「きみも、例の写真は北見君が仕込んだんじゃないかと言っただろ。義理とはいえ、串本君の妻がぼくの姪だということは、新聞社の連中はみんな知ってる。あそこはそういう情報伝達は早いからね。もし串本君が犯人なら、ぼくあたりも共犯と思われているだろう」

「そんな……」

「だから、直接きみの反応を見に来たのさ。柳君はあれでかなり鋭いからね。きみが白か黒か見極めに来たんだよ。きみがポーカーフェイスができないことも知ってるようだ」

「そうだったんですか。――ただ、ひとつだけ救いがありました」

「どんな？」

「どうやら、串本君が東京湾に云々（うんぬん）というのはデマらしいからです」

すぐに笑うかと思った横田の目が暗く細くなった。しかしそれも一瞬ですぐにその翳(かげり)を振り払った。

「そうそう、ひとつ言っておきたいことがあった」

「なんでしょう」

「たとえばぼくが不在で、ぼくの机を開けなければならなくなったようなとき、いちいち許可はいらないからね」

「机、ですか？　なぜ急に？」

「ほら、きみが串本君の引き出しから写真をみつけたときのことだ。いかにもきみらしいと思ったけど、そういう行動に出た経緯を長々説明して大げさに話していたからさ。ここまで来て、いまさらプライバシーも何もないよ。上司でも部下でもないしさ、フラットにオープンに行こうよ」

「わかりました。覚えておきます」

「まあ、たとえばの話だよ。こんなところでぐずぐず言ってもしかたがない。仕事の話の続きは明日にして、何か腹にたまるものでも頼まないか」

「わかりました」

何も理由はない。理由はないが、最後のお別れをしているような気がした。

17

横田清算人とかなり深酒をしたが、いわゆる悪い酒ではなかったようで、翌朝清算部屋に入るころには、もう残っていなかった。

従業員が存在しないので、始業時刻というものはないが、午前九時から開始するという不文律にはなっていた。畑井はもちろん、串本も横田も、大きく遅れるようなことはなかった。

吉永元常務だけは「ちょっと一件立ち寄って」などと言いわけしつつ、しかし片手には毎日違う新聞を持って、たいてい十時過ぎに顔を出した。

その吉永が少しあわてた雰囲気で部屋に入ってきた。おもわず時刻を確認すると、まだ九時半だ。吉永が二番目なのも、この時刻に現れるのもめずらしい。

「なんだか動きがあったらしいよ」

畑井が挨拶するより前に、早口でそう言った。走ってきたのだろうか、息が荒い。

「おはようございます。動き、ですか？」

畑井の問いに答えず、吉永は狭い室内を見回した。

「あれ、清算人は？」

「まだお見えではないです。もうそろそろだと思いますが」

横田もかなり飲んでいた。すこし響いたのかもしれない。大きく遅れるなら、あるいは休むならそろそろ連絡を寄越すだろう。

　あのさ、と吉永が畑井のほうを向いた。本当は横田と話したかったのだが、いないので畑井で間に合わせるようだ。それよりも、もしも今朝知ったばかりの情報のためにこの時刻に来られるなら、毎朝近くまで来て時間つぶしをしているということなのか。

　それも吉永さんらしいと苦笑しそうになった気分は、続くその吉永のひと言で吹き飛んだ。

「串本が出てきたらしい」

「えっ」思わず大きな声を上げてしまった。

「――出てきたって、本人がですか」

　吉永が、当たり前のことを訊くなという目でうなずいた。

「ここへ来ないで『統轄室』にシュットウしたらしい」

「シュットウ」が「出頭」に変換されるまで、少し間があいた。その隙に吉永が続ける。

「あいつ、金はどうしたんだろう。いやそんなことより、まずはここへ来るべきだろう。おれたちにこれだけ迷惑をかけたんだから。まずはおれたちに謝罪して、それから事情説明だろう。それにしてもあいつ、金はどうしたんだろう」

　興奮のせいで話が堂々巡りになっている。

「その情報はどこから？」

　吉永がうろたえているおかげで、畑井はかえって冷静になれた。

「統轄室にちょっと知り合いがいるんでね。内々に教えてくれた。あの界隈、今、ちょっとざわついているらしい」

「そのお知り合いのかたに、もう少し詳しくうかがうわけにはいきませんか」

吉永は腕組みをして、うーん、と唸った。

「どうだろうな。難しいだろうね。今はそれどころじゃないだろう。それに、そういうことを漏らしただけで規定違反らしいから」

「そうですか」

じゃあ何を話しに来たのかと思うがしかたがない。しかし、串本はいったいどこでどうしていたのか、今ごろどんな気持ちで現れたのか、吉永ではないが、何より金はどうなったのか、気になることはいくらでもある。

「ただ、同じビルの中のことだ。すぐに噂は広まるだろう」

「噂、ですか――」

今さらだが、この人が口にすることは、噂と情報の境目がはっきりしない。

「そうだ。あいつに訊いてみるか」

しゃべりたいことだけしゃべると、吉永はまたあわてたようすで部屋を出ていった。

急に静かになった部屋に一人残され、なんとなく白日夢を見たような気分に陥っていた。これで横田でもいれば、少し落ち着いた話し合いができるのだが――。

しかし、まだ横田は来ない。串本のこともあるので、電話をしてみることにした。まずはスマートフォンだ。「悪いね。ちょっと遅れたけど、もう下まで来てるんだ」という返事を期待していた。

〈ただいま電話にでることができません。しばらく経ってから――〉

この応答は、たしか電源が入っていないときのものだ。つい最近も聞いた覚えがある。どこでだろう？　そうだ、二億円の通帳と印鑑が見当たらなくなって、串本のスマートフォンにかけたときだ。

なんとなく嫌な感じがする。

自宅の固定電話の番号もわかるので、少し迷ったが結局かけてみることにした。

横田の現在の同居家族の構成を知らない。本人ならまず問題ないが、もし妻やそれ以外の人物がでたらどうつくろうか。そこに悩んだのだ。もしかすると、普段通りに家を出たかもしれない。

会社勤めが長かった人間が、そのリタイア時期が近づくと、急にふさぎ込んだり、ふらっとあてのない旅行に出てしまったりすることがあると聞いた。横田にそんなイメージはないが、人間は外見だけではすべてを判断できない。

そのあたりは適当に誤魔化せばいい。

七、八回呼び出し音が空振りして、今度は留守電に切り替わった。標準装備の機械音声が、三十秒以内で用件を喋ってくれ、と案内する。体調への気遣いと可能であれば連絡が欲しい旨を吹き込んだ。

通話を終えて、そういえば奥さんはどうしているのだろう、と今さらながら思った。横田は気さくになんでも話すようでいて、実はプライベートなことに関してはほとんど口にしない。正確には、自分個人の興味あるものや読んだ本のことなどは語るのだが、家族や家庭内のことにはまったくというほど触れない。だからこそ、串本の妻が横田の妻の姪だということすら、最近まで知らなかった。

そういえば、ひとつ思い出すことがある。あれは一年以上前のことだ。まだ畑井が制作部の次長だったころ。新年度のちょっとした飲み会があって、当時社長だった横田と話す機会があった。旅行などは行かれるんですか。場の繋ぎに、そんなふうに訊いた。横田は少し寂しげな笑みを浮かべて答えた。

――ちょっと妻が、体が丈夫でなくて。今は遠出が難しいんだよ。

今、串本の一件でそれどころではないのに、なぜかそんなささいなことを思い出した。気持ちを切り替え、目先の仕事に戻ろうとしたが、とてもではないがそんな気分にはなれない。当然だ。串本本人のことも気がかりだが、金の行方だ。二億の金がどうなったかで、今後の業務も大きく変わってくる。

統轄室にとり上げられた作業は、またこちらに戻ってくるのだろうか。何よりそれが気にかかる。

そうなったとしても、そしてたとえ全額を返したとしても、串本がこのまま清算部屋に残るわけにはいかないだろう。ならば、実務は畑井一人の肩にのしかかってくることになる。行方をくらましたいのはこっちだ。早く詳細を知りたい。吉永のあとについていけばよかったとさえ思う。

あれこれと妄想し、いまにも誰かから電話がかかってくるかとそわそわし、結局何も手につかずただぼんやり壁の味気ないカレンダーを眺める、といった時間がしばらく流れた。

十時半。じれったさしかないが、過ぎてみると早い。吉永が飛び込んできてからだけでも、すでに一時間が経つ。そろそろ詳しい情報がもたらされてもいいだろう。まがりなりにも、自分は当事者なのだ。説明に来てくれとはいわない。呼び出しでかまわないから、誰か連絡をくれ——。

想像できることが限られているので、これまでのさまざまな記憶が勝手に浮かんでは消えてゆく。そしてふっと思い出した。

——たとえばぼくが不在で、ぼくの机を開けなければならなくなったようなとき、いちいち許可はいらないからね。

横田にそう言われたのは昨夜だ。かなり酒が回ってからの会話だったのと、何かのついでに出た話題だったのですっかり忘れていた。

あの発言は、このことを予言していたのだろうか。普通なら単なる偶然と思うところだが、横田ならば発言のタイミングまで考えていてもおかしくない気がする。

ちょうどいい。何かすることが欲しかった。机の引き出しを見るぐらいは問題ないだろう。秘密の手紙や今さら賞与の査定表が入っているとは思えない。自分の椅子を離れ、横田の机の前に立つ。

「失礼します」

まず、中央の一番大きく平たい引き出しを開けた。まっさきにデジタルカメラのパンフレットが目に入った。若い頃は、旅行や出張先でちょっと目に留まったものを撮るのが趣味だったと聞いたことがある。被写体は、古かったり変わっている看板だとか、車もすれ違えないような小さな橋などだという。花や夕日の写真でないところが横田らしいと思った。

——ちょっと妻が、体が丈夫でなくて。今は遠出が難しいんだよ。

なので近所に散歩に出て、近場の風景でも撮ることにしたのだろうか。それとも、奥さんの体調が、旅行に行ける程度によくなってきたのだろうか。亡くなったとは聞いていない。横田の性格からして、病弱な妻を置いてひとりで旅行に行くとは思えないから、元気になったのかもしれない。

そんなことを想像しながら、パンフレットを手に取った。

「なんだこれ」

引き出しを開けただけでは目に留まらなかったが、明るい色使いのパンフレットの下に、隠すようにして封筒があった。ごくオーソドックスな縦長の白い封筒だ。その表に《畑井伸一殿》と宛名が書いてある。横田愛用の万年筆の跡だ。

手に取ると、封がしてあった。迷った。いくら自分の名が書いてあるとはいえ、人の机から出てきた私信だ。しかし、昨夜の横田の言葉は偶然ではないと判断し、開封した。

折り畳まれていた手紙を開く。さらっと流すような、いつもの横田の字を目で追う。

《清算作業の件については、すでに何度もお礼とお詫びはしたので、ここで繰り返すことは避けます。いきなり本題に入ります。

清算用の資金を横領したのはわたしです》

めまいがして、そこにあるのは横田の椅子だったが、尻もちをつくように座った。手紙を持つ手がかすかに震えている。

《――直接のきっかけは、昨年の十月末に、妻が闘病の末死去したことです。驚かれたことと思いますが、特に八千代アドの社員の諸君には伝えなかったので知らないのは当然です》

そこでまた視線を上げ「十月」と口に出してみた。畑井自身、これまでの社会人生活で最大といってもいい環境の変化があった時期だ。他人のことに気はまわらなかった。まして日頃からあまり内心を表に出さない横田から感情を読み取るのは難しかっただろう。

《――すでに総務のことは畑井君に見てもらっている時期でしたが、ご存じのとおり、わたしたち『出向組』は、報酬は出向先から、年金や社会保険などは〝本社〟で加入、という二重構造のため、気づかれずに済みました。特別秘匿する意図もなかったのですが、気を遣わせるので知られぬままならそれがいいと身勝手に思っていました。

申しわけない、そこは余談です。

さて今回の一件は、妻が死んだからやけくそになった、というわけではありません。

妻は、全身の筋肉が萎縮していき、やがて死に至る恐れのある、国指定の難病でした。今のところ、決定的な治療法はみつかっておりません。この病の特徴でもあるのですが、筋力が衰え、指先程度しか動かせなくなっても、脳は正常を保っていることが多いのです。

幸い、国の制度で介護の体制はとってもらえました。加えて近くに住む妻の姉が毎日のように面倒を見にきてくれました。わたしは妻の気持ちの支えにはなれても、介護的にはむしろ邪魔といってもいいような存在でした。それで、最後まで長期の介護休暇などをとることもなく過ごすことができました。

いや、それは言い訳です。大嘘です。妻が、瞬きすることぐらいでしか意思疎通のできない身になってゆく現実と、毎日何時間も向き合うことができず、わたしは仕事に逃げたのです。

その一方で、なんとか治療の手立てはないかと模索し、保険や高額療養費制度対象の治療だけでなく、民間療法にも手を出しました。最初にはっきり申し上げますが、これは底の知れぬ泥沼のようなものです。

飲用や湿布などの漢方薬に始まって、高額な機器を使用する電気マッサージ、はては飲料水やお札まで。そうです。単なる健康法や民間療法を超えて、最後は宗教にも救いを求めました。

どこで調べたのか妻の病気を知り、近寄ってくる人が後を絶ちませんでした。最初は耳を貸さなかったのですが、実際に治った人の話を聞かされ、写真や動画まで見せられるに至って「ダメで元々」という考えが振り払えなくなりました。あれが「魔が差す」ということでしょうか。

社員のみなさんはわたしのことを「生真面目」という目で見てくださっていたようで、毎朝一度顔を出せば、その後日中にどこかへ行方をくらましても、解散の準備に忙しいんだろう、と解釈してくれたようでした。それを幸いとして、ここでは名前を伏せますが、ある宗教団体の集会に参加し、高額の聖水やお札をわけてもらったりしていたのです。

蓄えはどんどん減っていきました。幸か不幸か持ち家でしたので、抵当に入れて借金もしました。友人知人から借りることをしなかったのは、最後の矜持というよりは見栄(みえ)だったかもしれません。

しかし、そんな行為もまさに徒労に終わり、先に述べたように妻は昨秋永眠しました。

さて問題はわたしの身の処しかたです。ほとんど生きる張り合いでもあった妻を亡くし、わたしは抜け殻のようでした。もともとぼんやりして見えたようなので、畑井君などにはその変化に気づかれなかったようですが。

すぐに職を辞すべきでした。しかし、八千代アドはまだ清算どころか解散にも至っていません。このままでは、串本君と畑井君にすべて押し付けることになります。串本君といえば、彼の妻とわたしの妻が姪と叔母という関係もあって、彼は妻の病気や亡くなったことまでは知っていました。そして彼もまたあのとおり、内心を表に出さないタイプですから、それまでと同じような時間が流れていきました。

長くなりました。結論を急ぎましょう。

辞め時を逸してだらだらと清算室に身を置いていたわたしの中に、また別の魔が差したのです。

わたしはこれまで約四十年間、社のために身を捧げるといってもいい働きをしてきました。ここへきて労務管理に対する世間の目が厳しくなり、また各種のハラスメントなども指弾されるようになって、働く環境はかなり改善されてきましたが、わたしたちが入社したころは、就業規則などあってないようなものでした。

特にわたしは記者畑が長く、社会部にいたころは昼も夜も関係のない毎日でした。子供は欲しいと思っていましたが、子宝に恵まれず、かといって夫婦で不妊治療を受ける踏ん切りがつかぬうちに、妻が発症したのです。

もちろんこの病でも無事出産している例があるのは知っています。しかし、わたしはその航海に漕ぎだす勇気がなかったのです。そのうちに、気づけば年齢的にも子を望むのは難しくなっており、そのまま老後を迎えることになりました。

今さらながら、もしも、と思ったのです。もしも、わたしが家庭のことをもう少し顧みて、妻と過ごす時間を多くとっていれば、子供のこともそうですが、妻のあの病気のことにももっと早く気づけたのではないか。そうすれば、ほかに手もあったのではないだろうか。

魔が差したというのは、まさにそんな考えが振り払えなくなってしまったことです。目の前には、まるでどうでもいいような扱いで二億円という大金の入った通帳、印鑑がある（申し訳ない。畑井君を責めているのではありません）。ならばこれをもらってもいいのではないか。妻の遺骨を少しだけ連れて、この金で彼女が行きたがっていた外国の古城や雄大な景色、あるいは北海道から沖縄までののんびり旅をしようじゃないか。そう考えたのです。

そうです。冒頭に申し上げたように、預金から金を移したのはわたしです。

串本君には罪はありません。「統轄室から監査が入るので、一週間ほど通帳はあずかる。口座にも手をつけないで欲しい」そう指示すると、彼は問い返すこともなく了解しました。目的の金額を移し終わったあと、まだそれを引き出す作業が残っています。最後の詰めに至って串本君には、理由を言わず、ただ「一週間ほど休んで欲しい」と告げました。特別勘がよくなかったとしても、さすがに何かおかしいと気づいたでしょう。もちろん彼はわたしのしようとしていることに気づき、そして気づかないふりをしているほうがお互いのためだと理解してくれたようでした。

もう一度言います。串本君は疑惑の身代わりになってくれただけで、まったく手を汚していません。

さてわたしは、この金を手に旅に出ようかと思います。現金の持ち出しはうるさいと聞いたので、一部は海外の口座に移しました。もう戻らないかもしれません。

最後になりましたが、この引き出しの右奥の天板側に、鍵がテープで留めてあります。袖机代わりのワゴンの一番上の引き出しの鍵です。そこを開けると、どうでもいいような手紙類の束があります。その一番下を見てください。また、奥のほうに押し込んである印鑑入れを見てください。

　最後になりましたが、とても真面目に誠意をもって職務に当たってくれた畑井君や串本君を、こうして裏切る形になり謝罪の言葉もありません。許してくださいなどとは書けません。

　皆さんの今後のご活躍を、ひたすらお祈り申し上げます》

　中央引き出しの奥へ手を差し込むと、たしかに天板側にテープで鍵が貼り付けてあった。それを使ってワゴンの引き出しを開ける。投資を勧める銀行からのＤＭ、ウォーターサーバー三か月半額セール、不用事務用品買い取りの案内、そんな束の一番下にそれはあった。

「こんなところにあった」

　つい、声が漏れた。

　黎明銀行大手町支店における『株式会社八千代アドバンス』の普通預金口座の通帳だ。半透明のケースから出すのももどかしく、パラパラとめくる。印字のある最後のページで指は止まる。引き出されている。いや、ある口座に振り込まれている。

　初回はいきなり五千万円を振り込んでいる。この額からするとたしかに窓口で手続きしたのだろう。黎明銀行の場合、印鑑と通帳に免許証などの身分を証明するものがあれば、窓口での振り込み金額に事実上制限はない。一方、ネットバンキング取引額の上限は一千万円だ。振り込み先は『合同会社安田商事』となっている。これだけでは断言できないが、名称からして法人だろう。業務実態まではわからない。

その翌日以降にあと五回、つまり五日間にわたっていずれも一千万円ずつ、すべて『安田商事』に振り込まれている。合計一億円だ。そして一億円に達した日こそが、串本が通帳を持ち帰ったと思われていた日だ。

それ以前から抜いていたのではないか、という畑井の勘は当たっていた。

どうしてこんなふうに何回にも分けたのかは不明だが、横田なりにいきなり一億は大胆過ぎると思ったのかもしれない。あるいは、本人も『魔が差した』と書いているように、最初は五千万で済ませるつもりだったが「あと一回、あと一回だけ」と止めることができなくなった可能性も考えられる。そして、さすがに毎日窓口に顔を出し、同じ相手にそこそこまとまった額を振り込み続けると不審がられると警戒し、ネットに切り替えたのかもしれない。

通帳を机に置き、指示どおり引き出しの奥へ手を入れて探ると、文具売り場の片隅でみかけるような、プラスチック製の印鑑ケースが出てきた。その蓋を開けてみる。二本入っている。白く細い九ミリ印は、横田個人の認め印だろう。その隣にある柘植の十八ミリ天丸タイプは、八千代アドの銀行印だ。

「こんなところにあったのか」

もう一度口に出した。

さすがに、合計一億に達したあの日ぐらいは持ち帰ったかもしれないが、その後はずっとここにあった可能性が高い。妻が死に、日中だれもいなくなった自宅は危険だ。かといって、横田の年齢を考えると肌身離さず持ち歩くのも、また不安だろう。消去法でいけば「清算部屋」

に戻しておくのが一番安全かもしれない。皆がどこだどこだとやっているとき、すぐ目の前にあったのだ。

飄々として大胆な横田が、いかにも思いつきそうだ。

畑井は少しだけ迷ってから、通帳と印鑑、そして手紙も一緒に、ひとまずは鍵のかかる引き出しにしまった。どういう順番で、誰と誰に報告するべきか、小さな銀色の鍵を手のひらでもてあそんでいると、またせわしない空気をまとわせて吉永が入ってきた。

「串本は『自分は知らない』と言い張っているらしい。悪びれたところがないとさ。それと、引き出された金額も一億だそうだ」

「そうみたいですね」

思ったような反応を見せない畑井を、吉永は目を細くして見ている。

「なんだよ。なんだか落ち着いてるじゃないか。誰かから聞いたのか？」

いいえ、と視線を横田の机に落として否定した。

しょうがない。報告の順番としては不本意だが、この吉永から始めるしかなさそうだ。放っておくと「あいつもぐるかもしれない」などとそこらじゅうで言いふらされて、あとで否定するのが大変になる。

手にしていた鍵で引き出しを開け、しまったばかりの三品を取り出した。

「なんだそれ。――まさか」

手紙よりも先に通帳に目が行ったようだ。畑井がひとことも説明しないうちから、奪い取るようにし、目を丸くした。

「うちの通帳じゃないか。どこに、こんな——」

「横田さんから手紙をいただきまして」

畑井の言葉がどこまで耳に入っているのか、興奮した声で「あ、ほんとだ。一億減ってる」と小さく叫んだ。

「どこにあった？　まさか、君——」

「ですから、横田さんから手紙をいただきました。ここに書いてあります」

またしても奪い取るようにした手紙を手に、むさぼるように読んでいる。

「ちょっと、飲み物を買ってきます」

「遠くへは行くなよ」手紙から視線を上げずに言う。

「わかりました」

鼻息を荒くしている吉永を清算部屋に残し、階上の喫茶コーナーを目指した。正確には、入口のすぐ脇にある飲料の自動販売機だ。

この先、いろいろな人を相手に、何度も同じことをしゃべらなければならなくなりそうだ。今は吉永の勢いに押されてしまったが、畑井も興奮していることに違いはない。それに、ひどく疲れている。すでに喉がカラカラだ。さすがに喫茶コーナーでのんびりコーヒーを飲むわけにはいかないだろうが、ペットボトルぐらいなら許されるだろう。

ほかより少しだけ容量の多い、麦茶のボトルを選んだ。

がたん。

やけに大きな音をたててボトルが転がり落ちた。

その音を聞いて、昨夜、横田と会うのはこれが最後だと予感したのは、やはり当たっていたと今さら思った。

18

一日、二日、そして三日と経つにつれ、細かいところもわかってきた。

まず、これだけのことが起きたのにやはり警察沙汰にはしないようだ。横田は津村統轄室長宛にも手紙を書いており、畑井が受け取ったのと同日に届いた。

そちらも読んだらしい吉永の言葉を借りれば「ビジネス文書の『おわび状』の見本をそのまま書き写したような文面」だったそうだ。

さすがに、一億もの大金が横領されたのだから、〝本社〟も警察に告発するだろうと畑井は思ったが、そして事実その直前までいったようだが、急遽方向を変えた。あくまで「社内問題」で済ませるようだ。もちろん、対外的な〝面子（メンツ）〟は大きな理由だろうが、それとはまた別の強い力が働いた、あるいは思惑が影響したのではないかと感じている。感じてはいるが、畑井のような立場の人間には伝わってこない。

畑井の耳に入ってきた事実は二つ。

一つは失った金が近日中に――即日でないところに少しひっかかったが――ほとんど全額戻る可能性があること。

そしてもう一つは、横田清算人が自死したことだ。

統轄室長宛のビジネスライクな文書の中でも、すべて自分の罪であることを認め、お詫びと返金について事務的に触れてあったらしい。


横田の机から置手紙と通帳がみつかったあの日、午後の早い時刻に統轄室の吉備とその上司の上野原課長が、横田清算人の自宅を訪ねた。畑井は同行を許されなかったので、すべてあとから聞いた話だ。

あいかわらず電話はつながらないので、吉備たちは横田が〝本社〟のほうに提出していた緊急連絡先に載っている、近くに住む義姉と連絡を取って、現地で待ち合わせた。ちなみにこの義姉は三年ほど前に病気で夫を亡くし、現在独り暮らしである。家が近いこの姉のほうが、先に横田の自宅へ着いており、玄関先で憔悴したような表情で吉備たちを待っていた。

ちなみに、最近の分譲物件よりはやや敷地は広めだが、ごく普通の一戸建てだそうだ。

まだ家の中は見ていないのかという意味で「鍵はお持ちではないですか」と上野原が尋ねると、姉は悲しげな表情で答えたという。

「一人で入るのはちょっと」

もしかすると、すでに予感があったのかもしれない。

吉備たちは彼女から鍵を預かったが、いざ開けようとすると玄関ドアの鍵はかかっていなかった。これも想像でしかないが、駆けつけてきた社の人間や当局が、ドアを打ち破って入らなくて済むように、あえて施錠しなかったのではないだろうか。

横田は、天井に自分で打ちこんだらしい頑丈なフックからロープを垂らし、その先で冷たくなっていた。あと始末のためだろう。フローリングの床には、二つ折りにしたビニールシートが敷いてあったという。そしてかなり年季の入ったテーブルには《みなさまへ》と書かれた遺書が載っていた。この中身についても、畑井は知らされていない。

あの金はどうなったのか。本当に横田が横領したのなら、そして単独犯なら、時間の経緯から考えて、ほとんど手つかずで残っているだろう。だから〝本社〟も事件にするのを避けたのだろうか。もやもやとした疑問はまだ残ったままだ。

清算作業の主体は完全に『統轄室』へ移った。吉備と同室の四十代の男性、そして経理局から応援でやってきた三十代の男性が、今後清算の作業を進めると宣告された。

畑井はすぐにはご用済みにはならないらしいが、引継ぎが終わったところで「なんだったら、もういいですよ」と言われそうな気がしている。むしろそれを望んでいる。

吉永元常務は、またしても綱渡り的に関連会社の顧問としての席をもらったようだ。もしかすると、今回の事情を多少なりとも知っている吉永を放り出してしまって、腹いせにあれこれ噂を流布されてはたまらないので、口封じの飼い殺しかもしれない。勘ぐりすぎかもしれないが。

那須が寺田に刺殺された一件は、独自の事件として捜査が進んでいるようだが、どうやらやはり金銭的なもつれのようだ。そちら方面の情報は、ほとんどが八千代宣広の大崎総務課長経由だ。今でも唐突に電話がかかってくる。

〈寺田は「自分で料理屋を開きたい」みたいなことを言ってたらしいです。そのためにはまず修業ということで、神田にある小料理屋に見習いで入ったみたいですね。どういう繋がりなのかいまだにわからないのですが、那須さんが寺田に「その際は開業資金を出してやる」とか言って、それを反古にされたとかされないとかでもめたらしいです。あの包丁は料理用だったんでしょうか。なんだかぞっとします〉

例によって、そんなふうに言いたいことだけを言って切れてしまった。ただ、寺田のような男と那須が、そもそもどういう経緯でそんな関係になったのか。それはまだ判明していないらしい。

料理見習いといえば、市原から手紙が来た。せっかく署名してやった英字の『推薦状』が同封してある。つまり、送り返してきたのだ。

署名を依頼され、受け取ったときに、市原には「もう一度目を通して」などと恰好をつけたが、英語があまり得意でないのと、結局のところそれどころではなくて、ほとんど中身は読まずにサインして郵送した。

ただ署名するだけだと思ったが、やはりどこか不備があったのかと、添えられていた手書きの手紙を読んだ。

《せっかく書いていただいた『推薦状』ですが、お戻しいたします。申し訳ありません。実はこれは『推薦状』ではなく、日本でいう『連帯保証書』に相当するような意味を持ちます。上部の何項目かはたしかに『自分はこの人間を推薦します』という意味のことが書いてありますが、最後の一項の途中からは『したがって将来的にこの人間が貴社に与えた物質的な損害にとどまらず、金銭の借り入れ並びに無形の損失にも同氏と同等の債務を負うことを保証します』という意味のことが書いてあります。

この書面を出さないと雇ってもらえないという条件だったため、苦し紛れに畑井さんを騙すようなことをしてしまいました。畑井さんはおそらく、何も疑わずにサインしてくださると思ったのです。でもこのことを、何も知らせていなかった果南に打ち明けたところ『絶対にそんなことをしてはいけない。だったらわたしは渡米なんかしない』とまで言われ、目が覚めました。深く反省しております。清算業務が無事終わることを――》

こちらは深くため息をついた。

「どいつもこいつも」

苦笑しつつ、ついそんなせりふが口をついて出た。

串本とは一度だけ会った。

衝撃の一日からちょうど一週間後だった。なんの連絡もなしに、いきなり清算部屋へ訪ねてきた。

「ご無沙汰しております。この度はご迷惑をおかけいたしました」

相変わらず形式的な書面の整理をしているところだったが、手を止め顔を上げた。しばらく言葉が出なかったが、なぜか串本のことは悪く思えない。

「心配したよ。元気にしてた？」

「はい。おかげさまで」

「立ってないで、座りなよ。自分の席にさ」

「はい。では。あのこれ、休憩のときにでも」そう言って和菓子が入っていそうな紙袋を机に載せた。「妻の実家で作っている菓子です。前にもお話ししましたが、その店の手伝いに入ることになると思います」

会ったらまず訊こうと思っていたことが、喉まで出かかっていた。

——分け前は受け取ったの？

しかし、やはり訊けない。代わりに無難な質問をした。

「ということは、もうここへは戻らない？」

「はい。無理だと思います。本当に重要な引継ぎだけ統轄室のかたにして、ここへはもう来ないと思います。畑井さんにはご迷惑をおかけしてばかりで、お詫びのしようがありません」

額が机につきそうなほど頭を下げた。

実務的な質問を二つほどしたら、ほかに話すこともなくなった。横田の思い出話をする気にはなれない。

「では、おじゃましました。お元気で」

立ち上がろうとした串本を、ちょっとだけ待って、と止めた。

「最後にひとつだけ教えてくれないかな。皆が捜していたあの一週間ほど、どこにいたの？」

「自宅にいました」

「は？」

「自宅から一歩も出ずに、菓子業界のことなどを勉強していました」

「ずっと家にいたの？」

にわかには消化できず、繰り返し訊いてしまった。串本は落ち着いて静かに答えた。

「ええ。たとえば、初日に畑井さんがお見えになったとき、わたしは奥の寝室にいました」

「まさか。――そうだったのか」

それでまたひとつ、喉に刺さった小骨が取れたような気がした。

あのときの串本の妻、美玖の態度で気づくべきだった。すごくとまどっているようでいながら、夫の身をあまり心配しているようには見えなかった。ぼやっとしているのか、愛情が薄いのか、などと勘繰ったが、隣の部屋にいたのだから当然だ。

勤務先の人から電話がかかってきたり訪ねてきたり、何か問題を起こしたのかもしれないが、夫は何も言ってくれない。子供みたいに居留守を使っている。どうしたものだろう――。それであんな不自然な応対だったのだ。書斎がわりにしている部屋をわざと見せてその場をしのいだが、実は壁一枚隔てた隣の寝室にいたのだ。

「ははは」

自分でもよく理由がわからないが、突然笑いだしてしまった。

「申し訳ありません」串本がもう一度頭を下げた。

「あははは」

久しぶりに腹の筋肉をふるわせて笑った。いつまでも止まらない。

「――まったく、どいつもこいつも」

串本の表情はよくわからなかった。笑っているうちに涙がにじんできたからだ。

第三章

清算

1

「お先に失礼します」

お疲れさまでしたの声が、同時にいくつも返ってくる。あのころとよく似た情景だが、心の風景はまったく違う。すでに四か月以上経つのに、あまり馴染(なじ)んだという実感がない。

今日は残業にならないのはわかっていた。いや、多少残務があっても、定時にあがらせてもらいたいと申し出ていた。

午後六時数分過ぎに、今の勤務先である『八千代カルチャーサービス(YCS)』が入ったビルを出て、久しぶりに〝本社〟つまり八千代新聞東京本社ビルへ向かう。六時半に人と会う約束をしている。

地下鉄でひと駅ほどの距離だが、歩くことにした。あれこれと、考え事をするには歩くのが一番いい。時間は充分間に合う。今日は二月半ばにしては暖かいほうだが、それでもビル風はやはりきつい。コートの前を合わせる。

このあとの予定を考えると、冷たく澄んだ空気を吸うのは気持ちが引き締まっていいかもしれない。星の見えない夜空を背に、見慣れたビルのイルミネーションがちらほら視界に入ってくる。記憶の倉庫が刺激されて、過去のあれこれがふつふつと泡のように浮かんでくる。

これからの面談のことについて、頭の中を整理しておこうと思って歩き始めたのに、よみがえるのは思い出ばかりだ。

皆はどうしているだろう。消息のはっきりわかる人間、まったく音信不通の人間。風に飛んだタンポポの綿毛のように、その後の人生はさまざまだ。

＊

那須の葬儀には出席した。警察から遺体が戻るまで、一週間ほどが経っていたそうだ。喪主である妻に挨拶をしたが、なんとなくそっけない応対に感じた。悲しみで心ここにあらずというのとも違う。あえていうなら避けられている印象だ。あの事件の原因が八千代アドの解散にあると考えているのだろうか、自分はその象徴として憎まれているのだろうか。そんな思いもちらりと浮かんだが、何も気づかない顔をしていた。那須の遺族とはそれきりだ。

市原と田川は無事結婚し、アメリカへ渡った。保証人の件をどうしたのか聞かされていないが、予定通り知人の店で働いているらしい。休日にどこかの公園でホットドッグをほおばるツーショット写真が、メールではなくプリントされたはがきとして送られてきた。《元気にやっています》と結んであった。

吉永元常務は、あの騒動の直後に横滑りしたグループ会社で、マイペースでやっているらしい。二度〝本社〟ビル内で顔を合わせたことがある。二度とも、手にした新聞を軽く上げて「よう、どうだ」と訊いてきたので「ぼちぼちやってます」と答えた。日替わりで沸騰したり凍結したりしていた水が、ようやく常温に戻ったとでもいえばいいだろうか。おそらくこの距離感が最終形なのだろう。

噂もときに当たるのだなと思ったのは、柳元専務が八千代宣広の取締役を辞し、グループ会社に移籍もせず、完全にリタイアしたと聞いたときだ。去年の時点でまだ六十三歳だったはずだ。あまり接触がなかった人物なので、それ以上の詳しいことは知らない。

畑井自身は、予想に反して〝お払い箱〟になることはなかった。一億円横領事件——表向きは「通帳一時行方不明案件」に関して、潔白であることがはっきりしたからかもしれない。しかし本当のところは、単に人手が足りなかったからではないかと感じている。

騒動落着後に、主導権は『統轄室』に移ったが、彼らも兼業だと聞いた。法務局や税理士、弁護士への応対は、単に郵送するだけでは済まないこともある。先方へ足を運べば数時間はつぶれる。その使い走りのための人間が必要だったのだろう。

それならそれでかまわない。ここまでかかわったのだ。棺を炉の中に入れるまで見届けたい。少し気障に言わせてもらえば、花を一輪たむける資格はあると思っている。

しかし、作業の総量は減った。支払うべき金は支払い、回収できるものは回収した。未回収金取り立ての裁判も、ほぼすべて和解した。

例の通帳は統轄室が保管し、必要のあるときだけ渡されるシステムに変わった。ちっぽけなプライドより、安心を優先させたい思いは同じだから異論はない。驚いたのは、一か月ほどで残高が元通りになったことだ。つまり、横田元清算人——とうとう清算人まで「元」になってしまったが——が横領した一億円が戻されたのだ。

振り込み元は八千代新聞東京本社経理局だ。

つまり、いずれは〝本社〟へ支払う予定の金が保管してあった八千代アドの通帳から、欠けった金額を当の〝本社〟が穴埋めした形になる。ややこしい。畑井のように数字が苦手だと、とっさには誰がいくら損したのか理解できない。

　金の出所はともかく、横領という不正に対して、こんなあからさまな尻拭いをして問題にならないのかと心配になる。おそらく、税理士や会計士の知恵を借りて、税務処理的に問題にならない方法をとったのだろう。

　あとは、会計年度末である三月に、約二億円を〝本社〟へ差し出して相殺し、差額の債務――〝本社〟にとっては債権――を放棄してもらって、無事「清算完了」となる。具体的には法務局で「清算結了登記」をして終わりだ。

　お盆休みが過ぎるころには、出勤が一日おきになり、さらに週に一日や二日ということも増えた。報酬も定額制から日払いに変わった。これは心苦しいのでこちらから申し出たことだ。

　もちろん収入は減る。清算の手伝いと兼業できる職探しをはじめた矢先、嬉しい誤算があった。不運が百回ほど続くと、いいことも一度ぐらいは起きるようだ。

　去年の九月半ば、広告局の海野総務部長に呼び出され、清算部屋の真上にある、例の小さな喫茶室で向かい合った。短期間ながら、思い出の詰まった喫茶室だ。

「次のお仕事は決まりましたか」

　いきなりそう訊かれ「いいえ、まだです」と正直に答えた。

「『八千代カルチャーサービス』という会社をご存じですか。我々は略してＹＣＳと呼んでいますが」

「はい。各地でカルチャースクールを運営している会社ですね」

当時は詳しいことまで知らなかったが、同じ八千代グループだから、ざっとした知識はあった。東京、神奈川、埼玉、千葉の一都三県で、駅近くの自社ビルや雑居ビルの二フロアほどを使って、各種のカルチャースクールを開いている。英会話、楽器、書道、陶芸など、科目は多々あったはずだ。

「そのYCSで、宣伝物の制作責任者の椅子がひとつ空きまして、もし畑井さんが関心がおありのようでしたら、声をかけてみて欲しいと頼まれまして」

「ありがとうございます」素直に頭を下げた。「YCSのかたからですか？」

「まあ誰でもいいじゃないですか」と海野部長は笑って逃げた。「それより、この件にご興味ありますか」

「ありがたいお話ですが、わたしに務まるでしょうか。紙印刷に関してなら多少の経験はありますが、ｗｅｂデザインなどはまだほんとに初心者で」

これでもまだ見栄を張った言いかただったかもしれない。最近、独学で勉強を始めたばかりだった。

「まあ、そちらはおいおいということで——。ご存じかもしれませんが、ああいうスクールは案内のビラやパンフレットを大量に作ります」

「ええ、商業ビルなどでよく見かけます。ラックにたくさんの種類のパンフレットが刺さっていますね」

海野部長がうなずいて続ける。

「ポスターも、季節や新企画ごとに作ります。新聞の折り込みチラシも、まだまだ訴求効果は大です。まさに、即戦力の畑井さんはうってつけだと思いますが」

「清算の手伝いはどうなりますか」

「清算登記完了まで、という時限つきですが、一定条件で清算の仕事をやってもよいと、快諾いただいています」

あまりに都合のいい話で、むしろ警戒心すら湧いたが、八千代新聞社の総務部長がもちかけてきた話だ。さすがに研修費や教材費だけ取って逃げるようなこともないだろうと思い、受けることにした。

話は急で、十月一日からの出勤と決まった。週に一回か二回、数時間から半日程度清算業務のために〝本社〟へ出向くことを認めてもらえた。

さらにいえば、仕事の内容に嘘はなかったが「空きができた」というのは真実ではなかった。もともと「制作部」という部署はなく、「宣伝部」の中に「制作課」があった。畑井以外の人数は三名で、これまではほとんど外注だった。しかし、コスト面と急ぎの企画の際の即応性などから、自社内で処理能力を備えようという方針になったらしい。

つまりこれから自社制作機能を立ち上げるわけで、苦労も多そうだがやりがいがあると思い、喜んで受けた。数年前に八千代アドでやったことの再現だ。想像どおりきついこともあるが、順調に進んでいる。今はまだ試運転状態で、新年度の四月に〝開業〟予定だ。早いもので、あと一か月半ほどだ。

今のところ、肩書は『参与』だ。一般的にいえば「部下のいない部長待遇」という位置づけになる。したがって、同じ部署で働く社員は、部下ではなく単なる同僚ということになる。不満はない。押しも押されもせぬ一年生なのだから是非もない。

それより、この優遇と幸運は偶然ではあるまいと思った。海野部長自身かあるいはもっと上の立場の人物が手を回してくれたのではないか。

金の卵を生んでくれた鶏の腹を割くようなまねはせず、何も考えないことにしている。ただ、その期待に応えるためにも、少しでも早く仕事に慣れようとは思っている。


串本も忘れがたい存在だ。

ＹＣＳに転職して、ようやく通勤電車の乗り継ぎに慣れてきたころ、串本から手紙が来た。

一番連絡を取りたいが、一番ためらってしまう存在だ。

手紙の内容は、これという重要な用件ではなかった。以前の騒動に対する謝罪と畑井の現況を気遣う内容だ。畑井がＹＣＳに勤めていることも知っていた。

串本自身は、以前からの宣言どおり、妻の実家である調布市の和菓子店で働いているという。

そして、自分でも意外に思っているが、この世界の水が合いそうだと書いてあった。

吉永元常務と同じく、串本との関係もここまでだろう。新天地でのご活躍をお祈りしますという文面の返信をした。

しかし、手紙を投函したあとでひとつ気になった。妻の口癖である「いつもあなたは、大事なことほどあとになってから気づく」のリストに入りそうだ。

串本の妻、美玖は横田の妻の姪だと聞いている。正確には「妻の姉の娘」だと。しかしその姉は、横田家の近くに住み、横田の妻を看病していた。そして、美玖の実家は調布の和菓子店だという。これはどういうことだろう？　横田の妻には、もう一人「姉」がいたということだろうか。つまりその和菓子店の女将が姉妹の一人なのだろうか。しかし、そんなことは横田が残した手紙でも触れていなかった。その必要がなかったからといえばそれまでだが、なんとなくしっくりこない。

ささいなことが、一度気になりだすといつまでも忘れられない。繊細ではないくせに、ちいさなことに引っかかる性格なのだ。

串本に今さらそのあたりの相関関係を訊くことはできない。美玖の戸籍を調べればはっきりしそうだし、やればできなくはないだろうが、そこまでして追求しようとも思わない。串本夫妻と自分とは、もう関係が断たれたのだ。

忘れがたい存在といえば、なんといっても横田元社長にして元清算人だ。

この串本の手紙が来た少しあとに、横田が住んでいた家を訪ねてみた。

横田に関しては葬儀もなかったので、一度も訪問していない。その後の報告もかねて、花を供えようかという気になったのだ。自宅の住所は知っているし、吉備に事情を説明して妻の姉の連絡先も訊いた。地図アプリで調べてみると、たしかに歩いて数分の距離だ。この姉と、もし可能であれば少し話がしたいと思った。和菓子店の女将の話が聞けるかもしれない。

横田夫妻が暮らしていた家は、建物が壊され更地になっていた。《売地》の看板が立っている。どんな家だったのか知ることはできないが、いわゆる「事故物件」であるため、妙な評判が立ったり興味本位で写真が拡散したりする前に、買い手である業者がさっさと取り壊したのかもしれない。

お供えの花を買ってきたのだが、すでにひとの土地になっているので、よけいなことはせずに持ち帰ることにした。

次に、すぐ近くにある妻の姉の家を訪ねた。驚いた。こちらも空き家になっている。

さきほどの看板と同じ不動産業者の名で《売家》の看板が立っている。そこに連絡先の電話番号も記載されているが、仲介ではなく売り主のようだ。つまり、すでに横田の義姉の所有ではないということだ。民間人相手でなく業者に売るのは、手っ取り早くあとくされがない反面、相場より安く取引される。つまり彼女は、金額よりも手間やトラブル回避、そしてスピードを優先したのかもしれない。

業者に電話したところで、転居先や連絡先などの個人情報を教えてくれるはずもない。

隣家のインターフォンを押すと反応があった。同じような古さの戸建てが並ぶので、開発分譲当時からの顔見知りである可能性がある。

用件を伝えると、想像したとおりの年配の女性が玄関から出てきて、あまり不審がることもなく応対してくれた。どうがんばっても悪党に見えないのは、畑井の数少ない自慢のひとつだ。

ここに住んでいた横田の妻の姉は、亡き夫の親戚が多く暮らす遠方へ引っ越したそうだ。それ以上の詳しいことは知らないという。手紙を出したいのでと言うと、転居先を書いた住所録を見せてくれた。岡山県のようだ。許可を得てそれを写真に撮った。

手土産を持ってきたのに無駄になりそうなのでよろしかったら、と渡すと、遠慮しながらも受け取ってくれた。もう少しだけ話を聞いてみる。串本夫妻とも顔見知りだという。

「いくよさんがお元気だったころは、たまにお茶を飲みに来たりしてましたから」

どんな字を当てるのか訊き、横田の妻の名が郁代(いくよ)ということも初めて知った。

「その郁代さんに、もう一人お姉さんか妹さんがいると聞いたことがありますか？」

そう尋ねたが、聞いたことはないという答えだった。

辞して帰る途中に思った。どうしてこんなに急いで家を売ったのだろう。まるで、横田の死を待っていたかのように。

そしてまたあの疑問が頭をもたげる。ならば、調布の和菓子店の女将は美玖の実の母ではないのだろうか。

*

いくら多少暖かいとはいえ、二月の風の中をひと駅分も歩いてきたので、体の芯(しん)まで冷えた。考えごとをしたければ、早めに着いてカフェにでも入ればよかったのだし、妻の口癖のように「いつもあなたはあとから気がつく」ことは、自分でも痛いほどにわかっている。しかし、道理にあわないことをしたくなる性分なのだ。そうでなければ、清算の仕事など引き受けはしない。

暖房の効いたビルのエントランスに入ると、生きかえるような気分だ。ロビーを横切りながらコートを脱ぎ、八千代新聞社の受付で用件を告げると、すぐに取り次いでくれた。

短いやりとりのあと、首から下げるタイプの入館証を渡された。

「吉備がお待ちしております」

七階にある広告局の会議室の場所を教えられた。久しぶりに駅の改札のようなセキュリティゲートを抜け、エレベーターで上がる。数か月ぶりの通路を歩き、指示された部屋をノックすると、中から「どうぞ」という声が聞こえた。

「失礼します」

会議室は、程よい狭さという印象だった。ぎゅうぎゅうに詰めて八人ほど座れるだろうか。息苦しさもなく、広すぎて間の抜けた感じもしない。そしてなにより暖かい。

見知った顔の三人が、すでに座っていた。

「どうぞ、お座りください」

吉備が手のひらを上に向け、テーブルを挟んで三人と向かい合う席を示した。軽く挨拶をしてそこへ腰を下ろす。

「わざわざお越しいただき、恐縮です」

三人並んだ、向かって右端に座る吉備がそう言って頭を下げた。畑井も同じく礼をする。

「いいえ。こちらから言い出したことですから」

「お仕事はいかがですか」

向かって左端でそう尋ねたのは、広告局の海野総務部長だ。

「その節はお世話になりました。おかげさまで、心機一転やりがいのある毎日です」

「こちらこそ、畑井さんには本当にご苦労をおかけしました。あらためてお詫びとお礼を申し上げます」

最後に、三人の中央でそう言って頭を下げたのは、五十嵐広告局長だ。ＹＣＳへの転職の件は、この人が動いてくれたのではないかと思っている。解散のとき、社員たちの再就職に心を砕いてくれていた。あれでかなり質的にも量的にも状況が動いたと思うが、旧社員たちはそんなことは知らない。そして、それでいい。

「とんでもありません。今日の件も含めて、自分にも、もっと何かできることはなかったのかと思います」

三人はわずかに表情を曇らせて無言でうなずき、代表で五十嵐局長が発言した。

「失礼を承知で、吉備宛にいただいたお手紙、読ませていただきました。苦情以外では、久しぶりに便箋(びんせん)に手書きした手紙を読みました」

「恐縮です。正直に申しますと、おそらく吉備さんは上長に報告されるだろうなと計算していました。それで普段より丁寧に書きました」

軽く笑いが起きる。これから始まる話の内容を考えると、これが最後の笑いかもしれない。しかしそれは事実だ。吉備に呼ばれる形でここへ来たが、〝上〟の人間が出てくるだろうとは思っていた。だから、さっきドアを開けて三人の顔ぶれを見たときに「いきなりだったか」という意味での意外さはあったが、驚きは少なかった。

「――ただその結果は、無視されるか下手をすればせっかくの今の仕事も失うかもしれないと、そんなことも覚悟はしていました」

いやいやと五十嵐局長が軽く手を振った。

「たしかに当社にとって重たい内容ではありますが、口封じにどうこうなんてことはしませんよ」

畑井は、無言でもう一度ゆっくり頭を下げた。

2

今日のこの会合のきっかけとなったその記事を読んだのは、一か月半ほど前のことだ。新天地で『参与』として夢中で働くうちに三か月が過ぎ、気がつけば年末年始休暇に入っていた。

妻の瑞穂は『診療報酬請求事務能力認定試験』という長ったらしい名称の試験に無事合格し、今後は給与に手当が加算されるらしい。充実した気分の毎日を送っていることが、畑井にとっても心の救いだった。

「いろいろあった一年だったから、少しのんびりすれば」と言ってくれるのだが、せっかくのまとまった時間なので勉強にあてることにした。ほぼｗｅｂデザインの関係だ。自分で作る必要はない。とりあえずはマネジメントができる程度の知識が欲しい。

ところが、ゆっくり落ち着いて考える時間ができると、やはりどうしてもあのことへ気持ちが行ってしまう。

一億円横領疑惑の真相――もっといえば、横田清算人はなぜ死んだのか。いや、なぜ死ななければならなかったのか。

〝本社〟の立場としては、横田清算人の書置きにあったことが〝真相〟なのだろう。そして、もちろん畑井などの立場では裏の取りようもない。しかし、いくつも腑に落ちないことが残ったままだ。

感情的に納得がいかないというだけだから、具体的な仮説などは立てられない。いったいどういう構図ならば納得がいくのかと考えてみても、さっぱり浮かばない。

そんなふうにもやもやとしていた年の暮れ、ダイニングテーブルで午後のコーヒーを飲みながら夕刊をめくっているときだった。向かいの席でカタログ型歳暮の品定めをしていた瑞穂が、いきなり声をかけてきた。

「あ、やっぱりそうなるわよね」

「え、なんのこと？」

「それよ」

手にした蛍光ペンで指した先の、特集記事のタイトルが目に入った。

《臓器移植斡旋(あっせん)の罪で起訴されたＮＰＯ法人と理事長の闇》

「去年、わたしが訊いたでしょ」

とっさに理解できなかったが、瑞穂の「いつもそれなんだから」といわんばかりの表情で思い出した。

あれはたしか、昨年の十一月だった。全社員向けに解散の発表をしたあと、当時の横田社長らに「解散後も就職せず、会社に残って清算業務を手伝ってもらいたい」と頼まれ、あっさり引き受けてしまい、あれこれ悩んでいた時期だ。そんな、頼まれたら断れない畑井の性格をからかって、瑞穂がだしぬけに「腎臓(じんぞう)くれる？」と訊いたことがあった。

あれこれ話して、「娘には問答無用で提供するけど、夫婦はどうだろう」というような話題になったと記憶している。

それがどう関係するのだろう。そんな思いが顔に出たのか、瑞穂が補足した。

「このところ、ときどきニュース番組でも触れてたから、こうなると思ったんだ。ひどい話なんだよ」

それでもまだわからない。「そうなんだ」と答えるしかない。

ここ最近は、じっくりと新聞に目を通すことが少なくなり、よほど気になるニュースでもなければ、ネットのもので間に合わせていた。ネットの記事は、タイムラグが短いこととヘッドラインだけでどんどん読み飛ばせる点が、メリットでもありデメリットでもある。

紙の新聞ならば、見出しの文字の大きさだとか、割いた紙面の割合だとかが記事の重要度を測る基準になるが、ネットニュースだと、どこかの国で飛行機が落ちても芸能人が離婚しても、同じ三行でまとめられてしまう。

しかし、そんな会話をするうちに、何日か前にこの臓器移植斡旋にからんで《逮捕》のニュースを見たことを思い出した。しかしそのときも、日替わりのように次々報道される「詐欺事件」のひとつかと思い、読み流していた。どうやら違っていて、ある意味では詐欺よりも被害者の人生を狂わせる重い罪のようだ。

瑞穂は、医療機関に勤めているだけあって、関心を持っていたらしい。

「我が身にふりかからないと関心はないわよね。わたしも人のこと言えないんだけど。——だからこんど、ドナー登録しようかと思ってる」

「ええっ。いつ？」

瑞穂が「もう」と笑った。

「そんなに驚かないでよ。真剣に考えようと思ってるって意味よ。——さてと」

瑞穂は、特に深い理由があってそんな話を持ち出したわけでもなさそうで、話題は唐突に終わった。再びカタログをめくり始めたので、畑井は紙面に目を落とした。

最初に事実関係の後追い的な記事があり、後半がそれに関する解説的な文面という構成になっている。

《——東京地検は去る12月25日、法人としてのNPO『光と希望の空』とその理事長の寺田明彦(あきひこ)(49)を臓器移植法違反（無許可あっせん）の疑いで東京地裁に起訴した。起訴状によれば、同法人と寺田容疑者は、2009年7月から2010年10月まで、厚生労働大臣から臓器あっせん業の許可を得ずに、肝硬変の五十代女性や腎不全の四十代男性など、わかっているだけで四人の患者に海外での臓器移植をもちかけ、移植費用として一人約三千万円から九千万円を同法人の口座に振り込ませ、キルギス、ウズベキスタンなど中央アジアや東欧で移植手術を受けさせた疑い——》

さらに記事によれば、今回起訴したのは四件だが、ほかに十数件の余罪がある見込みで、追起訴の可能性もあるという。しかしここまで読んでも、人の弱みにつけ込んでひどいことをするやつが世の中にはいるものだ、という感想にとどまっていた。

ところが特集記事の最後に《八千代新聞では今年10月に、中央アジアや東欧で行われている移植のための臓器売買にこのNPO法人がかかわっている疑惑について、関係者に取材し集中連載した》と添えてあった。

何かがひっかかっていた。

紙面から視線を上げ、それは何か考えた。《臓器移植》のキーワードで思い出した。横田元清算人だ。

もう一度、冒頭の事件に関する記述を読んだ。あっ、と思わず声が出た。

「え、なに?」瑞穂がカタログから顔を上げる。

「いや、なんでもない」

苦笑して答え、呼吸を整えて再度記事を読む。間違いない、容疑者の苗字が『寺田』だ。那須を刺し、錯乱してトラックにはねられた犯人も寺田だ。そしてこちらの寺田理事長は、那須と同年代のようだ。

新聞を折り畳み、急ぎ自分用のノートパソコンを起動させた。3LDKのマンションでは、子供部屋はあっても父親専用の書斎などというものはない。このパソコンを置いた場所がすなわち書斎だ。

「ねえ、やっぱりこのペアのビアグラスセットでいい?」

「いいよ。まかせた」

上の空で答えながら八千代新聞のサイトを立ち上げ、ログインする。新聞を定期購読しているので、オンライン記事が読める会員になっている。すぐにこの記事のバナーがみつかった。クリックして記事を開く。夕刊に載ったのとほぼ同内容の記事が掲載されている。終わりのほうに目当てのものを見つけた。

《あわせて読みたい記事》というのがいくつか並んでいる。その中で最も質的量的に力が入っていそうな記事をみつけた。《臓器移植を海外で斡旋の疑惑—2010年10月15日》

この記事には気づかなかった。ＹＣＳで勤務をはじめた直後だ。言い訳をするつもりはないが、畑井にとっては今後のことで気持ちがせいいっぱいの時期で、社会問題にまで関心を向ける余裕はなかった。

いや——。それはやはり言い訳だ。解散、清算、再就職問題などなくとも、この記事なら読み逃していたかもしれない。

リンクが貼られていて、クリックするとさらに繋がる記事へ飛んだ。

それはかなり力の入った連載特集記事で、都合五回にわたって生々しい取材内容がまとめられている。畑井も、日本が世界でも突出して臓器移植件数の少ない国であるということは、知識として知っていた。具体的には、日本国内で順番を待つと、臓器にもよるが十年以上待たねばならないようだ。重篤な患者ならそれまで生きていられない計算になる。

それで、藁にもすがる思いで海外へ出ていくわけだが、これが「移植ツーリズム」と呼ばれ、「自国でやらずに他国へ行って金で買う」と各国から倫理的に厳しい目を向けられている。

どこまで真実だったのかわからないが、過去に臓器移植希望の患者が、アメリカで億単位の金を払って順番を買ったなどと問題になった記憶が畑井にもある。これまで日本人を受け入れてきた国で、「わが国の生きた人間の臓器を、外国からやってきて金で買う」行為に対し、制限を設けるべきだという動きが起きている。

しかし、必要があれば道ができ、需要があれば金と〝物〟が動くのが人間界のしくみだ。臓器移植希望者に「金で解決できる国」を探し、仲介する人々が現れた。

匿名で取材した元関係者の証言も出ている。

――今まで狙い目は中央アジアや東南アジアだったが、国際的に注目されるようになって、政府も放置できなくなり、審査や手続きが厳しくなっている。中国も同様。これからは中東や東欧が狙い目だ。トルコやブルガリア、ベラルーシあたりが有望だ。

そしてその構造と金の流れが、わかりやすく図式で解説してある。

まず、臓器移植希望者がこのＮＰＯ法人『光と希望の空』に、三千万円から最高では一億円近い〝費用〟を支払う。するとこのうち二千万円ほどが、現地の〝コーディネーター〟と呼ばれる人物に支払われる。問題なのは〝ドナー〟にも支払われていることだ。ドナーの遺族ではなく、ドナー本人が「この金で借金を返した」などと証言している。つまり「生体移植」であり「臓器を金で売買した」ことになる。しかもドナー本人に渡った額が、二、三百万円程度とひどく安い。つまりこの仲介人たちは、弱みにつけ込んで高額を支払わせ、弱みにつけ込んで安く買いたたく。

さらに問題なのは、環境だ。技術的にも設備的にもあまり望ましいとはいえない、日本でいうところの「個人医院」のような施設で、臓器移植という外科手術でもトップクラスの難手術を行うのだ。術後がおもわしくないという例があとを絶たない。

手術を終えて帰国後、ひどいときには帰国途中の飛行機の中で容体が急変し、結局日本の病院で緊急手術をし、大金を払って――さらにいえば違法なことをして――移植した臓器を、結局は取り出す結果になる人もいたらしい。

当時の特集記事には《NPO法人の関係者》として《さいたま市在住の高田氏（仮名・49歳）》という人物が登場する。「違法なことはしていない」と主張している。畑井は、この《高田氏》が、今回起訴された寺田容疑者ではないかと思った。ただ、那須を刺殺した寺田宗次との関係にはどちらの記事も触れていない。

この特集記事を読んで、その内容に衝撃を受けたことも事実だが、横田のことが切り離せなくなった。

横田が《治療に大金をつぎ込んだ》と書いたのは、手紙にあったように妻の病気に関する民間治療や宗教への献金ではなく、美玖が産んで離婚相手に親権を渡した子、肝臓に重い病気をかかえるというその幼子の手術費用だったのではないか。

そう考えると、串本が協力的だっただけでなく、固く口を閉ざしていたことにも、納得がいく。しかし、そんなことを誰に確かめればいいのか。串本に訊いてみても答えるはずがない。岡山県に引っ越した郁代の姉なら話してくれるだろうか。いや、とても電話でなど訊けない。かといって、押しかけていくのはもっと無理だ。

考えあぐねた末〝本社〟の人間に訊く、という結論に至った。

そして吉備宛に手紙を書いた。

《いまさらと一蹴されるのを覚悟でお尋ねしたいことがあります。横田清算人があのような行為に出た、いえ出ざるを得なかった動機についてです――》

数日で返信が来て、以後は二度ほどメールでやりとりをした。さらに別の人物にも手紙を出し、返事をもらった。その結果ようやく今回の面談に至った。

3

「どうしましょう。まずは、畑井さんにご存じのことをお話しいただいて、そのあとで答えられる点にはお答えする、という流れにしましょうか」

五十嵐局長がそう提案した。その気持ちは理解できる。たとえは悪いが「語るに落ちる」のを避けたいのだろう。畑井が知っていることは認めるしかないが、知らない事実は可能な限り披露したくない。そういう理屈だ。企業人なら当然の倫理だ。

わかりました、と答えた。

「少し長くなるかもしれませんが、お時間は大丈夫ですか」

三人はさっと顔を見合わせ、またも代表して五十嵐局長が答えた。

「大丈夫です。三人ともその予定でいます」

それでは、と説明を始めた。

「手紙にも書きましたが、いろいろなことが繋がり出したのは、年末に読んだこの記事がきっかけです」

そう言って、バッグの中からクリアホルダーを出し、挟んでおいた例の記事が載った夕刊を机に置いた。何度も広げたり畳んだりしたので、紙面はこすれ、角は折れたり多少破れたりしている。

当然、三人とも読んでいるのだろう、さっと視線を走らせ軽くうなずいただけで手には取らない。

「手紙の内容と重複する部分もあると思いますが、整理のためひと通り話します。まず、自分の中でずっともやもやしていたことは、あの横田清算人がそんなことをするだろうか、という疑問でした。『そんなこと』というのは、わたし宛の手紙に書いてあった、奥様——郁代さんというお名前だと最近知りましたが——のために、新興宗教にはまって怪しげな水やお札に多額のお金をつぎ込んだ、というくだりです。

横田さんは、とても現実的な考えかたをする人でした。郁代さんの病気を治すとまではいかなくとも、命を長らえさせるために全財産をつぎ込むことはあったかもしれません。あるいは違法なことに手を染めたかもしれません。しかし、あんなおまじないのようなことのために、世話になった会社に迷惑をかけてまで金を欲しがるだろうか。藁にもすがる思いという心情は理解できなくもないですが、その不自然さがどうしても納得できませんでした」

少しだけ言葉を切って、三人の反応を見た。前置きが長いと指摘されないか危惧したのだが、三人とも興味深そうに聞いている。

「そう思っていたときにこの記事を読みました。遡って昨年十月の、あれはスクープといってもいいと思うのですが、企画特集の記事も読みました。横田さんのことが思い出されました。そして、年末に起訴された容疑者の名前を見て、ばらばらだった点が繋がったような気がしました。

あれはたしか那須さんが刺殺された翌日、その件でわたしが警察で聴取を受けた日でした。〝清算部屋〟に戻ると、八千代宣広へ転職した北見さんがいて、挙動がおかしかったので少し調べたら、串本君の机をいじった形跡があって、失礼ながら確かめました。すると、横田夫妻らしき男女と、串本夫妻が一緒に写った写真がみつかりました。状況からして、北見さんが置いていったに違いないと思いました。

話は少し逸れますが、当時は北見さんがそんなことをした意図が不明でした。もしかすると、北見さんは横田さんに対する嫌がらせというより、わたしに真相を知るヒントを与えようとしたのかもしれません。あのかたには嫌われていると思っていたのも、こちらの思い過ごしだったのかもしれません。

本題に戻ります。わたしは『腹芸』というものが苦手で、迷ったのですがストレートに横田さんに訊いてしまいました。串本君とどういう関係ですか、と。そうすると横田さんは、それまでは自分の私生活のことを、まったくといっていいほど話したことはなかったのですが、串本君の奥さん、美玖さんについて教えてくれました。美玖さんは郁代さんのお姉さんの子供、つまり姪だと。

それ以前なら、話したとしてもそこ止まりだったと思うのですが、あのときはさらに込み入った事情も話してくれました。それは、その美玖さんが別れた夫に親権を渡した子が重い肝臓の病気で、臓器移植をしなければ完治しないらしいという事情です。これも最近知ったのですが、日本の医学界では——正確には法律ではなくて厚労省の定めたガイドラインのようですが——肝臓は生体肝移植と決まっているそうです。しかも、原則として民法上の親族の範囲である、六親等以内の血族か三親等以内の姻族が対象です。この子のその範囲内には、適合するドナーがいなかったそうです。

記事を読んで繋がったと申し上げたのは、その記憶のことでした。横田さんが違法行為を犯してまで急に大金が必要になった理由はこれではないのか。急に海外での移植の目処が立ったのではないか。抜け道のある国か地域で。

郁代さんは、その姉の孫をとてもかわいがっていたそうです。だから、あの子の命をなんとか救ってやって欲しいと、無理な願いを横田さんにしたのではないか。横田さんが手段がないかと調べるうちに、もしかしたら今回逮捕された人物やその仲間と接触し、斡旋の話をもちかけられ、妻の最後の頼みをかなえようとしたのではないか」

聞いているほうも疲れるかと思い、ひと息つくことにして、もらったペットボトルに口をつけ喉を潤した。三人もそれぞれ似たようなことをした。

「それで、ご自分で具体的に調べてみようと思ったわけですね」

取り決めたわけではなさそうだが、応答は局長が代表して行うようだ。はい、とうなずいて続ける。

「失礼ながら、横田さんのご自宅だった物件の登記簿を見ました。ご存じだと思いますが、これは違法でもなんでもなく、誰でも閲覧できるようになっています。ネットからでも見られます。あの家は、二億円通帳騒ぎがあったときには、すでに人手に渡っていました。思うに、引き渡し時期について特約を結んで、奥さんが亡くなるまで待ってもらっていたのではないでしょうか。

あのあたりの公示価格を調べましたが、土地だけでも五千万円から六千万円ほどになるはずです。その金を使っても足りないほどの大金となれば、やはり例の移植ブローカーグループの日本側窓口の人間に支払ったのではないか、そう思ったのです。

次に郁代さんのお姉さんに手紙を書きました。今は岡山県に住んでいます。わたしは吉備さんにもそうしたように、単刀直入に訊きました。
《肝臓に病気をかかえる子供は、本当は誰の子ですか。本当は誰の孫ですか》
するとこんな趣旨の返事をいただきました。
《誰に恥じることでもありませんが、このことはわたしの口からは誰にも話さないと決めていたことでした。しかし康則さん──横田清算人のことです──が生前『社に畑井君という人がいて、彼には迷惑もかけたし世話になった』と何かにつけ言っていました。だからお話しすることにします。その病に苦しむ子の母親が串本美玖さんであるのは間違いありません。そして、美玖さんを産んだのは郁代です》
驚きました。横田さんは初婚だったようですが、郁代さんは再婚だったのです。そして郁代さんが最初に結婚した相手こそが、美玖さんのお父さん、つまり和菓子屋の主人なのです。そして郁代さんは結婚直後に、先代の妻、つまり和菓子屋の主人の母親からかなりきつい扱いを受けて、離婚するに至ったそうです。
つまり、少し事情が変わっていれば、横田さんは美玖さんの〝継父〟だったのです。それだけではなく、郁代さんの体験は話に聞いた美玖さんの身の上にそっくりなんです。親子は似た人生を歩むことがあるようですが、郁代さんの苦労をなぞるような思いを、美玖さんもされた。だからよけいに郁代さんは、事実上は自分の孫であるその子、もはや戸籍上はなんの繋がりもなくなってしまったその子が愛しかったのかもしれません」
ここまで異論をはさむものはなく、ときおり小さくうなずきながら黙って聞いている。先を続けることにした。

「これで、もやもやしていたことのほとんどに説明がつくようになりました。残った最大の謎は、はたして臓器移植ブローカーの日本側の窓口は誰だったのか、という点です。ちょっと調べてすぐにわかりましたが、那須さんと起訴された寺田明彦は同じさいたま市見沼(みぬま)区の出身で歳も同じです。刺した犯人である寺田宗次も同じ出身地です。つまり、寺田明彦と那須さんは同級生か、少なくともある程度以上の顔見知りだったのではないか。そして宗次は明彦の弟で、前から那須さんと顔見知りだったのではないか。そう考えるに至りました。

まだ手元に残しておいた、元従業員の身上書を調べました。寺田宗次のものです。《応募・採用の素因》のところに《A》の印がありました。紹介者の氏名までは記載されていませんでしたが、これは《社員紹介》の意味です。どうしてあの変わった男が採用されたのだろうと不思議に思っていましたが、那須さんの紹介だったんですね。那須さんという証拠はありませんが、そう考えるのが自然です。

だとすれば、刺殺事件の元になったトラブルというのも、この臓器斡旋に絡んでいるのではないかと思い至りました。寺田宗次はともかく、プロパーの出世頭と呼ばれていた那須さんは、横田さんとも懇意でしたから。

しかし、あの那須さんが横田さんに『数千万円寄越せば斡旋の口利きをする』などと持ち掛けるでしょうか。亡くなったかたをあまり悪く言いたくはないのですが、那須さんはたしかにまるっきりの善人とはいえないかもしれません。しかし、そんな度胸がありそうにも思えません。だれかほかに黒幕的な人物がいそうな気がしてなりませんでした」

一度間を取り、またさきほどの新聞記事を指で軽く差した。

「そこで例の企画記事です。十月にこれだけ中身の濃い記事を書けるということは、六月ごろには企画のスタートどころか、かなり取材も進んでいたのではないでしょうか。複数の海外の現場に取材に行っているようですし。『社を挙げて』というような企画だったのではないでしょうか。

ところがそこへ、降ってわいたように、移植斡旋にまつわる騒動が自社の関係者から出た。しかもそれに絡んで、二億円という大金の横領疑惑まで発覚したとあっては、炎上商法が常套の動画サイトならともかく、天下の八千代新聞では記事になどできない。

この特集記事の数か月後には、寺田容疑者の逮捕、起訴に至っています。ならば記事に相当に自信があったはずですし、もしかすると検察などとひそかに通じるところがあったかもしれません。

編集局あたりは、寝耳に水どころか、悪夢を見ているような気持ちではなかったでしょうか。そして、こういってはなんですが、どこの新聞社もそのようですが、社長をはじめ重役陣は、編集局出身のかたが多いですね。——あ、もちろんそこはノーコメントで結構です。

最初からずっと不思議だったんです。どうしてそうまでして、この少なくない額の横領案件を隠蔽しようとするのか。その答えがつまり、今述べたようなことにあったのではないでしょうか。新聞社が『できることなら内々に済ませたい』と考えた理由です。と考えると、この犯罪組織図の中枢に、かなり〝本社〟に近い人物がかかわっていたのではないか、と勘繰りたくなります。『自分のところでそんなスキャンダルを起こしておいて、何がスクープだ』そうバッシングされるのを恐れた。

世間では、販売店の勧誘員が万引きをしても『〇〇新聞の配達員が万引きで逮捕』と大きなニュースにします。せっかくの社を挙げての企画そのものが、だめになってしまう可能性もある。抜き取られた金が戻らないならともかく、ほぼ戻る可能性があるなら、穏便に済ませたい。そう考えたのではないでしょうか」

一気にしゃべって、さすがに疲れた。また喉を潤し、ふーっと深く息を吐いた。

三人は無言で顔を見合わせ、今度もまた五十嵐局長が代表して発言した。

「感服しました。ほとんど正すところはありません。探偵でも雇ったのですか」

これにはつい照れ笑いをしてしまった。

「そんな軍資金はありません。いってみれば――そうですね、いってみれば変則的な帰納法でしょうか。どういう筋書きなら自分の中の〝もやもや〟が消えるか、それをああでもないこうでもないと、将棋の手筋のように片っ端から読んでいきました。――ジグソーパズルのピースを、ひとつひとつあてはめていったと言えば、イメージが近いでしょうか」

五十嵐局長は、なるほど、とうなずいた。

「それで、その最後のピース、つまり仲介をした新聞社に近い人間が誰なのか、それを知りたい、ということですね」

「はい」はっきりとうなずく。いまさら曖昧にはしない。

「なるほど。――話せることと話せないことがありますが、可能な範囲でお答えしましょう」

局長はそう言って、視線をまず海野総務部長にむけ、すぐに吉備に向け直した。

「その補足を――吉備君にお願いしましょうか。実際、調査にあたったのは吉備君だと聞いていますし。よろしいかな？」

吉備が、はい、と答えて軽く会釈し、口を開いた。

「ではわたしから。――まず、畑井さんが今おっしゃったことはわたしが把握していることと大きく矛盾しません。――なにか？」

つい、にやっとしたのを見られてしまった。深い理由はない。久しぶりに聞いた吉備の持って回った言い回しが懐かしかったからだ。

「いえ、なんでもありません。失礼しました。続けてください」

「はい。――ですので、事実関係をなぞるのは控えます。畑井さんが不明とされた点について補足いたします。ちなみに、事前に五十嵐局長の了解は得ております」

「そういう前置きはいいよ」

局長に諭され、失礼しましたと吉備が恐縮するのを見て、また笑いそうになってしまった。

「そのNPOの寺田理事長と横田さんの仲介をしたのは、たしかにグループ内の人物で、現在の籍はありませんが、過去に〝本社〟に在籍していた人物です。仮にA氏とします。A氏には広告代理店に勤務している三十代の息子がいます。こちらをB氏とします。B氏が勤務する代理店は、国内屈指の大手で、国際的なイベントのマネジメントで必ずといっていいほど名前が挙がります」

そこまで言われたら、すぐに名前は浮かぶ。そんな遠回しにしないで実名を出せばいいのにと思ったが、そうもいかない建て前もあるのだろう。そして、以前やはり北見がそんな噂話をしていたことを、ぼんやりと思い出した。しかし口を挟まずに聞く。

「この息子B氏は、ある国際イベントに絡んでスポンサー企業と監督官庁の役人の仲を取り持ち、香港、マカオ周辺への視察旅行に同行しました。念のため申し上げますが、名目はまったくもって正規ですし、この件でお調べになっても不正は証明できないと思います」

「そんなことはしません」

「わかりました。——このときB氏は、現地で本場のギャンブルを覚えたらしいのです。そしてビギナーズラックというのか、数十万円ほど勝ったと聞きました。帰国後もギャンブル熱が冷めず、週末などに有給休暇を利用して海外のカジノへ遊びに行くようになり、しだいにそれだけでは足りず、国内の違法カジノにも出入りするようになりました。

しかし、こういった話の成功例を聞いたことがありません。みるみる借金がふくらみ、二千万円以上になっていたそうです。正規の金融機関からは借り尽くし、危険な筋からも借りていたのが焦げ付き、脅されたそうです。『フィリピンにでも行って腎臓か目でも売るか』と。

震えあがったB氏は父親に泣きつきました。しかし、父親もFX投資で損失を出し、自宅も抵当に入っており、融通ができません。そしてふと息子が漏らした『外国で臓器を売る』という文言にひらめいたことがありました。横田さんのことです。奥さんの親戚筋の子供が難病であることは、ごく一部では知られていたようです。ご本人が酔ったときにでも漏らしたのかもしれません」

そういえば、真相に迫るきっかけとなった写真は、そもそも北見が置いていったのだ。すべてではないにせよ、ある程度の相関関係は知っていたのだろう。あんなものをこれみよがしに置いた目的がわからなかったが、遠回しに脅して分け前にあずかろうとでもしたのだろうと考えていた。

しかし違う。ここまでかかわってきたことを振り返って、あらためて感じる。

北見昌子はあらゆる人間に向かって毒矢を放っている。とにかく人が憎くてしかたがないのだ。誰かが困ったり、不幸になることが愉悦なのだ。とくに、あちこち歩いて苦労してきた自身と比べて、安定した身分の〝本社〟の人間を腹の中では憎んでいるのではないか。それはまさに逆恨みなのだが——。

畑井がそんな妄想をするあいだにも、吉備が説明を続ける。

「一方A氏は、何かの折に那須氏が『中学時代の友人が、臓器移植のNPOをやっている』と話したのを思い出し、那須氏に相談しました。結局、金さえ払えば可能である、という結論に至りました。

そこでA氏が横田さんに、五千万円ほどの金額を提示し、払ってくれたら斡旋するともちかけました。この金額について本人は『自分がFX投資で開けた穴も埋めたかった』と語ったそうです。

横田さんのお考えはわかりません。相当に迷われたことだろうと思います。おそらく、いま畑井さんが想像されたような葛藤を経て、決意されたのではないかとわたしも考えます。しかし、さきほど畑井さんがご指摘になったように、横田さんもまた奥様の治療のために自宅を抵当に限度近くまで借りていました。あらたに五千万円の金など用意できません。そう答えたので、A氏のほうから『二億円も入った通帳と印鑑があるではないか』と教唆したそうです。『あとで分割でもなんでも返せばいい』とでも言ったのではないでしょうか。もしかすると、遠回しに生命保険のことも持ち出したかもしれません。

横田さんとしては、とにかく郁代さんのお孫さんの命を救いたい。まずは救って、金はあとからなんとでもして返そう、そう決意されたのだと思います。時期を逸すると取り返しがつかなくなると思ったかもしれません。そして、最悪の場合、自分が死ねば生命保険で五千万円ほどなら返せるという計算が働いたかもしれません。畑井さん宛の手紙に『魔が差した』とあったのはこのことだと思います。そして実行した」

吉備がひと息ついたので、畑井が意見を口にした。

「いろいろな人が絡んだ事件、いえ、案件だったようですが、いわゆる『出し子』の実行犯は、横田さん自身だった。信じたくありませんでしたが、遺書には本当のことが書いてあったんですね。そういえば、最初に横田さんからこの話を聞いたとき、わたしが『だったら銀行の防犯カメラの映像を見せてもらえば、犯人がわかりますね』という意味のことを口にすると、あっさり否定されました。横田さんにしてはめずらしいなと思った記憶があります。もしそこに映っているとしたら、その人物は横田さんだったのですね」

吉備はこれといって意見を挟まず、先を続ける。

「ところが、思わぬ障害が発生しました。兄のほうの寺田が、臓器移植の依頼人――つまり横田さんが大手新聞社の関係者で、ある程度の地位にあった人物だと嗅ぎつけたのです。急に『交渉が難航しているから、あと五千万円出せ』とごね始めました」

「それで、一度で済まなかったわけですね」

「そういうことですね」

一千万円ずつ五回に分けたのは、ネットバンクの規則の問題だろう。

「不思議なのは、生命保険金は五千万円だったようなのですが、残りの返済額の五千万円をどこから調達したのかです。横田さんは知り合いの弁護士に死後のことを委託されていて、その弁護士経由で振り込まれたので当社としては把握できていません。これは真実です」

その五千万円がどこから出たのか、畑井は想像がついていた。近所に住んでいた「妻の姉」の家の登記簿も調べたのだ。横田家はあのあたりではそこそこの旧家らしく、現金資産はなかったようだが、多少の土地を持っていた。あの義姉が住んでいた家の土地の名義は横田になっていた。

どういう話し合いがもたれたのかは想像するしかないが、苦悩する横田を見て義姉が「だったら、この家の土地も売ってくれ。自分は岡山に引っ越す」というようなやりとりがあったのではないだろうか。

「もうひとつ、疑問があります。お孫さんの臓器移植は結局どうなりましたか」

「寺田ルートは無くなりました。まあ、こんな事件になってしまっては無理もありません」

「そうでしょうね」

「今は、アメリカで順番を待っているようです。時間との勝負ですが、これは是非もありません」

「金はどうなりましたか」

「あとからの五千万円はまだ寺田側に渡っておらず、A氏から郁代さんのお姉さんへと渡りました。といっても、良心からではないと思います。寺田の裁判が始まり、関係者のあぶり出しが始まっているようです。A氏も足元が熱くなり、せめて心証をよくするために、返したのではないでしょうか」

保険金相当額だから、という捉えかたもできるが、郁代の姉にとっては、何ごともなければこの先ずっと住めるはずだった家を売った代金ともいえる。

「息子のBはどうですか」

「あ、ご存じなかったですか」

脇から海野部長が割り込んだ。

「――先日逮捕されましたよ。賭博の容疑で」

「すみません。最近またニュースを見なくなってしまいまして」

「八千代新聞が一番詳しく報道しています」

五十嵐局長の発言に、また少しだけ笑いが起きた。

「以上が関係者から聞き取りをしてわかっている事実です」

吉備がしめくくった。

「もうひとつ、とても重要なことが残っています」

「なにか」吉備が首を小さくかしげたが、すぐにうなずいた。「ああ、A氏の本名ですね」

「そうです」

口を開きかけた吉備を手で制して、五十嵐局長が代わって答えた。

「申し訳ありませんが、それは言えません。ご想像のとおりと申し上げます」

しかたがない。ここまで聞ければ充分だ。

「ありがとうございました」

深く頭を下げた。

ロビーに降りるとすぐ、スマートフォンでその記事を検索した。すぐに見つかった。まさに、想像したとおりだった。

《賭博容疑で、大手広告代理店社員逮捕》

《――警視庁神田東署は昨日、刑法第186条1項に定める常習賭博罪の疑いで、大手広告代理店社員の柳明宏(あきひろ)容疑者(32歳)(東京都世田谷(せたがや)区)を逮捕した。調べによれば柳容疑者は――》

どこかでいっぱいひっかけて帰りたいなと思った。

そうだ、横田と最後に飲んだあの店にしよう。そう決めて、八千代新聞東京本社ビルを出て、ぶらぶらと歩き始めた。また、地下鉄でひと駅半ほどの距離を歩こうかと思ったが、夜になってさらに冷え込んできた。あわてて、地下鉄の入口を探す。

暖かい車内の吊革(つりかわ)に摑(つか)まり、車窓に映る自分の顔を見てあれこれと考える。

北見にしろ、草野にしろ、嗅覚(きゅうかく)は良さそうだ。この話をすばやく嗅ぎつけて、自分もおこぼれをもらおうと、一番のんびりしていそうな畑井に近づいたのだろう。

草野がいきなり高額な報酬をふっかけた理由もわかった。ひょっとすると払うかもしれないと思ったのではないか。舐(な)められたものだと、腹立ちより笑みが浮かぶ。

北見にしても、性格はともかくその情報収集能力には驚いた。そして、あわよくば分け前をもらいたいが、一定の距離はおいて万が一のときは無傷でいたい、そんな計算も働いていたようだ。畑井のようなお人好しに、対抗できる相手ではない。

そして、あの不思議な管理をされていた二億円の入った通帳だ。

あんなふうに雑な扱いを受けたのはたまたまで、だから犯罪を誘発したのかと思ったが、初めから皆の意思がそれを望んでいたのかもしれない。もしかしたら、自分のものにできるかもしれない、と。

いや、ほんとうにそうだろうか。付き合いのあった彼らが、それほどの悪人だったとは思えない。横田が手紙に書いたように《魔が差した》のではないか。こんなところに、こんなにぬるい管理のもと、二億円という大金がある。よからぬことを考えたくなるのも人情だ。

それにしても、とうとう謎のままなのは、横田の真意だ。

どうして畑井を巻き込んだのか。結果論からすれば「犯行に気づかなそうだから」という狙いがもっとも説得力がある。しかし、畑井の人事を決めたころには、まだ〝魔が差して〟いなかったはずだ。

やはり「畑井なら信用できそうだ」と思ってくれたのだと信じたい。

懐かしいのれんが見えた。中のカウンター席から、横田が「お疲れさん」と声をかけてきそうな気がした。

4

二月後半に入ると、少し忙しくなった。いよいよ清算結了登記が近づいたからだ。

最後となる株主総会を開き、議事録を作成し、署名捺印をもらい、弁護士、税理士に最後の報酬を支払い、いよいよ〝本社〟と債務債権の相殺をする。

三月十一日、それらの必要書類をすべてそろえ『清算結了登記申請書』に添えて、九段南の第2合同庁舎内にある東京法務局へ向かった。

あれこれ突っ込まれたらどうしようと多少緊張していたが、あっけないほどあっさり受理された。必要書類があるかどうかだけ確認し、不備があればあとから連絡が来るらしい。

専門家に頼んだ書類だから、まず不備はないだろう。

時計で時刻を確認すると午後二時四十分だった。

終わった。すべて終わった——。

ずいぶん久しぶりといってもいいほどの解放感を抱きながら、建物の外に出た。晴れて気持ちのいい空が広がっている。思わず深呼吸する。

ひとつの会社の終わりとともに、いろいろな人のいろいろな事情が清算された一年半だった。しんがりを務めた自分もようやく解放される。

目の前の皇居のお堀端を、派手なウエアでランニングしている人がいる。

今日の最高気温はたしか十一、二度のはずだ。

少し肌寒いが、自分ものんびり散歩しながら帰ろうと、快晴の空を見上げた。

伊岡 瞬（いおか　しゅん）
1960年東京都生まれ。広告会社勤務を経て、2005年『いつか、虹の向こうへ』で第25回横溝正史ミステリ大賞とテレビ東京賞をW受賞しデビュー。16年『代償』で啓文堂書店文庫大賞を獲得し、同書は50万部を超えるベストセラーとなる。19年『悪寒』で再び啓文堂書店文庫大賞を、20年『痣』で徳間文庫大賞を受賞。他著に『本性』『不審者』『赤い砂』『仮面』『奔流の海』『朽ちゆく庭』『白い闇の獣』『残像』などがある。

〈初出〉
「小説 野性時代」2022年４月号～11月号、2023年１月号～６月号
本書はフィクションであり、実在の個人、団体とは一切関係ありません。

清算（せいさん）

2023年11月30日　初版発行
2024年２月15日　再版発行

著者／伊岡 瞬（いおか しゅん）

発行者／山下直久

発行／株式会社KADOKAWA
〒102-8177　東京都千代田区富士見2-13-3
電話　0570-002-301（ナビダイヤル）

印刷所／大日本印刷株式会社

製本所／本間製本株式会社

ISBN 978-4-04-112767-4　C0093